주홍글씨

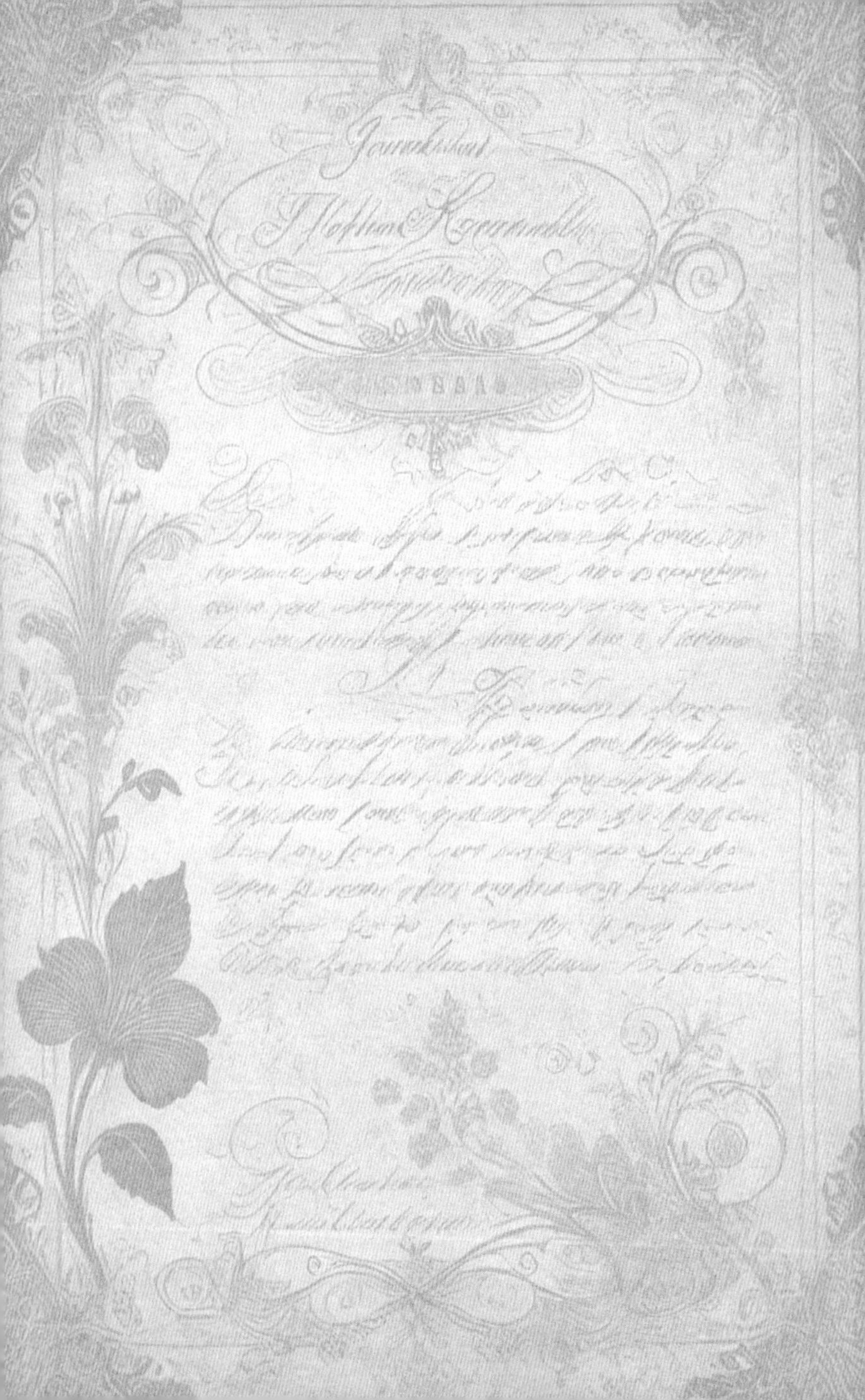

시간이 흐를수록 빛나는 고전 명작!

주홍글씨

너대니엘 호손 ㅣ 김시오 옮김

브라운힐
BrownHillPub

The Scarlet Letter

차 례

Ⅰ 감옥 문

어두운 빛깔의 옷을 입고 끝이 뾰족한 모자를 쓴 텁수룩한 수염의 사나이들이 어느 목조건물 앞에서 서성거리고 있었다. 그 속에는 머리에 수건을 쓴 여인들과 쓰지 않은 여인들이 한데 섞여 있었다. 건물의 문은 튼튼한 참나무로 만들어졌으며, 뾰족한 무쇠 못이 줄지어 박혀 있어서 육중하게 보였다.

새로운 식민지의 개척자들은 처음부터, 유토피아가 아무리 인간적인 미덕과 행복으로 가득 찬 낙원이라 할지라도 그 처녀지의 일부를 반드시 묘지와 감옥을 지을 부지로 써야 한다는 생각은 잊지 않고 있었다.

보스턴 주민의 조상들도 이런 관례에 따라 콘힐 부근에 첫 감옥을 세웠고, 더불어 아이작 존슨의 땅에 그의 묘를 중심으로 최초의 묘지를 정했다고 봐도 틀리지 않을 것이다. 훗날 존슨의 무덤은 킹스 채플을 가득 메운 여러 무덤 중에서도 중심이 되리라.

보스턴 시가 세워진 지 벌써 15년 내지 20년이 되고 보니 이 목조로 된 감옥도 그동안 풍상에 시달린 흔적이 역력했다. 거기다가 잔뜩 찌푸린 날씨는 한결 더 음산한 분위기를 자아내고 있었다. 또한 참나무 문에 박힌 육중한 무쇠 못마다 녹이 슬어 이 신세계의 그 어떤 것보다도 고색창연해 보였다.

죄악에 관한 일이 언제나 그렇듯, 이 문짝도 젊은 시절의 일은 전혀 모르고 지나간 것 같았다. 이 볼썽사나운 건물과 마차가 다니는 길 사이엔 풀밭이 있어서 잡초가 제멋대로 자라 있었다. 그것은 우엉, 명아주, 나팔꽃 등으로 감옥이 문명사회에 악의 꽃을 피웠다는 점에서 뭔가 일맥상통하는 점이 있는 듯했다.

감옥 문의 입구에는 찔레나무가 심겨져 있었는데 마침 6월이어서 건물은 그 하얀 꽃송이들로 온통 뒤덮여 있었다. 은방울처럼 매달린 꽃송이들은 사형장으로 끌려 나가는 죄수들에게 조금이나마 마음의 위로를 주어, 어두운 마음에 자연이 베푸는 최대한의 사랑과 친절을 간직하게 해줄 수도 있을 것 같았다.

이 찔레나무는 이상한 인연으로 역사에 살아남았다. 그러나 이 나무가 그 위를 뒤덮은 커다란 소나무가 다 쓰러져 버린 뒤에까지 황폐한 벌판에 그저 살아남은 것인지, 아니면 성자가 된 앤 허친슨이 옥문을 들어설 때 밟은 곳마다에서 돋아난 것인지는 우리가 논할 바가 아니다.

어쨌든 불길한 이야기의 막이 오르려는 이 벽두에, 이 찔레꽃의 이야기를 하게 된 작가로서는 그중 한 송이를 꺾어 독자에게 바치는 것이 미덕이 아닐까 싶다.

이 꽃이 이야기가 진행되는 가운데 보다 아름다운 미덕으로 상징되거나, 아니면 인간의 연약함과 슬픔으로 장식되는 이야기의 결말을 아름답게 승화시키는 데 도움을 주었으면 하는 바람이 간절하다.

2 ___ 처형대

지금으로부터 2백여 년 전의 어느 여름날 아침, 감옥 앞
잔디밭에는 많은 시민들이 모여들었다. 그들은 모두 육중한
무쇠 못이 박힌 참나무 문에 시선이 집중되어 있었다.

수염이 텁수룩한 선량한 시민들의 얼굴을 그토록 화석처럼
굳어지게 한 심각한 침울함은 보스턴이 아닌 다른 고장의 사람
들이었다고 할지라도, 그리고 그 시대가 아닌 후세의 사람들이
었다고 할지라도 뭔가 불길한 일이 벌어지고 있음을 느끼게
하기에 충분했다. 또한 악명 높은 죄수가 처형되리라는 것도
그들은 벌써 짐작하고 있었을 것이다.

그러나 초기의 청교도들이 가졌던 엄격한 정신을 생각하면
이 같은 추측도 쉽게 할 만한 것이 못 된다. 그것은 게으른
하인이나 혹은 부모 손으로 관에 넘겨진 불효한 자식이 형장에
서 곤장을 맞는 장면일 수도 있고, 신앙 지상주의자나 퀘이커
교도 혹은 그 밖의 이단자들이 돌팔매질을 당하며 추방당하는
장면일 수도 있다. 또는 방랑하는 인디언이 백인들이 만든

술에 취해 거리에서 주정하다가 매를 맞고 숲 속으로 쫓겨가는 일일 수도 있다. 아니면 지사의 누이동생으로 성미가 고약한 미망인, 히빈스 노파와 같은 마녀가 형장의 이슬로 사라지는 장면일 수도 있다.

아무튼 거기 모인 사람들의 표정은 종교와 법률이 하나라고 주장하는 사람들에게 전적으로 동의하는 듯 매우 엄숙했다.

종교와 법률이 혼연일체가 되어 대중의 기율을 잡을 때엔 그 벌이 엄하든 유하든 머리가 수그러지는 법이다. 따라서 죄수가 처형장에서 구경꾼들에게 바랄 수 있는 동정심이란 싸늘한 시선이 고작이었다. 요즘 같으면 작고 가벼운 형벌에 지나지 않는 것일지라도, 그 당시에는 사형 못지않은 매우 엄숙한 위엄을 지니고 있었기 때문이다.

아무튼 이 이야기가 시작되는 그 여름날 아침, 사람들 틈에 끼어 있던 몇 명의 여자들이 잠시 후면 벌어질 처벌에 대해 각별한 관심을 가지고 있었는데, 이 점에 주목해야 될 것 같다.

그 당시는 그다지 자신을 우아하게 표현하는 시대가 아니었으므로, 페티코트나 파딩게일(부인복의 스커트가 펼쳐지도록 속에 입었던 것) 따위를 입은 여자들이 조심성 없이 사람들 틈을 비집고 형을 집행하는 곳까지 마구 침입하는 것도 삼가지 않았다.

6, 7세대 후의 자손들에 비하면 영국 땅에서 태어나 거기서 자란 그들 부녀자들은 정신적으로나 육체적으로 매우 거친 기질을 갖고 있었다. 왜냐하면 6, 7대를 내려오는 동안 그 어머니

들이 나약한 것은 아니지만 창백하고 가냘픈, 청순한 아름다움을 물려주었기 때문이다.

지금 감옥 주위에 서 있는 여인들은, 사내 같은 엘리자베스 여왕의 시대로부터 불과 반세기 이내의 여성들이었다. 즉 엘리자베스 여왕과 같은 기질을 가진 여인들이었다. 그래서 조국인 영국의 쇠고기와 맥주가 도덕적 양심을 조금도 곁들이지 않아도 그대로 그녀들의 몸에 스며들어 있었다.

그날 아침, 태양은 여자들의 넓은 어깨와 풍만한 가슴, 붉은 뺨을 내리쬐고 있었다. 그들은 먼 섬나라에서 왔지만 뉴잉글랜드의 공기 속에서 조금도 창백하거나 위축되지 않았다. 오히려 그들의 대화는 내용이나 음량으로 보아 매우 대담하고 우렁차서 오늘날 사람들이 듣는다면 깜짝 놀랄 만한 것이었다.

한 거칠고 억세 보이는 50대 여인이 말을 던졌다.

"내 이야기 좀 들어보세요. 우리는 나이도 먹을 만큼 먹어서 손가락질 받을 일도 없고, 교인으로서도 손색이 없으니, 우리가 헤스터 프린 같은 여자를 다루는 것이 많은 사람들에게 이로울 거예요. 안 그런가요? 만약에 그년이 우리 다섯 사람 앞에서 재판을 받는다면 높으신 어른들이 내린 판결 정도로 그치지는 않을 거예요. 두고 보세요."

또 한 여자가 말했다.

"사람들의 말로는 인자하신 딤즈데일 목사님이 자기 교회에서 그런 수치스런 일이 생긴 것을 매우 가슴 아파하신답니다."

"판사님들께서 신앙이 두터운 것은 사실이지만 너무 인정이 많으셔."

"아무리 생각해도 헤스터 프린의 이마에 달군 쇠로 낙인을 찍었어야 하는데. 그래야 뜨거운 맛이 뭔지도 알게 되고 말이야. 그년은 가슴에 뭘 달았다고 해도 눈 하나 깜짝하지 않을 거예요. 브로치나 이교도들이 달고 다니는 장식으로 감추고는 뻔뻔스럽게 돌아다닐걸?"

"하지만 아무리 가슴에 단 것을 감추어도 마음속의 고통은 가릴 수가 없을 거예요."

아이의 손을 잡고 있던 한 젊은 여자가 다소 부드러운 목소리로 말을 막았다.

"가슴이든 이마든 낙인을 찍는 게 무슨 소용이 있겠어요. 그 여자는 우리 모두를 모욕했으니 죽어야 해요. 그런 년을 처벌할 법률이 없는 줄 아는 모양인데, 성경에도 법률 책에도 엄연히 있어요. 그런데도 판사님들은 처벌하지 않았으니 자기 딸이나 부인이 그런 못된 짓을 했을 때 매우 고맙겠군요."

사람들 속에서 재판관을 자처했던 가장 못생기고 냉정하게 생긴 여자가 빈정거렸다.

"참 너무들 하십니다. 그래, 교수대의 공포가 없다면 정숙해질 수 없다는 얘기인가요? 정말 너무들 하는군요. 좀 조용히들해요. 감옥 문의 열쇠가 돌아가고 있어요. 이제 프린이 나타날겁니다."

군중 속에서 한 남자가 소리쳤다.

감옥 문이 열리자, 먼저 어둠 속에서 햇빛으로 뛰쳐나오듯이 나타난 것은 허리에 칼을 찬 위엄 있고 험상궂은 모습의 형리(刑吏)였다. 이 사나이의 표정에는 청교도의 엄중한 법률이 지닌 엄격성이 그대로 드러나 있었다.

이 사나이의 임무야말로 법률을 죄인에게 잘 적용시키는 것이었다. 그는 왼손에 지팡이를 든 채, 오른손으로 젊은 여인의 어깨를 잡아채듯 이끌고 나왔다.

감옥 문 가까이 오자, 여인은 당당하게 자기 의사대로 행동하겠다는 듯이 그 사나이를 밀치고서 햇빛 속으로 걸어 나왔다. 여인은 생후 3개월 정도 된 아기를 품에 안고 있었다. 아기는 햇살에 눈이 부신 듯 얼굴을 돌리고는 눈을 깜박거렸다.

그도 그럴 것이 아기는 너무나 오랫동안 어두운 지하 감옥 안의 흐릿한 빛에만 익숙해져 있었던 것이다.

아기 어머니인 젊은 여인은 군중 앞에 모습을 드러내면서, 가장 먼저 아기를 가슴에 꼭 끌어안았다. 그것은 어머니로서의 본능이라기보다는 가슴에 수를 놓았거나 튼튼히 매단 어떤 표적을 감추기 위해서인 듯했다. 그러나 또 하나의 치욕거리인 아기를 감출 수 없음을 깨달았는지, 다시 아기를 팔에 안고는 뺨을 붉게 물들였다. 그리고는 오만한 미소를 띠며 사람들을 둘러보았다.

그녀의 앞가슴에는 빨간 천에 금실로 꼼꼼하게 둘레를 수놓은 'A'자가 붙어 있었다. 그것은 매우 화려하고 뛰어난 솜씨여서 지금 입고 있는 옷에 가장 잘 어울리는 장식품같이 보였다. 옷은 당시의 풍속에 걸맞은 것이었으나 A자만큼은 식민지의 사치 단속령이 허용하는 한도를 훨씬 넘을 정도로 화려했다.

젊은 여인은 키가 컸으며, 용모는 나무랄 데 없이 수려했다. 유난히 풍성한 머리카락은 햇빛을 받아 윤기가 흘렀고, 뚜렷한 이목구비와 새하얀 피부, 단아한 이마와 반짝이는 눈동자는 사람들의 시선을 끌고도 남을 만큼 매혹적이었다. 게다가 당시의 상류 귀부인과 같은 자태는 그녀를 놀랍도록 기품 있게 보이게 했다.

오늘날의 여성들이 섬세하고 청순한 것을 아름다움의 기준으로 삼는다면, 그 당시는 뭔가 접근할 수 없는 우아함을 우선적으로 여기는 시대였다.

이 헤스터 프린이 감옥에서 나왔을 때만큼 그녀가 귀부인답게 보인 적은 없었다. 그녀를 전부터 알고 있던 사람들은 그녀가 재난의 침울한 불행 속에 빠져서 분명히 어두운 표정을 갖고 있으려니 생각했었다. 그러나 불행이나 치욕이 오히려 후광처럼 빛을 발하고 있음을 깨닫고는 모두들 놀라지 않을 수 없었다. 하지만 예리하고 정확한 눈을 가진 사람이라면, 그녀가 괴로움과 아픔 속에 처해 있다는 것을 한눈에 알아볼 수 있었을 것이다.

그녀가 입고 있는 옷은 바로 이 출감을 위해 옥중에서 만든 것으로 자유분방한 자기 의사대로 지어진 것이지만, 화려한 그 옷이야말로 그녀의 현재 정신 상태가 어떠한지를 충분히 드러내주고 있었다. 즉 모든 희망을 상실한 자포자기 상태였던 것이다.

그러나 지금의 모습은 오히려 사람들의 시선을 고정시키는 힘이 있었고, 전부터 그녀를 알고 있었던 사람들조차도 너무나 달라진 그녀의 모습을 보고서 생소해했다.

그녀가 이렇게 사람들을 사로잡는 그 근원에는 무엇보다도 가슴에 새겨진 주홍글씨가 자리하고 있는 것 같았다. 이상하게도 그것에 어떤 마력 같은 것이 작용하는 듯, 그녀가 평범한 인간 세상에서 떠나 혼자만의 고립된 세계에 갇혀 있는 것처럼 보이게 했다.

"그년 바느질 솜씨 하나만은 그만이군!"

한 여자가 말했다.

"하지만 훌륭하신 판사님들이 내린 형벌을 비웃는 것이 아니고 뭐겠어요? 아무리 그렇다고 해도, 이런 데서 솜씨 자랑을 하다니, 원⋯⋯. 도리어 그 형벌을 자랑스럽게 여기는 것만 같아요."

늙고 사납게 생긴 여자가 말했다.

"그래! 헤스터의 옷을 멋진 몸매에서 확 벗겨 버리고, 화려하게 수놓아 단 주홍글씨 대신 내가 류머티즘으로 고생할 때 쓰던 헝겊을 바꿔 달게 하자구. 그러면 썩 잘 어울릴 텐데."

그러자 나이가 어려 보이는 여자가 속삭이듯이 말했다.

"여러분, 조용히 좀 하세요. 그녀가 저 글씨를 한 바늘, 한 바늘씩 수놓을 때마다 얼마나 가슴이 아팠겠어요."

그때 사납게 생긴 형리가 지팡이를 휘두르며 외쳤다.

"자, 길을 비키시오. 왕의 명령이오. 지금부터 오후 한 시까지 남녀노소 누구나 이 멋진 옷차림을 볼 수 있도록 헤스터 프린을 세워놓을 테니 마음껏 구경하시오. 모든 죄가 백일하에 드러난 지금, 정의로운 매사추세츠 주 식민지에 하느님의 축복이 있기를! 자, 가자. 헤스터, 사람들에게 너의 그 주홍글씨를 마음껏 보게 하는 거야."

이윽고 사람들 사이에 길이 생겼다. 헤스터는 비웃는 표정을 한 사내들과 모질고 냉정한 여인네들이 무리지어 뒤를 따르는 가운데, 벌을 받기로 되어 있는 광장으로 걸어가기 시작했다.

이 일로 학교에서 오전 수업만 받게 된 아이들이 무슨 일인지도 모르고 호기심에 가득 찬 얼굴로 재미있다는 듯 헤스터를 앞질러서 달려갔다. 아이들은 그녀의 팔에 안긴 갓난아기와 가슴에 붙은 글씨를 신기한 듯 번갈아 쳐다보았다.

당시에는 감옥에서 광장까지 그리 먼 거리가 아니었다. 하지만 죄수의 입장에서 본다면 꽤 먼 거리임에 틀림없었을 것이다. 왜냐하면 비록 그녀의 태도는 꼿꼿했을망정, 자기를 구경하려고 몰려드는 사람들의 발자국 소리를 들으면 마치 자기 심장이 길바닥에 내팽개쳐져서 발길에 짓밟히는 것 같은 아픔을 느꼈을 것이기 때문이다.

그러나 인간에게는 신기하고도 사랑스런 하느님의 섭리가 마련되어 있으니, 그것은 고통을 겪는 자가 그것을 겪는 순간에 느끼는 것이 아니라 대부분 시간이 흐른 뒤 마음속에 맺히는 번뇌로 말미암아 느끼게 된다는 것이다.

따라서 헤스터 프린은 침착한 태도로 자기가 겪어야 할 고통의 길을 걸어 서쪽 귀퉁이에 있는 처형대에 다다랐다. 그것은 보스턴에 가장 먼저 세워진 교회당의 처마 밑에 세워져 있어서, 마치 교회의 부속 건물처럼 보였다.

이 처형대는 사실 형벌 장치의 일부로, 이미 현대인에게는 역사적이고 전설적인 것에 지나지 않았다. 그러나 2, 3세대 전만 해도 이 처형대는 프랑스 혁명 당시의 단두대 못지않은 구실을 했다. 그것은 목에 칼을 씌워서 많은 사람들이 지켜볼 수 있도록 한 형틀의 단(壇)이었는데, 고개를 숙일 수 없도록 만든 장치였다. 치욕을 주려는 의도가 이 나무와 무쇠로 된 장치 속에 뚜렷이 나타나 있었다. 죄인이 얼굴을 숨길 수 없도록 하는 것, 그것은 어떤 형벌보다도 끔찍한 것이며 인간의 본성을 짓밟는 모욕인 것이다.

그러나 헤스터 프린의 경우는 잘못이야 어떠했든 간에 일정 시간 동안만 그 처형대 위에 서 있으면 되었다. 그래서 칼을 쓰거나, 고개를 든 채 수갑 따위를 차지 않아도 되었다.

헤스터는 자신이 해야 하는 일을 잘 알고 있었기 때문에 당연하다는 듯이 나무층계를 올라갔다. 남자의 어깨 높이 정도가 되는 처형대에 서니, 주위를 둘러싼 사람들의 모습이 한눈에 들어왔다.

이 청교도들 가운데 만약 가톨릭 신자가 섞여 있었다면, 아기를 안고 있는 아름답고 우아한 이 여인의 모습을 보면서 그토록 화가들이 그리고 싶어 했던 성모 마리아상을 연상했을지도 모른다. 이 세상을 구원할 아기를 낳은 성모 마리아 말이다.

그러나 헤스터는 인간 생활에서 가장 거룩해야 할 모성 속에 죄의 뿌리가 깊이 박혀 있었으므로 이 여인의 아름다움으로 인해 세상이 더욱 어두워지고, 이 여인이 낳은 아기로 인해 세상이 더욱더 절망적인 상태에 놓일 따름이었다.

이러한 모습을 보고 그들이 두려움에 떨지 않는 것은 아니었다. 엄청난 죄를 짓고 수치와 치욕 속에 서 있는 것을 보고 그저 웃어넘길 정도로 세상이 타락하지 않은 이상, 누구나 이 헤스터 프린의 모습을 보면서 숙연한 감정에 빠져들 수밖에 없을 것이다.

그곳에 모인 사람들은 그런 소박한 감정을 잃지 않은 사람들이었다. 그녀에게 혹시 가혹한 사형 판결이 내려져도 눈썹 하나 까딱하지 않고 지켜볼 수 있는 강한 의지의 소유자들이었을지도 모르지만…… 아니, 지금 이 장면을 비웃고 싶어도 주지사나 판사, 장군, 목사와 같은 사람들 때문에 그럴 수가 없었을 것이다.

그들은 교회의 발코니에 앉아서 처형대를 바라보고 있었는데, 관직의 위엄과 명예를 손상시키지 않는 범위 내에서 관중과 더불어 있었으므로 판결은 더욱 엄정하고도 효과가 있어 보였다. 그래서 군중들은 한층 더 엄숙한 분위기를 느끼는 듯했다.

많은 사람들의 시선이 한꺼번에 쏠리고, 멸시와 증오의 압박감이 팽팽하게 긴장감을 더해주고 있는 상황에서 여인은 참을 수 없는 고통을 느꼈지만 끝까지 이를 악물고 참고 있었다.

그녀는 어떤 모욕적인 순간이 찾아올지라도 모질게 견디리라고 굳게 마음먹었다. 그러나 이런 엄숙한 관중의 태도보다는 자기를 비난하는 비웃음이 차라리 낫겠다는 생각도 들었다.

모두가 비웃음으로 시끌벅적하게 떠든다면 자기도 멸시의 시선으로 대꾸했을지 모른다. 그러나 그녀는 이 무거운 납덩어리 같은 마음의 압박으로 고함을 지르며 처형대에서 굴러 떨어지거나 당장 미쳐 버릴 것 같은 충동에 시달렸다.

때때로, 지금처럼 자신이 구경거리가 되고 있는 상황이 갑자기 눈앞에서 사라지고 꿈을 꾸는 것 같은 환상이 찾아오기도 했다. 그럴 때는 이 거칠고 작은 마을과는 다른 풍경이, 끝이 뾰족한 모자를 쓰고 얼굴을 찌푸린 얼굴들과는 다른 얼굴들이 자꾸 떠올랐다. 그러면서 그녀의 기억이 과거 속으로 활기차게 달려갔다.

별로 그럴싸하지 못했던 어린 시절의 추억들과 소녀 시절이나 학생 시절, 처녀 시절에 있었던 갖가지 일들이 그 뒤에 일어난 중대한 일들과 뒤섞여진 채 한꺼번에 뇌리를 스치고 지나갔다.

모두가 부질없는 연극과도 같았으나, 어떻게 보면 모두가 어떤 중요한 의미를 지닌 듯했다. 아마도 현실의 잔인한 고통을 조금이나마 이겨보려고 본능적으로 떠올렸던 추억거리들이었는지도 모른다.

아무튼 지금 서 있는 이 처형대는 헤스터 프린이 행복했던 어린 시절 이래 걸어왔던 인생의 발자취를 낱낱이 내다보게

20

하는 시점(視點)과도 같았다.

가련한 느낌을 주는 처형대 위에 서 있는 그녀의 눈에는 영국의 고향 마을과 아버지의 옛집이 선연하게 떠올랐다.

잿빛의 낡은 집이었지만 유서 깊은 가문임을 알려주는 문장(紋章)이 반쯤 지워진 채 남아 있었다.

머리카락이 많이 빠져 있는 아버지의 이마, 엘리자베스 왕조 시대의 주름 깃 위에 멋진 수염을 날리던 그 아버지의 모습이 보였다.

또 하나의 얼굴은 인자하고 사랑이 넘치던 어머니의 모습이었다. 자신의 삶 속에서 언제나 삶의 지침이 되어주고, 돌아가신 뒤에도 그녀의 마음속에서 친절하면서 조용하게 훈계하는 것을 잃지 않았었다.

이번에는 자신의 얼굴이 떠올랐다. 예쁜 소녀의 빛나는 얼굴은 자신이 옛날에 들여다보던 어둔 거울을 환하게 밝혀주었다.

다음에는 늙수그레한 한 남자가 조용히 얼굴을 들이밀었다. 수많은 책을 읽느라 거슴츠레하고 약해진 시력, 흐릿한 램프에 비친 창백하고 수척한 얼굴, 학자 타입의 고고한 사람……. 그런데 그가 일단 사람의 영혼을 꿰뚫어볼 때는 이상한 힘을 발휘했다. 서재에 틀어박혀 은둔자처럼 지내는 이 사나이는 불구처럼 오른쪽 어깨보다 왼쪽이 약간 올라가 있었다.

그다음으로 떠오른 것은 어떤 화랑가였다. 어느 유럽의 도시, 비좁은 거리와 높고 우람한 건물들. 기묘한 건축 양식과 공공건물, 거기에는 그 불구의 학자와 함께하는 새로운 삶이 그녀를 기다리고 있었다. 허물어져 가는 벽에 낀 푸른 이끼처럼 곰팡내 나는 것에 기대어 사는 보잘것없는 생활이었을지라도…….

이런 숱한 장면들이 지나가고 마지막에 떠오른 것은 매서운 눈초리로 그녀를 쏘아보는 관중의 수많은 눈길이었다. 가슴에 화려한 금실로 수놓은 주홍글씨를 달고, 아이를 안고 있는 그녀를 향해 주시하고 있는 저 많은 시선들!

어째서 이런 일이 벌어진 것일까. 이것은 꿈인가, 현실인가?

마침내 아이가 울음을 터뜨렸다. 그녀는 자기 가슴에 달려 있는 주홍글씨를 내려다보기도 하고 만져보기도 했다.

이 아이와 주홍글씨는 과연 현실인가?

그렇다. 이 두 가지만이 현실이다. 그 밖의 모든 것은 환상이었다. 모두 사라지고 마는 그런 꿈이었다.

3 __ 고백(告白)의 거부

헤스터 프린은 어떤 한 인물로 인해 자신에게 퍼부어지는 비난의 눈초리로부터 겨우 해방될 수 있었다. 군중들 틈에 서 있는 한 남자의 모습이 그녀를 사로잡았던 것이다.

토인 옷차림의 인디언도 거기에 서 있었으나, 그 당시에 인디언들이 영국 식민지를 방문하는 일은 이상한 일이 아닌지라 그녀의 주의를 끌지는 않았다. 그러나 이 인디언과 동행인 듯한 백인 한 사람이 그녀의 눈길을 끌었다. 그는 문명인과 야만인의 중간쯤 되는 이상한 옷을 입고 서 있었다.

그는 자그마한 몸집에다, 얼굴에는 주름이 깊숙이 패여 있었으나 노인으로 볼 수는 없었다. 그의 생김새는 매우 뛰어난 통찰력을 가진 듯한 지혜로움이 엿보였다. 정신의 수양 덕분에 육체도 그에 걸맞은 모습을 하고 있는 듯했다.

언뜻 보기에는 옷을 아무렇게나 입은 것 같았으나 자기의 육체적 특징을 감추기 위해 애썼음을 알 수 있었다. 그러나 그의 한쪽 어깨가 다른 쪽보다 올라가 있음을 그녀는 분명히 알아보았다.

그를 본 순간, 헤스터 프린은 다시 한 번 아이를 가슴에 끌어안았다. 너무 갑작스럽게 힘주어 끌어안았기 때문인지 아이가 울음을 터뜨렸다. 그러나 그녀는 아이의 울음소리를 듣지 못한 것 같았다.

그 남자는 그녀가 광장에 도착하기 전부터 와 있었으므로 처음부터 그녀를 주시하고 있었다. 내면을 보는 것에만 익숙해 있던 그는 처음에는 무심히 그녀를 바라보았다. 마치 마음속의 일에만 열중하여 마음 밖에서 일어나는 일들은 중요하게 생각하지 않는 사람 같았다.

그러나 그의 표정이 갑자기 변하고 있었다. 고통과 번민의 그림자가 얼굴을 스치고 지나갔다. 한 마리의 뱀이 똬리를 틀면서 그의 얼굴을 스치고 미끄러져 가는 것만 같았다. 그것은 공포와 자제할 수 없는 격정을 일으키기에 충분했다.

순간적으로 일어난 일이었으므로 그는 침착해지기 위해 애를 썼다. 곧 자신의 굳은 의지로 다시 안정을 찾았고, 마음도 가라앉혔다.

그러나 헤스터 프린의 시선이 자신을 향하고 있음을 깨닫고, 그는 천천히 손가락을 들어 올려 허공에 대고 의미 없이 손짓을 하더니 그것을 입에 갖다 대었다. 그리고 옆 사람의 어깨에 손을 얹으며 점잖게 말했다.

"실례입니다만, 무슨 일로 저 여자가 이런 수모를 겪고 있는 겁니까?"

"아, 이 고장에 처음 오신 게로군요. 그렇지 않으면 저 여자에 대한 소문을 모를 리 없을 텐데요. 저 여자는 딤즈데일이라는 목사님의 교회에서 몹시 수치스럽고 입에 담지 못할 일을 저질렀답니다."

한 남자가 그가 동행하고 있는 인디언과 그를 번갈아 보며 말했다.

"나는 이 지방에 처음입니다만, 오랫동안 본의 아니게 유랑 생활을 했지요. 바다와 육지에서 많은 재난을 겪었고, 남쪽 인디언들에게 붙잡혀 있다가 이 인디언에게 이끌려 이리로 와서 이제야 석방되었습니다. 그런데 저 여자의 이름이 헤스터 프린이라고 했나요? 틀림없나요? 저 여자의 죄는 무엇이고, 왜 처형대에 서게 됐는지 자세히 얘기해 주실 수 있겠습니까?"

"물론입니다. 황야에서 오래도록 고초를 겪으시다, 부정을 저지르면 백주 대낮에 높으신 어른들과 많은 사람들이 지켜보는 가운데 처벌 받는 이 나라에 마침내 들어오셨으니 얼마나 마음이 흐뭇하시겠소. 정말 환영합니다. 하느님을 두려워하는 나라에 오신 것을 말입니다. 모두가 지켜보는 가운데 처벌을 받게 된 저 여자는 원래 영국에서 태어났으며, 어느 학자의 부인이라고 합니다. 그 남편은 오랫동안 암스테르담에서 살다가 매사추세츠 사람들과 함께 살기 위해 바다를 건너기로 했답니다. 그런데 그는 부인을 먼저 보낸 후, 뒷일을 정리하려고 아직 남아 있었답니다. 그런데 저 여자가 보스턴에서 2년 가까이 살도록 남편으로부터 아무 소식이 없자, 그만 나쁜 행실을 하고 말았답니다."

"아, 저런…… 그랬군요……. 말씀하신 대로 그 남자가 학자였다면, 미리 책에서 그런 것쯤은 읽어뒀어야 했을 텐데. 그런데 미안합니다만, 저 여자가 안고 있는 아기는 겨우 3, 4개월밖에 안 되어 보이는데 아기의 아버지는 누구입니까?"

"사실은 그것이 문제랍니다. 그런데 그 수수께끼를 풀어줄 명판관이 나오지 않고 있어요."

남자는 잠시 입을 다물더니 다시 이렇게 덧붙였다.

"아무리 애를 써도 저 여자가 입을 열지 않아서 알 수가 없답니다. 죄를 지은 남자는 하느님이 지켜보고 계신다는 사실을 알지 못한 채 자기도 이 슬픈 광경을 지켜보고 있는지도 모르죠."

"이 문제를 풀려면 그 학자가 나타나야 할 것 같군요."

인디언과 동행한 낯선 남자가 쓴웃음을 지으며 말했다.

"당연히 그렇죠. 아직 살아 있다면 말입니다. 그런데 말이에요…… 여기 재판관들은 매사추세츠의 저 여자가 젊고 아름답기 때문에 유혹이 많았을 것이고, 그래서 타락했을 거라고 생각합니다. 또 그 남편도 바다의 고기밥이 되었을 거라고 생각하여 공정한 심판을 내리지 못했답니다. 원래 그 죄에 대한 형벌은 사형입니다. 그러나 재판관들은 그녀에게 자비와 동정을 베풀어서 처형대에서 세 시간을 서 있게 한 다음 평생 동안 가슴에 치욕의 표시인 저 글씨를 달고 다녀야 한다고 판결을 내린 것입니다."

"현명한 판결이군요."

"그리고 저 여자는 묘비에 수치스런 글씨가 새겨질 때까지, 죄 짓는 자에 대해 산 교훈의 역할을 하게 되겠지요. 그러나 함께 죄를 지은 그 상대가 나란히 처형대에 서지 못한 일은 매우 유감입니다. 하지만 그 남자도 머지않아 밝혀지게 될 겁니다. 암, 그래야 하고말고요."

귀 기울여 이야기를 듣던 낯선 남자는 친절하게 애기를 해준 남자에게 정중히 인사를 하고는 동행한 인디언에게 뭐라고 속삭이며 군중 속으로 사라졌다.

그러는 동안 헤스터 프린은 계속 이 낯선 남자만을 뚫어져라 주시하고 있었다. 너무나 뚜렷이 쳐다보고 있었으므로 주위의 사물들은 그 형태를 잃어버린 것 같았다.

그러나 그 남자와 단둘이 만나게 되었다면 더욱 두려웠을 것이다. 가슴에는 치욕의 상징인 주홍글씨가 새겨져 있고, 불의의 씨앗인 아기를 안고 있지 않은가.

마치 축제라도 열린 양 몰려나온 마을 사람들은 조용한 가정의 난로 불빛이나 교회에 갈 때 여자들이 쓴 베일 밑에서나 볼 수 있는 얼굴을 뚫어져라 보고 있었다.

헤스터는 사람들이 자신을 구경거리 삼아 바라보고 있다는 사실이 치욕으로 여겨졌으나, 한편으론 이 수많은 사람들이 자신의 도피처처럼 여겨지기도 했다.

그 낯선 남자를 단둘이 만나는 것보다 많은 사람들이 있는 가운데서 만나는 것이 더 편할지도 모른다는 생각이 들었기 때문이다.

이런 생각 속에 잠겨 있던 헤스터 프린은 누군가가 자기를 부르고 있는데도 듣지 못했다. 그러자 다시 한 번 모든 사람이 들을 수 있을 정도의 엄숙한 목소리가 울려 왔다.

"듣고 있는가, 헤스터 프린!"

앞서 얘기했듯이 헤스터 프린이 서 있는 처형대 바로 뒤쪽은 교회였고, 광장 쪽으로 발코니 형태의 관람석이 있었다. 지붕이 없는 그곳은 여러 가지 행사가 있을 때마다 관리들이 모여서 '공포문' 등을 발표하는 곳이었는데, 바로 그곳에 벨링햄 지사가 지금 이 장면을 구경하러 와서 앉아 있었다.

그는 모자에 검은 깃털을 꽂고 있었고, 가장자리에 수를 놓은 외투를 입고 그 안에 우단으로 된 상의를 입고 있었다. 얼굴의 주름은 인생의 갖은 희로애락을 겪은 흔적처럼 보였고, 이 사회를 대표하기에 부족함이 없는 적임자로 여겨질 만큼 그의 경력은 화려했다. 그의 모습에서는 젊은이의 혈기나 충동적인 행동보다는 오랫동안 쌓인 경험과 지혜가 엿보였으며, 엄격하고 조절된 인간의 힘과 중후한 노인의 위엄이 느껴졌다.

이 통치자를 에워싼 저명한 인물들은 한결같이 근엄한 풍채를 지니고 있었는데, 그런 모습은 하느님의 신성함과 부합된다고 여겼던 시대의 유물이었다.

실상 그들은 누구보다도 공정하고 현명했으며, 선량한 인품을 가진 사람들이었다. 그러나 잘못을 저지른 여인을 심판하고 잘잘못을 가리기에는 무능했다.

그러므로 사실 헤스터 프린이 얼굴을 돌리고 있는 방향에 굳은 얼굴로 앉아 있는 현인들보다 더 무능한 사람들을 그 수효만큼 세상에서 골라내기란 그리 쉬운 일이 아닐 것이다.

만약 한 줄기 동정의 빛을 기대할 수 있다면, 그것은 그들이 아니라 군중들의 마음임을 그녀도 알고 있는 듯했다. 그래서 발코니 쪽을 바라볼 때 그녀는 더욱 파리해져서 떨고 있었다.

그녀를 부른 것은 유명한 목사인 존 윌슨이었다. 그는 보스턴에서 가장 오래된 교회의 목사로, 당시 성직에 있는 사람들이 모두 그랬듯이 훌륭한 학자였으며 부드럽고 친절한 성격의 소유자였다. 그러나 그의 다정하고 친절한 성격은 그의 지성보다 세련되지 못해서인지, 실상은 자랑이라기보다는 부끄러움이라고 하는 것이 맞을 듯했다.

모자 밑으로 이 목사의 반백 머리카락이 보였다. 서재의 램프 불빛에 익숙해져 있던 눈이 햇빛을 받게 되자 헤스터가 안고 있는 아기의 눈처럼 깜박거렸다. 그의 모습은 낡은 설교집에서 흔히 볼 수 있는 초상화 같았다. 그래서인지 지금 이 자리에 나서서 인간의 죄와 고뇌에 대해 들먹일 하등의 이유가 전혀 있어 보이지 않았다.

"헤스터 프린이여! 여기 있는 이 젊은 목사의 설교를 그대도 들을 기회가 있겠지만, 나는 지금껏 이분과 의논을 했소."

그는 자기 옆에 있는 얼굴이 창백한 젊은이의 어깨에 손을 얹으며 다시 말했다.

"나는 하느님께서 보고 계신 이 자리에서, 이 현명하고 지혜로운 위정자들 앞에서, 그리고 많은 군중들이 지켜보고 있는 이곳에서, 그대가 저지른 죄에 대해 깨우쳐 주기를 이분에게 권유했소. 이분은 어느 누구보다도 그대를 잘 알고 있으므로, 그대가 이름을 밝히지 않는 — 그대를 타락의 구렁텅이로 빠지게 만든 그 장본인이 누구인지를 그대가 더 이상 감추지 않고 고백하도록 할 것이오. 그러나 이분은 내 의견에 반대했소. 이렇게 많은 군중이 지켜보는 가운데 감추어진 비밀을 밝히라고 하는 건 올바른 방법이 아니라는 거요. 특히 그것은 여자의 마음을 심리적으로 압박시킨다고 했소. 그러나 사실 내가 이분을 설복시키려고 애쓴 것처럼, 사람이 수치로 생각해야 할 것은 죄를 지은 것이지 그것을 사실대로 고백하는 데 있다고는 생각지 않소. 딤즈데일 목사님! 다시 묻겠는데, 당신의 의견은 어떻소? 이 불쌍한 죄인의 영혼을 다룰 사람으로 나와 당신 중에서 누가 더 적합하다고 생각하오?"

이 말을 듣고 발코니에 앉아 있던 위엄 있는 사람들이 술렁거리자, 벨링햄 지사가 이런 분위기를 다스리려는 듯이 매우 정중한 태도로 딤즈데일 목사를 향해 말했다.

"딤즈데일 목사님! 이 가련한 여인의 영혼을 구하는 일이 당신에게 달려 있습니다. 이 여자를 설득하여 회개시키고 또 그 증거로 고백하게 하는 것이 당신의 임무입니다."

지사의 간청하는 소리를 들은 군중들은 일제히 딤즈데일 목사에게 시선을 집중시켰다.

딤즈데일은 젊은 목사로, 영국의 유수한 대학을 졸업한 후 당시 황무지였던 미국에 신학문을 가지고 건너온 사람이었다. 그의 열렬한 웅변과 뜨거운 신앙심은 목사로서의 그의 장래를 확실하게 보장하기에 충분할 만큼 훌륭했고, 용모 또한 수려했다. 환하고 투명한 이마, 우수에 잠긴 듯한 커다란 갈색 눈, 꼭 다물지 않으면 언제나 떨고 있는 듯이 보이는 예민한 감수성을 지닌 입은 물론이고 굳은 의지력과 풍부한 재능까지 소유하고 있었다. 그런데 그는 타고난 훌륭한 재주와 학자적 분위기에도 불구하고 어딘가 불안하고 겁을 집어먹은 듯이 보였다. 마치 인생의 길을 잃고 표류하는 듯했고, 혼자 조용히 있을 때만 마음이 놓이는 듯한 표정이었다.

그는 목사의 직책이 허용하는 범위 내에서 그늘진 오솔길을 홀로 걸었으며, 소박한 어린아이와 같은 생활 태도를 지녔다. 그러다가도 기회가 있을 때마다 대중 앞에 서서 영롱하고 투명한 사상으로 사람들을 매혹시켰다. 그래서 사람들은 그의 말을 천사의 음성으로 알아들었다.

윌슨 목사와 지사는 비록 더럽혀지기는 했지만 신성한 여인의 고백을 듣기 위해 대중 앞에서 이 젊은 목사에게 명령했다. 난처한 입장에 처한 젊은 목사는 금세 얼굴에 핏기가 가시는가 싶더니, 입술까지 바짝 말라붙은 듯했다.

"저 여인에게 말을 걸어보시오. 그렇게 하는 것이 저 여인의 영혼에 중대한 영향을 미치게 될 뿐 아니라, 지사의 말씀처럼 저 여인의 영혼을 책임지고 있는 당신에게도 중요한 일이 될 것입니다. 진실을 고백하도록 타일러보십시오."

윌슨 목사가 말했다.

딤즈데일 목사는 기도를 하듯이 약간 고개를 숙이더니 다시 앞으로 나섰다. 그리고 발코니 앞으로 몸을 내밀고는 그녀의 눈을 똑바로 쳐다보며 말했다.

"헤스터 프린이여, 지금까지 윌슨 목사가 얘기한 것을 들었을 줄 압니다. 그러니 나의 책임도 익히 알고 있겠지요. 당신 마음에 비로소 평화를 느끼고 이 지상에서 그대가 받는 형벌이 당신의 영혼을 구제하는 데 조금이라도 효과가 있다고 생각한다면, 당신과 함께 죄를 저지르고 당신과 함께 그 고통을 나누고 있을 그 남자의 이름을 말하시오! 그 남자에 대한 잘못된 동정이나 연민으로 침묵을 지킨다면 곤란하오. 설령 그 남자가 높은 곳에서 내려와 당신이 서 있는 그곳에 함께 서야 한다 해도, 평생을 두고 죄를 숨기는 것보다는 차라리 그 편이 나을 것이오. 당신의 침묵이 그 남자에게 도움이 될 거라고 생각하오? 그것은 그 남자로 하여금 죄는 물론이고 위선을 더하도록 강요하는 것밖에 아무것도 아니오. 헤스터, 하느님은 당신에게 여러 사람 앞에서 그 수치를 회개할 기회를 주셨소. 그대 가슴속의 죄악과 가슴 밖의 슬픔을 공개적으로 드러내어 이길 수 있도록 한 것이오. 당신의 입에는 쓴 잔일지 모르나 그 남자에게는 유익한 술잔이오. 그 술잔을 그에게 주기를 주저하지 마시오!"

젊은 목사는 떨리지만 풍부한 성량으로 엄숙하게 그리고 낭랑한 목소리로 말했다. 그래서 그 말을 듣는 사람을 감동시켜 모두가 한마음이 되도록 하였다. 헤스터의 품에 안긴 아기까지도 그 영향을 받은 듯 딤즈데일 목사 쪽으로 시선을 돌리고는 의미를 알 수 없는 소리를 내며 조그만 두 팔을 흔들었다.

또한 목사의 말이 어찌나 힘 있게 들렸던지 헤스터 프린이 그 이름을 밝히든가, 아니면 죄를 지은 남자가 어떤 상황에 놓였든지 간에 어쩔 수 없는 심정으로 처형대까지 스스로 걸어 나올 것만 같았다.

그러나 헤스터 프린은 천천히 고개를 내저었다. 그러자 윌슨 목사가 말했다.

"그대여, 하느님의 자비심도 한계가 있다는 것을 아시오."

목사는 조금 전보다 더 격앙된 목소리로 소릴 질렀다.

"저 갓난아기도 목청이 있어서 조금 전에 들은 충고를 알아듣는다고 하는 것 같지 않소. 어서 남자의 이름을 말하시오. 고백하고 회개하면 그 가슴에서 주홍글씨를 떼어낼 수도 있단 말이오."

"그럴 수 없어요. 절대로……."

그녀는 윌슨 목사가 아닌 젊은 목사의 고뇌에 찬 깊은 눈을 쳐다보며 말했다.

"이것은 너무도 뚜렷하고 깊이 찍힌 낙인이어서 도저히 떼어낼 수 없습니다. 차라리 그분의 고뇌에 동참하기를 원합니다."

"말하라!"

군중 속에서 날카롭고 냉엄한 음성이 들려왔다.

"어서 말해서, 아이를 아버지에게 돌려줘라!"

"그럴 수 없어요! 이 아이는 하늘의 아버지를 찾아야 합니다.

지상의 아버지는 영원히 몰라도 용서받을 겁니다."

헤스터 프린은 시체처럼 창백해진 표정으로 말했다. 그녀는 좀 전에 외쳤던 목소리의 주인공이 누구인지 알고 있었다.

"끝내 말하지 않겠군요. 여자들 특유의 저 놀라운 관대함 ……."

딤즈데일 목사가 중얼거리듯 말했다. 그리고 긴 한숨을 쉬며 자기 자리로 한 발짝 물러섰다.

불쌍한 여인의 마음을 파악한 윌슨 목사는 이런 경우에 대비해서 준비한 설교를 청중을 향해 하기 시작했다. 그는 주홍글씨에 대한 의미를 한 시간 이상이나 논하면서 죄에 대해 자세히 토로했다. 그리하여 군중들은 그 상징이 무엇인지를 새삼 깨달으며 공포감에 휩싸였다. 마치 주홍색이 지옥의 업화(業火)에서 가져온 것이라도 되는 것처럼 생각될 정도였다.

그러는 동안 헤스터 프린은 관심도 없는 듯 무표정한 얼굴로 그렇게 서 있었다. 이날, 그녀는 인간으로서 참아낼 수 있는 고통을 온힘을 다해 참고 있는 듯했다. 어려운 일에 처했을 때 쉽게 그것으로부터 도피하는 성격의 여자가 아니었기에 그 고통을 이겨내고 있는지도 몰랐다.

이제 그녀의 정신은 무감각과 뻔뻔스러움으로밖에는 드러나지 않았다. 그녀에게 남아 있는 것이라고는 동물적인 기능이 전부였다. 이런 가운데, 헛된 것이기는 하나 우레 같은 목소리로 쏟아내는 설교가 사정없이 그녀의 귀를 때렸다. 그녀의 고행이 후반으로 접어들 무렵, 아이가 찢어질 듯한 목청으로 크게 울어댔다. 그러나 헤스터는 기계적으로 아이를 달랠 뿐 조금도 가여워하는 기색이 아니었다.

그녀는 군중이 지켜보는 가운데서 다시 사라져 갔다. 감옥 문으로 다시 끌려가는 그의 뒷모습을 지켜보던 사람들의 이야기로는, 그 주홍글씨가 감옥 안의 어두운 복도에서 무시무시하게 밝은 빛을 발하더라고 했다.

4 만 남

다시 감옥으로 돌아온 헤스터 프린은 극도로 신경이 흥분되어 있었다. 그래서 꾸준한 감시가 필요했는데, 혹시 스스로 목숨을 끊거나 미치광이가 되어 가엾은 아이에게 무슨 짓을 할지 모르기 때문이었다.

저녁이 되어서도 흥분이 가라앉을 기색 없이 더욱 심해져, 아무리 꾸짖으면서 벌을 주겠노라고 위협해도 끝내 말을 듣지 않았다. 하는 수 없이 간수장인 브래키드는 의사를 부르기로 했다.

간수의 말에 의하면, 그 의사는 기독교식 인술에도 능하고 산에서 자라는 약초와 관련된 토인들의 의료법에도 정통하다고 했다.

사실 헤스터보다도 아이가 전문 의사의 도움이 절실한 상태였다. 엄마의 젖을 빨고 있는 동안 이 아이는 엄마의 몸 전체에 흐르고 있는 혼란과 고통과 절망을 고스란히 받아들이는 모양이었다. 아이는 엄마가 하루 종일 겪은 숱한 고통을 몸뚱이로 강렬하게 느끼는 듯, 몸을 강렬하게 뒤틀면서 몸부림쳤다.

이윽고 간수를 따라 어두컴컴한 감방 안으로 들어선 사람은 아까 낮에 군중들 사이에서 보았던, 헤스터 프린의 관심을 끌었던 이상한 옷차림의 남자였다. 이 남자가 감방에 들어온 것은, 무슨 죄를 지어서가 아니라 인디언 추장들과 관리들이 자신의 몸값을 두고 흥정하는 동안 그곳에 머무는 것이 가장 편할 것 같아 자청했던 것이다.

그 남자의 이름은 로저 칠링워드였다. 남자를 감방으로 안내한 간수는, 그가 들어서는 순간 감방 안이 갑자기 조용해지는 것을 보고 무척 놀랐다. 아이는 여전히 고통스러워했지만, 헤스터가 갑자기 숨도 쉬지 않는 것처럼 꼼짝하지 않았기 때문이다.

"미안하지만 나 혼자서 환자를 만나면 안 될까요? 곧 괜찮아질 겁니다. 내게 맡기십시오. 감방 안은 금방 조용해질 것입니다. 또한 이제부터 말을 잘 듣도록 만들어 드리겠습니다."

남자가 조용히 말했다.

"정말 그렇게만 해주신다면 선생님을 훌륭한 명의로 모시겠습니다. 저 여자는 무엇에 씌운 것 같습니다. 매질을 해서라도 그 악마를 내쫓을 수 있다면……."

브래키드는 미심쩍은 표정을 지으며 말했다.

이 낯선 남자는 자칭 의사라고 하며 감방 안에 들어섰다. 그리고 의사 특유의 침착한 태도를 보여주었다.

군중들 속에서 헤스터 프린이 계속 이 남자를 주시했던 것으로 보아, 이들의 관계가 심상치 않게 여겨졌다.

잠시 뒤 간수가 나가고 그들 둘이 남았을 때도 그 남자의 태도는 달라지지 않았다. 남자는 여자보다도 먼저 아기를 돌보기 시작했다. 손수레 침대에서 몸부림치며 괴로워하고 있는 아기를 달래는 것이 무엇보다도 시급했기 때문이다.

그는 아이를 조심스럽게 진찰하고 나서 옷 밑에서 가죽가방을 꺼내어 열었다. 거기에는 여러 종류의 의약품이 들어 있었는데, 그중 하나를 꺼내어 컵에 넣고 젓기 시작했다.

"오랫동안 연금술을 배웠고, 근 1년 이상 약초의 효능에 밝은 사람들과 같이 지내다 보니 어느새 의학의 대가로 불리는 사람들보다 훨씬 더 훌륭한 의사가 되었소. 자, 여기 이 약을 먹이시오. 이 아이는 내 아이는 아니지 않소. 내 얼굴이나 목소리도 알 리 없고, 생김새도 결코 내 아이는 아니오. 그러니 이 약을 당신 손으로 먹이도록 하시오."

헤스터는 그가 내미는 약을 뿌리쳤다. 그리고 뚫어질 듯 쏘아보는 눈초리로 남자의 얼굴을 쳐다보았다.

"아무것도 모르는 이 아이에게 앙갚음을 하려는 거예요?"

그녀는 조그맣지만 날카로운 목소리로 말했다.

"정말 어리석은 여자로군. 이 불쌍한 녀석을 해친다고 내게 무슨 이득이 있을 것 같소? 이 애가 설령 내 자식이라 하더라도, 이보다 더 좋은 약을 줄 순 없을 거요."

남자는 그녀를 달래는 것 같기도 하고 비웃는 것 같기도 한 말투로 침착하게 얘기했다.

헤스터의 정신 상태는 정상이 아니었다. 그런 그녀가 혼란스러워하자, 남자는 얼른 아이를 자신의 품에 안고는 직접 약을 먹이기 시작했다. 그 약은 정말 효과가 좋은지 아이가 금세 잠잠해졌다. 의사라고 하면서 떠든 호언장담이 증명된 셈이었다.

아이는 신음 소리를 멈췄고, 괴로워하던 고통 속에서 해방된 듯 고요해졌다. 그리고 고통이 멈춘 아이들이 늘 그렇듯이 고요히 깊은 잠 속에 빠져들었다.

남자는 의사라 불려도 손색이 없을 정도의 손으로 이젠 아이의 엄마를 진찰하기 시작했다. 그는 자세히 맥을 짚어보고 나서, 그녀의 눈을 들여다보았다. 그런 그의 태도는 그녀에게 상당히 낯익으면서도 한편으로는 마음을 움츠러들게 하였다. 그는 그녀의 상태를 알았다는 듯이 약을 조제하기 시작했다.

"나는 망각의 약이나 모든 시름을 잊게 하는 아편 같은 약은 모르지만, 황야에 있을 때 새로운 비법을 많이 배웠소. 이것도 그중 하나인데 패러셀서스(1493~1541, 스위스의 연금술사) 때부터 전해 내려오는 것으로, 나의 학문과 교환하는 조건으로 인디언들이 가르쳐준 처방이오. 자, 마셔보시오. 괴로움을 없애려면 죄 없는 양심이 그래도 낫겠지만, 그런 양심을 구할 수가 없으니…… 하지만 이것으로도 거세게 들끓는 마음의 격정쯤은 잠재울 수 있을 것이오."

남자가 컵을 내밀자, 그녀는 한참 동안 그의 얼굴을 뚫어지게 바라보다 마침내 그것을 받아들였다. 그녀의 깊은 눈동자에는 공포심이라기보다는 이 남자의 진심이 무엇일까 하는 의구심이 가득 담겨 있었다.

깊게 잠든 아이를 바라보며, 그녀가 입을 열었다.

"나는 죽는 것도 생각해 봤어요. 그래서 저를 죽게 해달라는 기도도 드렸어요. 나 같은 여자가 기도를 드렸다면 우습게 들릴지 모르지만 말이에요. 하지만 이 컵 속에 독약이라도 들었다면, 제가 이걸 마시기 전에 다시 한 번 당신의 생각을 돌이켜 주세요. 자, 지금…… 이렇게…… 입술이 닿고 있어요……."

"아무 말 말고, 어서 마시기나 해요."

남자는 침착하고 냉정한 어투로 말했다.

"당신은 그렇게도 내 마음을 모르겠소? 내가 그토록 속이 좁은 남자인 줄 아는 거요? 설령 복수를 하고 싶다 해도, 당신을 살려두는 편이 훨씬 낫지 않겠소? 우선 당신의 생명을 위협하는 모든 것으로부터 지켜주고 나서, 그런 다음 당신의 가슴에서 치욕의 상징인 글씨가 언제까지나 불탈 수 있도록 하는 것이 가장 좋은 방법 아니겠소?"

남자는 그렇게 말하면서 자신의 집게손가락을 주홍글씨에 갖다 댔다. 그러자 그 글씨가 불타올라 헤스터의 가슴속을 온통 태우는 것만 같았다.

사나이는 헤스터가 자신도 모르게 움찔하며 놀라는 것을 보고 싱긋 미소를 지었다.

"그러니 당신은 더욱 열심히 살아서 많은 사람들 앞에서, 전에 남편이라고 불렸던 남자 앞에서, 그리고 저 아이 앞에서 당신의 십자가를 지고 당당히 살란 말이오. 자, 더 오래오래 살기 위해 이 약을 먹도록 해요."

헤스터 프린은 더 이상 그의 충고를 듣지 않고 선뜻 컵을 들어 마신 다음, 그가 얘기하는 대로 아이가 잠들어 있는 침대에 걸터앉았다.

남자는 방 안에 있는 단 하나의 의자를 끌어당겨 여자의 옆에 앉았다. 그러자 헤스터는 자신도 모르게 몸을 움츠렸다. 그러한 헤스터의 행동은 인간이기에 자연스런 것일 수도 있으나, 자신의 고통을 덜어주기 위해 남자가 베풀지 않을 수 없었던 세련된 잔인성에서 기인된 두려움인지도 모른다. 그것이 무엇이든 남자는 이미 이를 과시할 대로 과시한 게 분명하지 않은가.

게다가 헤스터로부터 치유할 수 없는 상처를 마음에 받은 남자이기에, 이제 남아 있는 것은 그녀와 대결인 것이 분명해 보였다.

"헤스터, 나는 당신이 왜 이렇게 되었는지…… 아까 낮에 보았던 그 수치와 부끄러움의 상징인 처형대 위에 왜 서게 되었는지 따위는 묻고 싶지 않소. 그런 거야 다 뻔한 일이 아니겠소? 나는 어리석었고, 당신은 나약했던 탓이오. 나는 언제나 사색에 빠져 있었고, 허기진 갈증을 채우려고 지식을 찾아 헐떡였소. 그래서 좋은 시절을 다 허비하고 만 거요. 이런 내가 당신처럼 아름답고 우아한 여자에게 무슨 의미가 있었겠소. 태어나면서부터 불구인 나는 지식을 기만해 왔소. 사람들은 모두 나를 현명하다고 하지만, 나 스스로는 그렇지 못하다는 것을 진작부터 알았어야 했소. 저 어둡고 쓸쓸한 숲을 빠져나와 이 기독교도들의 식민지에 들어섰을 때, 가장 먼저 내 눈에 들어온 것이 바로 당신이었소. 당신이 군중들 앞에서 그렇게 치욕을 당하고 서 있다는 것을 미리 짐작이라도 했어야 했는데 그러질 못했소. 아니, 우리들이 서로 하나로 맺어져서 부부가 되어 어깨를 나란히 하고 그 교회당의 층계를 밟고 내려오는 순간, 벌써 우리의 앞 — 저 끝에서 불타고 있는 주홍글씨를 분명히 보았어야 했다는 말이오."

"당신은 잘 알다시피……."

비로소 참다못한 헤스터가 작은 목소리로 말했다. 비록 슬픔에 젖어 있기는 했지만 자기의 폐부를 찌르는 마지막 말만큼은 그대로 듣고 있을 수가 없었다.

"나는 그동안 당신에게 솔직했어요. 하지만 우리에겐 처음부터 애정이 없었어요. 물론 나는 당신에게 애정이 있는 척 대하지도 않았어요."

그러자 남자가 비웃듯이 말했다.

"옳은 얘기야. 하지만 내가 어리석었던 것 같소. 그때까지 인생을 허비하면서 살아온 나는, 세상에 즐거움이라고는 하나도 없다고 생각했었소. 내 마음은 거대한 저택처럼 많은 손님들을 맞이할 수도 있었지만, 나는 언제나 쓸쓸하고 온기 하나 없는 폐허에 버려져 있었소. 하지만 나도 따뜻한 불을 지피고 싶었소. 비록 늙고 추한 불구의 몸이지만, 세상에 널려 있는 그 조그만 행복을 나도 움켜쥘 수 있으리라고 여겼었소. 한 조각 물거품밖에 안 되는 꿈인 줄은 정말 몰랐단 말이오. 그래서 나는 당신을 내 가슴속 가장 따뜻한 방으로 끌어들여 나의 온기로, 뜨거움으로 품어주고 싶었소."

"하지만 저는 당신에게 못할 짓을 했어요."

헤스터가 작은 목소리로 중얼거렸다.

"그건 나도 마찬가지요. 꽃봉오리같이 젊고 아름다운 당신을 늙은 내가 유혹하여 처음부터 부자연스럽고 거짓된 관계를 가졌으니, 나도 잘못한 것이오. 그러나 나는 지금껏 인생을 나쁘게 산 사람은 아니오. 그러니 어떤 흉계나 복수 따위는 하지 않아요. 이제 우리 둘은 어느 쪽도 기울지 않게 균형을 이루었소. 그런데 헤스터, 우리들에게 그토록 못할 짓을 한 녀석은 도대체 누구요? 지금 살아 있소?"

"그건 알려고 하지 마세요! 아무리 물어도 그것만은 절대로 말할 수 없어요."

헤스터 프린은 남자의 얼굴을 마주 보며 단호하게 대답했다. 그러자 남자가 의미심장한 미소를 지으며 말했다.

"말하지 않겠다고? 정말이오? 그러나 헤스터, 이 세상의 일이란 눈에 보이는 것이든 눈에 보이지 않는 마음속의 것이든 간에 그것을 밝히고자 전력을 기울이는 사람들이 있는 한 반드시 드러나게 되어 있는 법이오. 당신은 비밀을 밝히려고 몰려드는 군중으로부터, 또는 목사나 재판관들로부터 어느 정도는 버텨낼 수 있었겠지. 오늘, 그들이 처형대 위에 그 비밀의 인물과 함께 세워놓고자 했던 것처럼 말이야. 하지만 나는 그들과는 다른 방법으로 당신의 비밀을 밝혀낼 수 있소. 나는 책에서 진실을 찾아내듯 연금술로 금을 찾아냈던 것처럼, 꼭 그 사나이를 찾아내고야 말 것이오. 그 사내를 알아내어 부들부들 떨게 할 자신이 있소. 그렇게 되면 나도 모르게 내 몸이 떨려올 테지. 아무튼 두고 보오, 내 그 녀석을 찾아내고 말 테니!"

그의 눈이 갑자기 이글거리며 타오르자, 헤스터 프린은 당장이라도 그가 자기의 마음을 알아차릴까 봐 너무나 두려운 나머지 얼른 두 손으로 가슴을 가렸다.

"당신은 그 사내의 이름을 끝까지 말하지 않을 거요? 하지만 상관없소. 어차피 그는 머지않아 내 밥이 될 것이오."

남자는 너무나 자신만만한 어투로 말을 계속 이어 나갔다.

"그는 당신처럼 가슴에 글씨를 달고 다니지는 않겠지만, 나는 그를 발견할 수 있소. 그놈의 가슴에 새겨진 글씨를 꼭 보고야 말 것이오. 하지만 그를 위한 걱정 따위는 하지 마오. 하느님이 내리시는 형벌을 내가 방해한다든가, 나에게 해가 되는 줄 알면서 그의 이름을 밝혀내어 어떤 법률에 적용시키지는 않을 것이오. 또한 그의 생명을 해치는 어떤 나쁜 일도 저지르지 않을 것이오. 나는 손해나는 일은 절대 하지 않으니까. 혹시 그가 지체 높은 인간이라 해도, 그의 명예를 실추시키는 일은 하지 않을 것이오. 그를 살려두는 편이 낫겠지. 명예의 안락함 속에 그냥 숨어 살 수 있다면…… 어쨌든 그는 내 손 안에 있을 테니까!

그동안 내 아내였던 당신과 한 가지 약속할 것이 있소. 당신이 사랑하는 그와 비밀을 지키듯이, 내 비밀도 지켜주시오. 여기서는 나를 아는 사람이 아무도 없소. 그러니 누구에게도 내가 전 남편이었다고 말하지 마시오. 나는 이 도시 어느 한 모퉁이에 발을 붙이고 살겠소. 다른 어디를 가도 방랑객 신세라서 고립된 인간에 불과할 테니까. 하지만 이곳은 나하고 인연이 깊은 한 여자와 한 아이가 있소. 그 관계가 사랑이든 미움이든, 또는 옳은 것이든 그른 것이든 간에 내게는 문제가 되지 않소. 헤스터 프린, 당신은 물론이고 당신이 아끼는 그 사람 또한 내 것이오. 내가 있는 곳은 바로 당신이 있는 곳이고, 또 그가 있는 곳이기도 하오. 그러니 나와의 약속을 꼭 지켜주기 바라오."

그녀는 그것이 무엇인지 확실하게 알 수는 없었지만, 그가 하는 약속들이 두렵기만 했다.

"당신은 무엇 때문에 그러길 바라세요? 왜 자신의 정체를 밝히지 않고, 또 나를 당장 버리지도 않는 거죠?"

"그건 배신당한 남편에게 따라붙는 불명예가 싫어서일 거요. 아니면 또 다른 이유가 있을지도 모르지. 아무튼 나는 남에게 알려지지 않고 살기를 바라는 사람이오. 그러니 사람들에게는 당신의 남편은 이미 저 세상에 가 버려 아무런 소식조차 없는 사람이라고 말하면 되오. 말이나 태도나 표정으로도 날 아는 체하지 마시오. 특히 그자에게 비밀이 누설되지 않도록 조심하도록 하오. 만약 그렇게 하지 않으면 가만있지 않을 거요.

그의 명성이나 지위, 목숨 모두가 내 손 안에 있다는 것을
잊지 마시오!"

"그 사람의 비밀을 지켰듯이 당신의 비밀도 지키겠어요."

"다짐하시오!"

마치 명령하듯 말했다. 그러고는 이제부터 로저 칠링워드로
불리게 될 이 남자가 다시 덧붙였다.

"자, 그럼 프린 부인. 이제부터 당신을 혼자 있게 해주겠소.
이 어린아이와 주홍글씨만 남도록 말이야. 아 참, 당신에 대한
판결은 잠자는 동안에도 그 글씨를 달게 되어 있는 거요? 혹시
무서운 꿈에 시달리거나 가위에 눌리게 될까봐 겁나지 않소?"

헤스터는 남자의 표정에 당황하면서 물었다.

"왜 당신은 나를 보고 그렇게 웃고 있죠? 당신은 마을 근처
숲 속에 산다는 그 악마인가요? 당신은 나를 속여 나의 영혼을
파멸로 이끌어 넣으려고 나와 약속을 한 것 아닌가요?"

"아니오. 당신의 영혼을 파멸시킬 생각은 결코 없소."

남자는 다시 빙그레 미소를 지으며 말했다.

5 바느질하는 헤스터

헤스터 프린은 마침내 형기를 마쳤다. 감옥 문이 열리자
그녀는 눈부신 햇빛 속으로 걸어 나왔다. 누구에게나 공평하게
내리쬐는 햇빛도 그녀의 아픈 마음으로 볼 때는 가슴에 단
주홍글씨를 드러내기 위한 빛으로밖에는 느껴지지 않았다.

지난달 군중들이 떼를 지어 뒤따르며 손가락질하던 그때보
다, 아무도 지켜보는 사람이 없는 가운데 혼자서 감옥 문을
나오는 지금 이 순간이 그녀에겐 훨씬 괴롭고 쓸쓸하게 느껴
졌다.

그때는 부자연스런 긴장감과 자기의 기질 속에 잠재된 끈질
긴 투지로써 그 고통스런 장면을 오히려 처참한 승리로 바꿀
수 있었다. 또한 그것은 일생을 두고 한 번 찾아올까 말까한
고립된 사건이었다.

그래서인지는 모르지만, 미래를 생각할 필요도 없이 몇 년간
아무 걱정 없이 살 수 있는 힘을 한꺼번에 소진시켰다고 해서
그것이 그리 큰 문제가 되지는 않았다. 오히려 그녀를 처벌한

법률 — 무섭고 거대한 흡혈귀 같은 — 이 오히려 그녀를 지탱해 주는 보이지 않는 힘이 되었다.

그러나 지금은 누구 하나 쳐다보는 사람이 없는 가운데 감옥에서 나와, 일상생활을 계속해 나가야 하는 상황이었다. 그리고 그녀는 자기의 끈질긴 기질로써 그것을 개척해 나가고 지탱해 나가야만 했다. 현재의 슬픔을 이겨내기 위해 미래로부터 빌려 올 힘 같은 것은 그녀에게 이미 남아 있지 않았다.

내일은 내일의 시련을 그녀에게 가져올 것이고, 그다음 날은 또 그다음 날대로, 그다음 날은 또 그다음 날대로 그녀에게 새로운 짐을 지워주고 서서히 압박해 올 것이다. 그리고 그것이 아무리 무겁고 힘겹다 해도 투정조차 부릴 수 없는 처지가 되어 버린 것이다.

세월이 흐를수록 그녀의 짐은 더욱 무거워지고, 생활의 비참함은 더욱 커질 것이며, 그녀만이 가진 고유한 개성마저 잃어갈 것이다.

또한 많은 설교가나 웅변가, 위정자들은 그녀에게 손가락질을 하면서 어떤 상징적인 인물로 얘기하기를 주저하지 않을 것이다. 죄 많은 여자의 상징이나 본보기로 삼아, 저 가슴에 불타고 있는 주홍글씨를 다시 한 번 보라고 외칠 것이다.

그리하여 사람들은 어엿한 부모 밑에서 행복을 꿈꾸며 살기를 원했던 그녀, 단란한 가정과 아이를 평범하게 키우고 싶었던 그녀, 한때 정숙하고 순진했던 그녀를 백안시하라고 가르칠 것이 분명했다.

그리고 먼 훗날 그녀가 죽고 나면, 그녀의 무덤의 묘비명에까지도 치욕스러운 죄의 흔적이 남게 될 것이다.

그러나 이제는 세상에 대한 문이 활짝 열렸으므로 어느 곳으로 가도 상관이 없었다. 그녀의 판결문에 거주지에 대한 제한 조건 따위는 없었으니까.

따라서 자기의 신분을 숨기고, 유럽 어디나 고향으로 돌아가 새로운 마음으로 살아갈 수도 있으리라. 아니면 자유분방한 그녀의 성품으로 미루어 보아, 깊고 깊은 어느 숲 속으로 들어가 원주민과 어울려서 살아갈 수도 있으리라.

그런데 이 세상에는 거역할 수 없는 운명 같은 것이 있는 법이다. 그러기에 인간은 자기를 그토록 못살게 괴롭히는 곳이라 할지라도 차마 떠나지 못한 채 고향으로 여기며 살기도 하는 것이다. 인간은 결국 그런 존재이니까……. 그렇기 때문에 자기의 인생에 커다란 오점을 남긴 곳임에도 불구하고 끝까지 배회하며 머무는 것이다. 이런 고약한 운명은 처한 일이 암담하면 암담할수록, 슬픔이 크면 클수록 더욱 거역하기 어려운 법이다.

그녀의 치욕적인 죄는 그 땅에 더욱 견고하게 뿌리를 내리고 있었다. 그것은 새로 태어난 것이 기존의 삶보다 더 강한 친화력을 나타내는 것처럼, 모든 나그네들이나 순례자들이 쓸쓸하고 황량하게 보내는 광야에서의 생활을 그녀는 마치 자신의 고향에서 생활하는 것처럼 익숙하게 받아들였다. 그것은 이 세상의 어떤 곳도 그녀에게는 낯설고 생소했기 때문에 가능한 일이었는지도 모른다.

심지어는 행복했던 어린 시절과 순진했던 처녀 시절도 오래 전에 벗어놓은 옷처럼 잊고 지냈다. 아직도 어머니가 살고 계실 영국의 고향도 이곳과 비교한다면, 그녀에겐 낯선 타향에 불과했다.

또한 그녀를 이곳에 묶고 있는 깊고 아픈 상처의 사슬이 고통스러웠지만 그것을 절대로 끊어 버릴 수 없었다. 치명적인 상처의 땅, 이 산과 들이 그녀를 묶어두는 이유는 또 있었다. 그녀 자신도 미처 알아차릴 수 없는 사실이었지만…… 그 이유는 분명했다.

그녀는 이런 감정을 자기 자신에게까지 철저히 숨겼고, 그런 감정이 자기 속에서 뱀처럼 꿈틀거리며 나오려고 할 때마다 깜짝 놀라고는 했다.

이 땅은 그분이 숨쉬고 있는 곳이다. 그분이 보고 느끼는 산과 들이 이곳에 있고, 그가 거니는 길 또한 여기에 있다. 이곳엔 그녀 자신이 일생을 함께할 거라고 믿었던 분이 있다.

그는 최후의 심판대를 제단으로 삼아 끝없는 죄의 십자가를 함께 지고 갈 사람, 그녀가 그렇게 믿고 있는 사람이다.

영혼을 유혹하는 악마는 헤스터에게 끊임없이 이런 독을 내밀며 유혹했다. 그리고 그녀가 그것을 움켜잡았다가 깜짝 놀라며 재빨리 뿌리치는 광경을 보고 마음껏 비웃는 것만 같았다. 그래서인지 그녀는 그런 부딪힘에서, 그런 갈등에서 벗어나기 위해 마음속에 그것을 꼭꼭 담아두곤 했다.

그녀는 자신이 뉴잉글랜드에서 살아야 하는 이유에 대해 생각하곤 했는데, 왠지 절반은 진실 같았으나 절반은 자기기만이라고 여겨졌다. 즉 그녀는 자신이 이 땅에서 죄를 지었고, 죄를 지은 장소이니만큼 고통도 여기에서 받아야 한다고 생각했다.

　그렇게 살다보면 치욕은 점점 영혼을 순화시켜 주고, 영혼은 씻은 듯 맑아져서 자신을 성녀(聖女)답게 만들어줄 수도 있지 않겠는가. 따라서 그녀는 그곳을 떠날 수 없었다.

　보스턴의 변두리 땅, 바다와 접한 해변의 외딴 곳에 조그만 오두막집이 있었다. 이 집은 초기의 개척자들이 지은 것이었으나, 주위의 땅이 너무 메말라서 농사를 지을 수가 없었다. 또 거리도 너무 멀어 생활하는 데 지장이 있기 때문에 거의 폐가나 다름없었다.

　그 집은 바다가 한눈에 보이는 서향집이었다. 또한 무성한 숲이 이 집을 가려주고 있었는데, 가리고 있다기보다는 도리어 집이 그 숲에 숨어 있는 것만 같았다.

　감시를 조금도 소홀히 하지 않는 관청의 허가를 얻어, 그녀는 이 집으로 살림 도구를 옮기고 아이와 단둘이 살게 되었다.

　그런데 그녀가 이곳에 오자 의혹의 그림자가 그녀에게 드리워졌다. 어째서 젊은 여인이 이런 곳까지 와서 살게 되었는지 이해할 수 없는 아이들은 그녀가 바느질을 하거나, 창가에 서 있거나, 정원을 오가거나, 오솔길을 걸을 때마다 구경하느라고 정신이 없었다. 그러다가 가슴에 붙은 주홍글씨를 보게

되면 이상한 두려움에 휩싸여 '와' 하고 함성을 지르며 도망치곤
했다.

그녀는 함께 대화할 상대도 없는 외롭고 쓸쓸한 처지였지만
아무런 부족함을 느끼지 않았다.

그녀에게는 한 가지 익숙한 기술이 있었다. 이곳은 그 솜씨를
발휘하기에 적당하지 않았지만, 그 솜씨만으로도 아이를 키우
며 살 수 있는 식량은 충분히 확보할 만한 것이었다.

그 기술은, 지금도 그렇지만 예부터 여자들이 주로 해왔던
바느질이었다. 자신의 손으로 직접 가슴의 주홍글씨를 수놓았
듯이, 그녀에게는 섬세하고도 상상력이 넘치는 솜씨가 있었다.

그 솜씨는 궁정에 사는 귀부인들의 눈에 띄게 될 경우, 그들이
당장 달려들 정도로 뛰어난 것이었다. 세련미가 넘치는 그의
솜씨는 비단실과 금실로 짠 옷 위에 정성과 기교가 담긴 장식을
달고 싶어 했던 그들을 쉽게 유혹할 수 있을 만큼 매력적인
것이었다.

청교도들의 옷차림은 대체로 단순하고 칙칙한 느낌이어서,
그녀가 만든 물건이 어울리지 않을 수도 있었다. 하지만 그녀의
솜씨라면 그들의 습성까지도 과감히 바꾸어서 새로운 것을
받아들이게 할 수 있을 정도로 특별했다.

그들은 버리기 어려운 풍습까지도 과감히 버리고 온 사람들
이었다. 그러나 그들은 목사의 안수식을 비롯하여 관료의 임명
식 및 취임식 등 여러 공적인 행사에서 위풍당당한 위용을
갖추고, 엄격한 절차에 맞춰 장엄함을 드러내는 특색 있는

옷을 좋아했다.

주름이 있는 옷깃, 정성 들여 만든 띠, 화려하게 수놓은 장갑 등은 집권자의 권위의 상징과도 같았다. 그것은 일반 시민들에게는 근검이라는 기치 아래 금하고 있으면서도, 지위가 높거나 돈이 많은 사람들에게는 쾌히 허용하고 있는 조항이었다.

또한 장례식의 경우에도 시체에 입히는 수의나 유가족의 슬픔을 나타내는 검은 천, 흰 삼베의 갖가지 모양 등 헤스터 프린의 솜씨를 요하는 일은 얼마든지 있었다. 당시는 아이들도 예복을 입었기 때문에 그것 또한 수입원이 될 수 있었다.

이렇게 해서 그녀의 손을 거친 물건들은 점점 유행의 물결을 타게 되었다. 그것은 그녀의 처지를 이해하는 사람들의 동정심의 발로였는지 또는 허영심 많은 사람들이 하찮은 물건에도 병적으로 보이는 호기심에서였는지, 아니면 이상한 사정으로 남이 가질 수 없는 것을 갑자기 갖게 되는 행운 때문에서인지, 사람들의 채울 수 없는 마음의 공허함을 그녀가 메워주어서인지는 몰라도 헤스터 프린에게는 하루에 몇 시간이고 바느질에 열중할 수 있는 일거리가 언제나 주어졌고, 그것만으로도 충분한 수입이 되어주었다.

어쩌면 허영심 있는 사람이, 호화롭고 장엄한 의식을 위해 죄 많은 손이 만든 옷을 입음으로 해서 자신의 허영심에 대한 죄를 상쇄시키려고 했는지도 모른다.

여하튼 그녀의 손길은 군인의 목도리에, 목사의 가운 띠에,

그리고 어린아이들의 모자에도 나타났다. 또한 죽은 사람의 관 속에도 들어가 곰팡이의 꽃을 피우기도 했다.

그러나 결혼하는 신부의 청순한 웨딩드레스에 수를 놓아달라는 주문은 한 번도 없었다. 이것은 사회가 그녀를 용서하지 않고 언제나 지켜보고 있다는 증거였다.

헤스터는 자신을 위해서는 가장 값싼 옷을 걸쳤다. 의식주에도 가장 기본적인 생계비만을 지출했고, 아이를 위한 식량 외에는 아무것도 바라지 않았다. 검소한 생활 속에서 그녀의 옷은 칙칙했고, 단 하나의 유일한 장식품은 가슴에 단 운명의 주홍글씨뿐이었다.

그러나 아이의 옷 모양만큼은 기묘한 재주를 부려 유난히도 상상력이 풍부해 보이게 만들었다. 그것은 어린아이에게서 일찍부터 싹트기 시작한 경쾌한 매력을 돋우는 데 도움이 되기도 했지만, 한편으로는 더욱 깊은 뜻이 내포되어 있는 것 같았다. 여기에 대해선 나중에 말하기로 하겠다.

헤스터는 아이를 단장하는 데 드는 약간의 비용 외에는 모든 돈을 불쌍한 사람들을 위해 썼다. 사실 따지고 보면 모두가 자기 신세보다는 나은 사람들이었다. 그러나 그렇게 그들에게 도움이 되기 위해 손을 내밀었지만, 그들은 오히려 헤스터의 손길에 침을 뱉거나 모욕을 주기 일쑤였다.

그녀는 자기가 가지고 있는 기술을 보람 있게 쓰려고, 가난하고 불쌍한 사람들을 위한 옷을 만드는 일에 시간을 투자했다. 이렇게 함으로써 자기가 지은 죄를 속죄하는 기회가 되기도 했고, 자신이 취할 수도 있는 향락을 조금이나마 자제하는 수단이 되기도 했다.

그녀의 기질 속에는 풍부한 상상력과 화려한 동양적 감각이 있었다. 그러나 이러한 취향이 나타나는 곳은 그녀의 정교한 바느질 솜씨일 뿐, 다른 어떤 부분에서도 찾아볼 수 없었다.

여자란 원래 이러한 섬세한 바느질을 통해 남자들이 모르는 쾌락을 맛보기 마련이지만, 헤스터 프린에게는 바느질이 자신의 열정을 드러냄과 동시에 그것을 조용히 다스리는 하나의 수단일 뿐이었다. 생활의 모든 기쁨을 외면했듯이, 그녀는 이런 기쁨도 죄라고 생각하여 자제했다.

이처럼 하찮은 곳에까지도 양심은 병적일 만큼 따라와 간섭했다. 그것은 자신의 삶이 진실한 것이 아니라 위선과 의심으로 가득 찬, 뭔가 근본적으로 잘못되었음을 말해 주는 것 같았다.

아무튼 그녀는 이 세상에서 자기가 할 일을 찾게 되었고, 그 일에 성취감도 맛보고 있었다. 세상은 그녀의 가슴에 카인보다도 더 견디기 어려운 낙인을 찍기는 했지만, 타고난 강한 기질과 포용력을 가진 그녀를 떨어 버리지는 못했다.

하지만 사회와의 접촉에 있어서도 그녀는 자기가 그 일원으로 속해 있다는 것을 느끼지 못했다. 그녀가 접촉하는 사람들의 말씨나 태도, 침묵조차도 그녀가 이 세상에서 쫓겨난 사람이어서 마치 딴 세상에 살고 있다는 것을 공공연히 드러내거나 암시하는 경우가 적지 않았기 때문이다.

마치 다른 세계에서 온 것처럼, 아무런 인간관계가 없는 그녀는 고독했다. 실제로는 바로 옆에 존재하고 있는데도, 그녀는 인간 사회에서 멀리 떨어진 것처럼 보였다. 이것은 따뜻한 난롯가에 보이지 않는 영혼이 찾아왔는데, 사람들의 눈에 띄지도 않고 만져지지도 않는 그런 것과 같았다. 함께 웃거나 우는 일조차도 하지 못하고, 가정적인 희로애락에 참여할 수도 없었다. 그래 보았자 노여움과 공포심, 혐오감만 불러일으키는 꼴이 되기 때문이다.

세상 사람들의 마음속에는 그녀가 노여움, 공포심, 혐오감의 이미지로만 자리 잡혀 있었다. ─ 그 위에 조소와 경멸을 더한…….

당시는 인정이 풍부한 시대는 아니었다. 그녀는 자신에 대한 위치나 처지를 잘 알고 있었지만, 사람들이 그것을 건드리고 사정없이 짓밟을 때는 처음으로 그러한 고통을 느끼는 것처럼 안절부절못했다.

앞에서도 말했듯이, 처지가 불쌍한 사람들을 찾아가 도움을 주려는 곳에서도 그녀에게 욕을 하고 침을 뱉는 사람들이 있었다. 어쩌다 상류층의 집에 불가피한 일로 가게 되는 경우에도 그들은 어김없이 이 여인의 가슴에 새로운 못을 박았다.

이렇게 여자들이란 하찮은 일에도 찬물을 끼얹거나 사람을 해치는 독을 만들어내는 기묘한 재주를 가지고 있다. 그들은 때때로 악의에 찬 감정을 노골적으로 드러내기도 하고, 어떤 때는 아무런 방비도 없는 가운데 느닷없이 가슴에 비수를 꽂기도 했다.

헤스터는 많은 날들을 지나오는 동안 자신을 잘 단련시켜 왔으므로 그러한 공격이 쏟아질 때 아무런 대꾸도 하지 않았다. 다만 억제할 수 없는 혈기가 창백한 두 뺨을 붉게 물들였다가 금세 가슴 깊숙이 가라앉혀지곤 했다.

이렇게 참고 또 참는 그녀의 태도는 흡사 순교자의 그것과 같았으나, 그들을 위해 기도하지 않았다. 왜냐하면 용서하고 싶은 마음은 많았으나, 아무리 자제한다 해도 그들을 저주하는 말이 튀어 나오면 어쩌나 하는 생각 때문이었다.

그녀는 여러 가지 형태의 고통과 고뇌 속에 빠져 있었다. 그것은, 재판의 판결이 언제까지나 계속되도록 교묘하게 이루어졌기 때문에 겪는 고통이었다.

길을 가다가도 목사는 그녀와 마주치면 발을 멈추고 훈계를 했다. 그러면 구경꾼이 모여들고, 이 불쌍한 죄인 앞에서 서로 비웃고 얼굴을 찡그리곤 했다.

주일날, 온 세상 사람의 아버지인 하느님의 자비와 사랑을 맛보려고 교회에 가면 그녀가 그날 설교의 예화로써 등장하는 일도 종종 있었다.

헤스터는 이제 아이들을 무서워하기 시작했다. 이 외로운 여자가 아이 하나만을 데리고 거리를 걸어가는 모습이 눈에 띄면, 아이들은 그들의 부모로부터 배워서인지 막연히 두려워하면서 놀려대곤 했다.

그래서 그녀가 펄을 데리고 아이들을 지나치면, 그들은 깜짝 놀라면서도 소리를 지르며 쫓아오곤 했다. 아이들이 아우성치는 말에 별다른 뜻은 없었으나, 그들이 무심코 던지는 말들이 그녀를 더욱 힘들게 했다.

이런 이야기를 듣다 보면 온 세상사람 누구 하나 그녀의 이야기를 모르는 사람이 없을 것 같았다.

나뭇잎이 저희들끼리 그녀의 불륜을 속삭이고, 여름철의 뜨거운 바람이 그 이야기를 중얼거리고, 겨울철의 찬바람이 그것을 외쳤다 하더라도 그녀에게 이만큼의 고통은 주지 않았을 것이다.

특히 그녀는 처음 보는 사람에게서 더욱 고통을 느꼈다. 그들은 호기심 어린 표정으로 그녀의 가슴에 쓰인 주홍글씨를 들여다보았다. 그냥 지나치는 사람이 한 사람도 없을 정도였다. 그러면 다시 한 번 그 낙인이 마음속 깊숙이 박히는 것 같았다. 그럴 때는 가슴의 글씨를 손으로 가리고 싶은 충동도 일어났지만, 그녀는 언제나 꾹꾹 눌러 참곤 했다.

한편 낯익은 사람들도 괴로움을 주었는데, 평소에 잘 알고 있던 사람들마저 쌀쌀한 표정을 지을 때는 정말로 견딜 수가 없었다. 그런 불쾌한 시선이 집중될 때마다 그녀는 쓰라린 고통 속에서 헤어 나올 수가 없었다.

이상하게도 가슴의 글씨가 붙은 부분은 둔감해지지 않고 날이 갈수록 오히려 더욱 예민해져서 고통이 가중되었다.

그러나 어쩌다 며칠에 한 번, 아니 몇 달에 한 번 정도는 진실한 인간적 시선이 수치의 낙인에 머무르는 경우가 있어

위로와 안위를 느끼기도 했다. 그러면 얼마간 고통이 덜어지는 듯했다. 그러나 그것도 한순간이었고, 그다음에는 더욱 심한 고통이 닥쳐왔다. 왜냐하면 그 짧은 순간에 그녀는 또 한 번 죄를 짓기 때문이었다. 그러나 그 죄를 그녀 혼자 지은 것일까?

그녀는 생활의 고통과 고독으로 인해 약간 부자연스러운 상상력을 갖게 되었다. 만약 정신적으로나 도덕적으로 나약한 기질을 가졌었다면 더욱더 악화되었을지도 모른다.

단세포적인 관계로 맺어져 있는 그녀만의 이 좁은 세상을 이리저리 거닐다 보면, 그녀의 머릿속엔 이 주홍글씨가 새로운 세계로 갈 수 있는 감각을 불러일으키곤 했다. 그것은 공상에 불과했지만 상당한 힘을 내포하고 있었다.

이 감각은 자신이 타인의 내밀함 마음속을 들여다볼 수 있는 힘을 가졌다고 믿는 것이었지만, 헤스터는 그때마다 두려움을 느꼈다. 하지만 믿지 않을 수가 없었다.

이러한 힘은 무엇일까? 그것이 악마의 기괴한 속삭임은 아닐까?

악마는 아직은 절반밖에 굽히지 않았으나, 허우적거리는 여인에게 표면상으로 순결을 표방하는 것은 거짓이라고 속삭였다. 그러면서 진실이 꼭 드러나야만 한다면, 주홍글씨를 헤스터 프린의 가슴에만 붙일 것이 아니라 모든 사람의 가슴에 붙여야 할 것이 아니냐고 설복시키려 들었다.

희미하면서도 뚜렷한 이 암시를 진실이라고 받아들여야 할 것인가? 지금까지 그녀가 겪은 경험 중에 이런 의식만큼 두렵고 지긋지긋한 것은 없었다.

더구나 아무 때나 어느 곳에서나 불쑥불쑥 찾아오는 이런 공상 때문에 더욱 놀랍고 당황스러울 뿐이었다.

특히, 모든 사람에게 신앙과 경건으로 절대적 귀감이 되는 훌륭한 목사의 옆을 지날 때면 가슴에 달고 있는 치욕의 표시가 어떤 것에 공감이라도 한 듯 들먹거리며 통증을 유발시켰다. 이 근처에 어떤 죄악이 있나 싶어, 그녀가 눈을 들어 보면 점잖은 성인군자의 모습 외에는 아무도 눈에 띄지 않았다.

또 많은 사람들의 애기에 의하면, 태어나면서부터 차가운 눈을 마음속에 간직했었다는 나이 지긋한 부인이 있었다. 그런데 그 부인이 경건을 가장한 그 얼굴을 찌푸릴 때면 이상하게도 그 부인과 자기가 별로 다를 바가 없다는 야릇한 생각이 집요하게 고개를 들곤 했다.

그 부인의 가슴에 있는 햇빛을 보지 못한 차가운 눈과 헤스터 프린의 가슴에서 불타고 있는 치욕의 주홍글씨, 이 둘 사이의 공통점은 무엇인가? 그럴 때면 이런 소리가 들리는 것 같았다. "자, 보아라. 헤스터, 여기 너의 동료가 있다."

이 소리에 놀라 순간 눈을 들어 보면, 주홍글씨를 곁눈질로 본 것 때문에 자기의 순결이 더러워지기라도 한 것처럼 황급히 외면하는 젊은 여자의 시선이 그곳에 있곤 했다.

아, 악마여. 숙명처럼 부적을 가슴에 안고 마술을 부리는 악마여! 그대는 이 불쌍하고 타락한 죄인이 존경할 만한 사람을 남녀노소 중에서 한 사람도 남겨줄 수 없는가?

이처럼 믿음을 상실한다는 것이야말로 죄악이 가져다주는 가장 큰 슬픔인 것이다.

그럼에도 불구하고 헤스터 프린은 아직도 아무도 자기와 같은 죄를 지은 사람은 없다고 믿으려 했다. 이것이야말로 자신의 연약함과 인간의 엄한 법률의 희생물이 된 이 가엾은 여인이 아직도 완전히 부패하지 않았음을 증명하는 것이리라.

사람들이 어두운 시대를 살 때는 상상력을 유발시키는 일에 기괴한 공포심을 나타내는 습성이 있다. 이 주홍글씨에 대해서도 현대인이라면 무시무시한 한 토막의 전설처럼 꾸며낼 수도 있을 것이다.

그들은 그 주홍색이 단순히 세상의 물감 통에서 물들여진 붉은 빛이 아니라 지옥의 업화(業火)로 빨갛게 타오르는 것이기 때문에, 헤스터 프린이 걸어 다니는 곳은 아무리 어두운 밤일지라도 이글이글 타는 화염이 보인다고 할 수도 있을 것이다.

그러나 아무리 회의적인 현대인들일지라도, 이 주홍글씨가 헤스터 프린의 가슴을 깊게 지져 들어갔다는 것과 이러한 얘기 속에 진실이 숨어 있을지도 모른다는 점을 간과해서는 안 될 것이다.

6 ___ '펄'이라는 아이

나는 그 아이에 대해서는 아직 한마디도 하지 않았다.

그 작고 여린 생명은 무구한 신의 섭리에 의해 정욕이 들끓는 곳에서 아름다운 불멸의 꽃으로 피어났다.

그 아이가 자라가는 모습이나 날마다 빛을 더해 가는 아름다움, 작은 얼굴에 감도는 총기를 볼 때마다 엄마의 가슴은 얼마나 감격스러웠겠는가?

펄……

그녀가 지은 이름이지만, 아이의 얼굴이 진주처럼 생겼다고 해서 붙인 이름은 아니었다. 진주를 연상할 때 떠오르는 온화하고 고요한 광택이 조금도 없는 아이였으니까……

그렇게 이름을 붙인 것은 엄마가 온갖 희생을 치르면서 얻은 유일한 보물이라는 뜻이었다. 그렇다고 하더라도 얼마나 기이한 일인가.

이 여자가 지니고 있는 주홍글씨는 사람을 파멸로 이끄는 힘이 너무나 강해서 그녀와 같은 죄를 지은 사람이 아니고서는 어떤 사람도 동정을 베풀 수가 없는데, 하느님께서 죄의 직접적인 결과로써 그녀에게 이처럼 귀여운 아이를 주셨으니 말이다.

아이는 그 치욕의 가슴에 안겨 엄마와 사람들을 연결시키면서 결국 천국에서 축복받는 영혼이 되게 하려는 것이 아닐까.

이렇게 생각하면서도 헤스터의 마음속에서는 희망보다는 불안이 앞섰다. 자기의 행위가 용납할 수 없는 일임을 잘 알고 있었으므로 그 결과가 좋으리라는 것을 믿을 수 없었기 때문이다.

하루하루가 다르게 변해 가는 아이의 성장을 지켜보면서, 그녀는 자신의 죄 때문에 아이가 난폭하거나 어두운 성격이 되는 것은 아닌가 하고 두려워했다.

펄은 신체적으로는 아무런 결함이 없었다. 건강하고 활기찬 모습이었으며, 아직 익숙하지도 않은 손발을 자유스럽게 놀리는 것을 보면 에덴동산에 태어났어도 아무런 손색이 없을 정도였다.

최초의 인간이 에덴동산에서 쫓겨난 뒤에도 천사들과 함께 거기에 남아 있어, 그들의 장난감이 되어도 좋을 아이였다.

우아한 모습에 기품이 서린 모습은 어느 한 곳 흠잡을 데가 없었다. 이 아이는 아무리 초라한 옷을 입고 있어도 보는 이로 하여금 가장 잘 어울리는 옷처럼 보이게 했다. 그렇다고 그애가 결코 낡거나 촌스러운 옷을 입은 것은 아니었다.

이야기가 진행되어 감에 따라 잘 알게 되겠지만, 어머니는 병적일 정도로 온갖 재주와 상상력을 동원하여 최대한 솜씨를 발휘한 옷을 아이에게 입혔다. 그러므로 이 아이를 보면 누구나 깜짝 놀랄 만한 아름다움에 감탄했다.

옷을 잘 차려입고 있으면 아이는 후광을 받은 듯 환하게 떠올랐고, 그 눈부심으로 작은 오두막집의 마루는 더욱 빛이 나는 듯했다. 때로는 개구쟁이처럼 뛰어놀아 옷이 더러워지고 찢어져도 이 아이는 여전히 완벽한 그림처럼 아름다웠다.

펄에게는 여러 명의 아이가 들어 있는 것 같았다. 농가의 들꽃 같은 아름다움에서부터 왕실의 화려한 공주의 분위기까지 갖고 있어, 마술을 부리는 것처럼 느껴지기도 했다. 게다가 절대로 사라지지 않을 것 같은 정열이 심오하게 자리 잡고 있는 듯 보이기도 했다.

이런 변화무쌍한 가운데서 그 정열과 색조가 감소되는 기미가 보이면 본래의 기질을 잃어버려 이미 펄이 아닌 다른 존재로 보이기도 했다.

겉으로 드러나는 이 같은 외적 변화는 아이의 내부적 성향을 잘 드러내 주었다. 그러나 다양한 천성과 심오한 깊이에도 불구하고, 자기를 태어나게 한 이 세상에 대한 적응 능력은 그다지 뛰어나지 않았다. 만약 그렇지 않다면 엄마 헤스터 프린의 근심은 한낱 기우에 지나지 않을 테지만 말이다.

아이는 어떤 룰에 순응하지 못했다. 이미 태어나면서부터 규칙을 어겼기 때문인지도 모를 일이었다. 결과만을 두고 볼 때 아이는 빛나듯 아름다운 자태를 가지고 태어났지만 혼란의 기질이 다분한, 그렇지 않다 해도 보통 아이와는 뭔가 다른 독특한 기질을 갖고 있었다.

헤스터만이 아이의 성격을 알 수 있었는데, 이를테면 막연하기는 하지만 펄이 정신세계나 물질세계에서 영혼의 자양을 흡수하여 자신을 만드는 그 시기에 헤스터 자신이 무엇을 하고 있었는가를 생각해 보게 만들곤 했다. 어머니의 정신 상태가 그대로 태내의 아이에게 전달된다고 하는데…….

따라서 그 맑고도 깨끗해야 할 매개물에 검은 그림자, 즉 주홍과 금빛이 이글거리는 광택으로 그을려진 것은 아닐까 하는 생각이 들곤 했다. 갈등으로 인한 그 당시의 숱한 정신적 고뇌가 펄에게는 아직 꺼지지 않는 불로 남았을지도 모를 일이었다.

헤스터는 아이에게서 반항과 낙담, 파괴적 성향, 마음속에 잔뜩 드리운 우울과 함께 절망적인 요소가 있음을 발견했다.

지금은 아침 햇살처럼 밝고 환하게 빛나고 있지만, 언젠가 평범한 일상인이 되면 그 기질이 폭풍처럼 드러날지도 모를 일이었다.

당시의 가정교육은 지금보다 더 엄격했다. 무섭게 야단을 치거나 성서의 가르침대로 호되게 매질을 하거나 했는데, 그것은 잘못에 대한 단순한 처벌 수단이기도 했지만 아이의 인격을 형성하는 수양의 차원에서도 행해졌다.

헤스터 프린은 외동딸의 어머니로서 무조건 질책만을 일삼는 무모한 어미는 아니었다. 자신에 대한 불행이나 실수를 거울삼아 아이만큼은 엄격하지만 반듯하게 키워야겠다고 마음먹었다. 그러나 날이 갈수록 자신의 힘으로는 감당하기 힘들다는 것을 느끼곤 했다.

친절한 미소를 짓거나 엄격한 얼굴로 인상을 쓰기도 했지만 아무런 효과가 없었다. 그럴 때마다 헤스터는 포기할 수밖에 없다는 생각이 들어 아이를 마음대로 하도록 내버려두었다.

물론 육체적으로 위협하거나 통제하는 것 등은 어느 정도 효과가 있었으나, 펄은 어떤 것이든 자기 마음이 내킬 때는 듣는 듯하다가도 내키지 않을 때는 전혀 들으려 하지 않았다.

펄은 아주 어렸을 때부터 아무리 설명하고 타일러도 부질없는 헛수고라고 생각할 수밖에 없는 표정을 짓곤 했다. 그 표정은 영리하고 지혜로우면서도 고집스럽고, 때로는 악의에 찬 것이었다. 하지만 대체로 생기발랄했다.

그럴 때는 펄이 도대체 자기가 낳은 아이인가 하고 의심스러웠다. 잠시 정체를 알 수 없는 요정(妖精)이 마룻바닥에서 뛰어놀다가 갑자기 놀리듯이 달아나는 것은 아닌가 하는 생각이 들기도 했다.

그런 표정이 이 통제할 수 없는 아이의 눈동자에 어릴 때마다 헤스터는 아이가 먼 나라에서 온 만질 수 없는 구름처럼 여겨졌다. 어디서 왔다 어디로 가는지 알지 못하는 아지랑이처럼 생각되기도 했다.

이런 생각이 들 때면 헤스터는 아이에게 다가가서 자기도 모르게 힘 있게 끌어안고는 격렬하게 키스를 했다. 그것은 가슴에 맺히는 애정 때문이라기보다는, 펄이 잡기 어려운 어떤 존재가 아니라 자기 속으로 낳은, 피와 살이 만져지는 사람이라는 것을 확인하기 위해서였다. 품에 안긴 펄은 즐거운 음악 소리 같은 웃음을 터뜨리지만, 헤스터는 전보다 더욱 의심만 늘어 갔다.

그렇게 비싼 대가를 지불하면서까지 얻은, 이 세상의 전부라고 할 수 있는 귀중한 보배가 바로 펄이었다. 하지만 가끔 이런 알 수 없는 힘이 느껴질 때면, 헤스터는 목이 메고 앞이 캄캄해져서 울음을 터뜨리곤 했다.

그러면 펄은 험악한 인상을 쓰면서 작은 주먹을 불끈 쥐었다. 그리고 엄마에게 동정은커녕 매우 못마땅한 표정을 지었다. 자신이 그렇게 하면 엄마의 기분이 어떨까를 알지 못하는 것 같았다. 때로는 인간의 슬픔을 느끼지도, 느끼려고도 하지 않는 기계처럼 보일 때도 있었다.

약간 드문 일이기는 하지만, 때로는 몸부림치면서 눈물을 흘려 자기의 마음을 드러내려고 하는 것처럼 보일 때도 있었다. 그럼으로써 자기도 인정이 있음을 입증하려는 듯이 말이다.

하지만 그렇게 갑작스런 일들은 믿을 만한 것이 못되었다. 너무나 순식간에 일어난 일이어서, 이런 일들이 있고 나면 헤스터는 곰곰이 생각했다. 자신이 어떤 요술을 부려 요정을 불러내기는 했지만, 뭔가 잘못되어서 그것을 통제할 만한 주문을 얻어내지 못한 것은 아닌가 하고 말이다.

그녀가 가장 큰 위안을 받을 때는 펄이 고요히 잠들어 있는 시간이었다. 그 시간만큼은 아이에 대해 안심이 되었고, 자기만의 달콤하고 행복한 한때를 보낼 수 있었다.

그러나 그 시간이 지나면, 펄의 눈꺼풀에 조용히 심술기가 돌면서 눈을 반짝이곤 하는 것이었다.

어느덧 눈 깜짝할 사이에 시간이 흘러, 펄은 웃음을 지으면서 앞날을 걱정해 주고 여러 가지로 타이르던 어머니의 곁을 벗어나 혼자서 사고할 수 있는 나이에 이르렀다.

어떻게 그리도 빨리 세월이 흘러가는 것일까?

아이의 새소리같이 맑은 목소리가 왁자지껄하게 떠드는 많은 아이들의 목소리와 섞일 때, 거기서 자기 자식의 목소리를 구별해 내는 어머니는 얼마나 행복한가?

그러나 그건 가능한 일이 아니었다. 펄은 태어나면서부터 아이들 세계에서 추방당한 아이였다. 악마의 핏줄이며 죄악의 상징이고, 더러운 씨앗인 펄은 그들의 친구가 될 수 없었다.

이 아이가 스스로 자기와 아이들 사이에 선을 그어놓고 자기의 특수한 처지를 이해하면서 아이들과 비교해 보는 것은 놀라운 능력이었다.

헤스터는 감옥에서 나온 후, 언제 어디서나 아이를 동반하고 다녔다. 그러므로 그의 옆에는 항상 펄이 있었다. 처음엔 팔에 안긴 갓난아기에 불과했으나, 점차 자라면서 아이는 동반자가 되었다.

엄마가 한 발자국 옮길 때마다 서너 발자국씩 쫓아가야 되는 펄은 때로는 멈춰 서서 길가의 우거진 숲이나 집의 문 앞에서 청교도들이 교육하는 재미없는 놀이, 즉 교회 생활이나 퀘이커

교도를 매질하는 것을 흉내 내는 놀이, 인디언의 두피를 벗겨내는 놀이 따위를 지켜보았다.

펄은 유심히 바라보고 있었지만, 그 속에 끼어서 놀고 싶어 하지 않았다. 그들이 말을 걸어도 대답하지 않았다.

때때로 아이들이 펄의 주변에 둘러설 때가 있었다. 그러면 펄은 소리를 버럭 지르면서 마구 화를 내고, 아이들에게 돌을 집어 던졌다. 그 고함 소리는 마녀가 질러대는 소리처럼 괴이한 것이어서, 그 소리를 들을 때마다 헤스터는 두려움이 몰려와 몸을 떨었다.

사실 이 청교도들의 자식들은 배타적이고 장난이 심했다. 그들은 이 아이가 보통 사람들과는 어딘가 다른 이방인이라는 사실을 어렴풋이 알고 있었다. 그래서 노골적으로 불쾌감을 나타냈고, 경멸하는 태도를 보이는 경우가 많았다. 그때마다 펄은 그들의 감정을 파악하고, 도저히 어린아이에게서 나오리라고는 짐작도 못할 괴성을 지르며 덤벼들었던 것이다.

이런 감정의 폭발은 어머니로 하여금 얼마간 의미가 있어 보이게도 했고 위로를 주기도 했다. 적어도 그럴 때는 어머니를 불안하게 하던 격한 마음의 상태가 아니라, 뭔가 정의로운 기운이 넘치는 것처럼 생각되었기 때문이다. 그러나 거기에 사악한 그림자가 드리워졌음이 느껴지자 소름이 쫙 끼쳤다.

그 격렬한 증오는 모두 헤스터에게서 물려받은 것이었다. 고요히 가라앉지 못하는 성격은, 사실 헤스터가 펄을 낳기 전부터 갖고 있던 것이었다. 펄을 낳고 나서는 모성의 본능으로 사그라졌지만…….

그들 모녀는 인간 사회와는 동떨어진 한적한 곳에 서 있었다. 그러나 펄은 집안에 여러 가지 놀이 상대가 있었으므로 그리 심심해하지는 않았다.

풍부한 상상력과 창조적 정신 구조를 가진 아이로부터 쏟아져 나온 마력은 갖가지 사물들의 친구가 되었다. 그것은 마치 횃불이 옮겨 가는 곳마다 금세 타오르는 것과 같았다.

막대기나 헝겊 뭉치, 꽃송이 등 하잘것없는 물건들이 펄의 마술 세계에서는 모두 꼭두각시로 변했다. 외면상으로는 보이지 않지만 펄의 마음속에서는 갖가지 연극의 무대가 마련되었다. 남녀노소 할 것 없이 수많은 인물들이 서로 대화를 나누었으며, 한 목소리로 무엇인가를 말하기도 했다.

장엄하고 엄숙한 늙은 소나무가 바람결에 침울한 소리를 낼 때는 청교도의 장로 역할을 부여했고, 마당에 제멋대로 자란 잡초들은 그의 아이들이라 여겼기 때문에 마구 뽑아 버리거나 짓밟았다.

이것은 놀라운 상상력으로, 그 세계의 소재들은 무궁무진했다. 짜임새 또한 매우 정교했다. 놀라운 힘을 일으켜 이리저리 뛰다가도 다음 순간에는 격렬한 힘에 넘쳐 급박하게 까무러쳤다. 그러면 곧바로 또 다른 형태의 자유분방한 현상으로 재개되었다.

그것은 북극광(北極光)의 다양한 변화의 물결과도 같았다. 한참 자라는 아이들에게는 흔히 일어나는 현상이라고 볼 수도 있지만, 펄에게는 친구가 없었기 때문에 자기만의 인물들을 만들고 그 속에 깊이 빠져들었다는 점에서 다른 아이들과 구별되었다.

그런데 특이한 것은 아이가 가공의 인물들을 적대시했다는 점이다. 모든 사물이 그에게는 친구가 되는 일이 없었다. 언제나 용(龍)의 이빨을 땅에 심고는 그것을 향해 덤벼드는 식이었다(그리스 신화에 나오는 영웅 이야기).

이토록 어린아이가 슬픔을 자각하고 끊임없이 주변에 적대감을 가지고 싸우며 부딪히고, 끝까지 살아남기 위해 발버둥치고 있다니…… 그러한 모습을 바라보는 어머니의 마음은 감당하기 어려운 슬픔으로 가득 찼을지도 모른다.

그런 펄을 바라보고 있다 보면, 헤스터 프린은 일감을 손에서 떨어뜨리기 일쑤였다. 그럴 때마다 억눌러놓았던 고통의 신음이 울음으로 터져 나왔다.

"오, 하늘에 계신 아버지! 당신이 아직도 나의 아버지시라면 말씀해 주십시오. 도대체 이 아이는 무엇입니까?"

그러면 펄은 어머니의 고뇌의 신음 소리를 알아들었는지, 아니면 신비한 방법으로 그것을 깨달았는지 고개를 반짝 들고는 예쁘고 귀여운 얼굴로 요정처럼 배시시 미소를 지었다. 그리고는 다시 장난을 계속하며 놀곤 하는 것이었다.

펄의 태도 중에 아직 밝히지 않은 것이 하나 있다.

이 아이가 처음으로 세상에 나와서 본 것은 무엇이었을까?

여느 아이들 같으면 어머니의 미소였을 것이다. 그러나 펄의 경우는 어머니의 미소가 아니었다.

어머니가 웃어 보일 때 아이는 살짝 입가에 미소를 띤다. 그것이 과연 미소인지 아닌지 그것을 가지고 실없는 말다툼을 벌일 수도 있겠지만, 아무튼 펄은 그러지 못했다. 펄이 처음으로 본 것은 어머니의 가슴에 달린 주홍글씨였다.

어느 날 헤스터가 요람 위에서 몸을 굽혔을 때, 아이의 시선은 글씨 둘레의 금색 수에서 발하는 광채에 멈춰 있었다. 그리고 작은 손을 내밀어 그것을 만지려고 했다. 그런데 그때 이 투명하고 거짓 없는 아이의 눈동자가 갑자기 숙성하고 철든 아이의 눈으로 변한 것 같았다. 그때 헤스터는 너무도 놀라 숨이 가빠진 상태에서 가슴을 움켜잡고 자기도 모르는 사이에 본능적으로 그것을 잡아떼려 했다.

펄의 고사리 같은 손이 가슴을 만지려고 하면, 그녀는 엄마로서 말할 수 없는 고통을 느꼈다. 그러나 아이는 엄마의 괴로워하는 모습이 재미있다는 듯이 엄마의 눈을 쳐다보고 생긋 웃었다.

그 뒤부터 헤스터는 아이가 잠든 시간 외에는 한시도 마음을 놓을 수가 없었고, 잠시도 기쁨이나 평안을 느낄 수가 없었다.

그래서인지 펄의 눈에 주홍글씨가 한 번도 눈에 띄지 않고 지나가는 일이 몇 주일이나 계속되기도 했다. 그러다가도 갑자기 죽음의 신이 들이닥치기라도 하듯이, 펄의 독특하고 기묘한 시선이 기습하곤 했다.

어머니들이 흔히 그러하듯, 어느 날 헤스터는 자기 모습이 비쳐 보이는 아이의 눈동자를 들여다보고 있었다. 그때 변덕스

럽고 사악한 표정이 펄의 눈동자에 나타났다. 그 순간 헤스터는
— 고독과 괴로움에 가득 찬 여자는 이유 없는 망상에 사로잡히
기 쉬우므로 — 조그마한 눈동자에 비친 모습이 자신이 아닌
다른 사람의 얼굴처럼 느껴졌다.

그 얼굴은 괴이하게 웃고 있는 악마 같기도 하고, 자기가
잘 아는 사람의 모습과도 같았다. 하지만 악의라고는 없는,
미소 짓는 일도 드문 사람 같았다. 아무튼 그 악마가 지금,
아이의 영혼 속으로 들어가 아이의 눈을 통해 밖으로 얼굴을
내밀었다는 생각이 들었다.

그 후에도 이런 망상에 자주 시달림을 받았으나, 이때만큼
심하지는 않았다.

펄이 뛰어다닐 수 있을 만큼 자란 어느 여름날 오후, 펄은
양손에 들꽃을 잔뜩 꺾어 들고서 어머니의 가슴에 하나씩 던지
며 놀고 있었다. 그러면서 꽃이 글씨에 명중할 때마다 요정처럼
깡충깡충 뛰면서 즐거워했다.

헤스터는 처음엔 두 손으로 가슴을 가리려고 했다. 그러나
자존심에서인지, 체면에서인지 아니면 고통을 참는 것도 회개
의 일종이라 여겼던지, 죽은 사람처럼 뻣뻣이 상체를 세우고는
창백하게 질린 채 아이의 행동을 오래도록 바라보았다. 꽃송이
의 계속된 공격은 거의 다 주홍글씨를 명중시켰고, 어머니의
가슴을 온통 상처로 뒤덮었다.

그러자 이승에서는 물론 저승에서도 도저히 그 상처를 치료
할 약을 구하지 못할 그런 아픔이 몰려왔다.

드디어 꽃송이가 하나도 남지 않게 되자, 펄이 헤스터를 우두커니 쳐다보았다. 그 눈동자 속에서, 아직도 그 악마가 웃는 형상으로 그녀를 응시하고 있었다. 그 악마가 보고 있었던 것이 사실인지 아닌지는 몰라도, 적어도 헤스터 프린은 그렇게 느껴졌다.

"펄, 넌 도대체 뭐니?"

"엄마도 참! 엄마의 귀여운 딸이지 뭐긴 뭐야."

펄은 장난기 어린 웃음을 짓고는 엄마의 주위를 맴돌다가 요정처럼 팔짝팔짝 뛰었는데, 꼭 굴뚝 위에까지 뛰어오를 것 같은 몸짓이었다.

"네가 정말 내 아이니?"

결코 실없는 질문은 아니었다. 그 순간만큼은 정말 진지했다.

왜냐하면 펄이 자기의 출생의 비밀을 다 알고서, 이제야말로 정체를 드러내려는 게 아닌가 싶어서였다.

"그래, 난 엄마 딸 펄이야."

아이는 여전히 장난스런 춤을 추며 대답했다.

"아니야, 넌 내 딸이 아니야. 엄마의 펄이 아니라구."

반농담식으로 엄마가 말했다.

헤스터는 심각해져 있을 때도 가끔씩 농담을 하고 싶었다.

"그럼 넌 누구지? 누가 널 여기로 보냈지?"

"엄마가 그걸 가르쳐줘!"

아이는 정색을 하며 어머니의 품으로 달려와 무릎 위에 손을 얹고는 말했다.

"엄마, 제발 말해 줘."

"하늘에 계신 아버지가 보내셨어."

헤스터가 말했다. 그러나 이 말을 할 때 약간 주저했다.

눈치를 알아차린 펄은 늘 하던 변덕 때문인지 아니면 악마의 계시를 받아서인지, 손가락을 내밀어 어머니의 주홍글씨를 만졌다.

"아니야. 내게 하늘의 아버지는 안 계셔!"

펄이 단언하듯 소리쳤다.

"입 다물지 못해? 그런 말을 하면 못써! 펄, 누구나 하늘에 계신 아버지가 세상으로 보내는 거야. 엄마도 그분이 보내셨어. 그럼 넌 어디서 왔단 말이니? 넌 정말 이상한 애구나."

헤스터는 가늘게 터져 나오는 신음 소리를 억누르며 말했다.

"그걸 말해 줘. 가르쳐 달라구. 엄마가 말해 줘야지."

펄은 정색을 하며 묻는 것이 아니라 마루 위를 뛰어다니며 묻고 있었다.

그러나 음산한 미궁 속에 갇혀 있는 헤스터 자신도 그 의문을 풀지 못했다.

즐겁지도 슬프지도 않은 이상한 기분이 들면서, 이웃 마을 사람들의 말이 떠올랐다.

펄의 아버지가 누군가 하고 궁금해 하던 그들은 펄을 가만히 지켜보고 아이의 괴상한 성질을 알고 나서는, 이 아이는 분명 악마의 자식이 틀림없을 거라고 말했던 것이다.

어머니의 죄로 인해 흉악한 목적을 달성하기 위해 악마의 자식이 태어난다는 말은 중세 때부터 전해져 내려왔다.

루터도 구교의 적(敵)들이 말하는 바에 따르면 악마의 자손이라는 것이다.

그러므로 뉴잉글랜드의 청교도 안에도 이런 불길한 성품의 아이가 있을 수 있고, 펄 하나만 그런 것은 아니었다.

7 _ 지사의 저택에서

어느 날 헤스터 프린은 벨링햄 지사의 저택으로 장갑 한 켤레를 들고 갔다. 무슨 중대한 공적 행사에 착용하려고 지사가 주문한, 가장자리를 수로 장식한 장갑이었다. 그는 총선거에서 패배하는 바람에 원래의 자리에서 두어 계단 정도 지위가 떨어졌지만, 아직도 식민지의 관계(官界)에서는 명예롭고 권세 있는 지위에 있었다.

식민지에서 중요한 몫을 담당하고 있으며, 큰 권력을 쥐고 있는 이 사람을 만나는 것은 단순히 장갑을 전달하는 것 외에 다른 이유가 있기 때문이었다.

사람들의 말에 의하면, 몇몇 유지들이 종교와 정치의 올바른 질서를 위해서 그녀에게서 아이를 빼앗으려는 계획을 세우고 있다는 것이었다.

앞에서 얘기했듯이, 펄을 악마의 씨라고 여기고 있었으므로 그런 방해물은 제거해야 한다는 것이다. 즉 착한 사람들이 기독교 신자의 입장에서 헤스터 프린을 염려하고 있다는 것이다.

또한 아이가 구원을 받을 수 있는 요소를 지니고 있고 종교적으로나 도덕적으로 올바로 성장할 가능성이 있다면, 헤스터 프린보다 더 현명한 사람에게 맡기는 것이 아이의 장래를 생각할 때 올바른 처사라고 말하기도 했다.

벨링햄 지사는 이 사람들 가운데서 가장 이 일에 열성을 보였다고 했다. 요즘 같으면 으레 행정위원회 정도에서 끝났을 문제가 당시에는 동적으로 논의되고, 저명한 정치가들이 찬반 양론으로 갈릴 정도로 뜨거운 공방이 계속되었다는 것은 우습고도 기묘한 일이었다.

그러나 당시와 같이 모든 것이 순박했던 시대에는 헤스터와 펄의 문제보다도 더 공적으로 흥미가 없는, 중요하지도 않은 일들이 입법자나 법령에 끼어들었던 것이다.

이 시대는 돼지 한 마리의 소유권에 관한 논쟁이 식민지의 입법자들 사이에 크나큰 논쟁거리가 되었고, 그래서 입법부의 조직 자체까지 변경되는 그런 시대와 그리 다르지 않았다.

따라서 이날, 헤스터 프린은 많은 걱정을 하면서 집을 나섰다. 그리고 자신의 권리를 너무나도 뚜렷하게 의식한 나머지, 군중들과 대자연이 지지해 주는 이 고독한 어머니의 싸움은 승산이 반반 정도가 될 것 같은 느낌도 들었다.

이날도 어김없이 펄이 동행했다. 아침부터 해질 무렵까지 쉴 새 없이 뛰어다니는 아이였으므로 지사의 저택까지 가는 거리는 문제가 되지 않았다. 그래도 아이는 안아달라고 졸랐다.

피곤해서라기보다는 하나의 응석이었다. 안아주었다가 내려
달라고 하여 다시 내려주면, 아이는 헤스터를 앞질러 숲 속의
오솔길로 줄달음쳐 달리다가 넘어지곤 했다.

펄의 수려한 외모에 대해서는 앞에서 말한 바 있다. 맑고
새하얗게 빛나는 얼굴, 투명하고 깊이 있는 눈동자, 윤기 흐
르는 갈색 머리카락…… 등, 머리끝부터 발끝까지 불이 활활
타오르는 것 같았다. 마치 예고 없이 찾아든 정열의 소산 같다
고나 할까…….

게다가 헤스터는 자신의 다채로운 상상력을 마음껏 발휘하
여 아이의 옷을 만들었다.

그러나 아이는 옷뿐만 아니라 전체적인 생김새까지, 주위
사람들로 하여금 헤스터의 가슴에 달린 붉은 표시를 연상하
게 했다.

그것은 형태를 달리한 주홍글씨였으며, 생명을 지닌 주홍글
씨였다. 헤스터 프린의 머릿속에 붉은 치욕의 표시가 꽉 차서,
그녀가 생각하거나 손에서 나오는 것들은 모두 같은 형태를
띤 것 같았다.

그녀는 몇 시간이고 골똘히 생각한 끝에 애정의 대상과 죄업
(罪業)의 표시 사이에서 어떤 유사성을 나타내려 했다. 어쩌면
이 동일성 때문에 헤스터가 아이의 옷차림에 그토록 훌륭한
주홍글씨를 재현할 수 있었던 건지도 모른다.

이 두 사람이 거리에 나타나자, 청교도 아이들은 놀이를
중단하고 ─ 놀이라고도 볼 수 없는 시시한 장난이지만 ─

서로 얼굴을 쳐다보며 이런 말들을 지껄였다.

"애들아, 저것 봐! 저기 주홍글씨를 단 여자가 지나간다. 그 옆에 걸어가는 아이도 주홍글씨와 똑같이 생겼어. 우리 가서 진흙이나 던져주자."

그 소리를 들은 펄이 작은 주먹을 불끈 쥐며 위협하는 몸짓을 했다. 그러더니 무리 속으로 돌진해 들어가서 아이들을 모두 도망치게 만들었다. 이렇게 아이들을 무참히 쫓는 펄의 모습은 어린아이들의 죄를 벌하는 직책을 맡은 천연두의 마귀처럼 보였다. 펄이 고함까지 마구 질러댔기 때문에 도망치는 아이들은 분명 공포에 떨었을 것이다. 그렇게 승리를 거두자, 펄은 조용히 어머니에게로 다가가서 미소를 지었다.

한바탕 난리를 치른 다음 그들은 벨링햄 지사의 관저에 도착했다.

그 저택은 큰 목조건물로 지금도 오래된 도시에서 볼 수 있는 그런 건축 양식이었다. 지금은 이끼가 끼고 허물어져서 그 어두컴컴한 방 안에서 일어났던 갖가지 즐겁고 슬픈 일들이 과거의 일들로 남아 있는 듯했다. 그래서인지 그 저택의 내부에는 침울한 기운이 감돌았다.

그러나 외부에는 흐르는 세월이 지닌 싱그러움이 엿보이고 창문에서는 환한 빛이 새어 나오고 있었다. 죽음의 그림자 따위는 전혀 찾아볼 수 없는, 생활의 활기와 즐거움이 있는 공간으로 보였다.

벽 전체에는 백회(白灰)를 발랐는데, 깨진 유리 조각을 넣었기 때문에 태양이 비껴 비치면 마치 다이아몬드 가루를 잔뜩 뿌려 놓은 듯이 반짝였다. 그 광채로 인해, 이 저택은 엄숙한 청교도 지배자의 거처라기보다는 알라딘 궁전이라고 하는 편이 더 어울릴 듯싶었다.

거기다가 그곳엔 신비한 초상이나 도형이 기묘하게 그려져 있어서, 이 시대의 괴상한 취미와 잘 어울렸다. 이것은 백회가 마르기 전에 그려 넣은 것으로, 이제 단단히 굳어 후세 사람들에게 찬사를 받게 된 것이다.

이렇게 휘황찬란한 저택을 본 펄은 깡충깡충 뛰며 좋아했다. 그러고는 이 저택을 비추는 빛을 모조리 거둬서 장난감으로 만들어달라고 졸라댔다.

"안 돼, 펄. 네가 가지고 놀 햇빛은 네가 모아야 해. 엄마가 거둬줄 햇빛은 없어."

어머니가 말했다.

모녀는 아치형으로 되어 있는 현관에 다가섰다. 문의 양쪽에는 좁은 탑(塔) 같은 것이 튀어나와 마주보고 있었는데, 양쪽 모두 살창문이 달려 있고 필요에 따라 여닫을 수 있는 나무로 만든 덧문이 달려 있었다.

헤스터 프린이 노커로 현관문을 두드리자, 지사의 시종이 안에서 나왔다.

이 시종은 영국 태생의 자유민으로서 지금은 7년 기한의 노예 생활을 하고 있었다. 이 기간 동안에는 주인의 사유물과 같아서 소나 돼지처럼 매매가 가능한 일종의 상품이었다. 그가 입고 있는 옷은 푸른색의 코트였는데, 당시뿐만 아니라 영국의 귀족 문중에서 옛날부터 시종들이 평상시에 입던 옷이었다.

"벨링햄 지사님 계신가요?"

헤스터가 물었다.

"네, 계십니다."

이 지방에 온 지 얼마 되지 않은 시종이 대답하면서, 눈을 휘둥그레 뜨고 처음 보는 주홍글씨를 들여다보았다.

"지사님은 계십니다. 목사님 두 분과 의사 선생님과 함께 계시기 때문에 지금 만나 뵐 수는 없을 거예요."

"그래도 나는 들어가야겠어요."

시종은 헤스터 프린의 단호한 태도와 가슴에서 빛나는 주홍글씨를 보고, 그녀가 이 나라의 귀부인이라도 되는 줄로 알았던 모양인지 막지 않았다.

마침내 헤스터와 펄이 현관 안으로 들어섰다.

벨링햄 지사는 자기가 태어난 영국 상류층의 저택처럼 설계하여 건축 자재의 질, 기후의 차이, 또는 사교 생활 등을 고려해서 이 저택을 지었다. 그래서 천장도 높았으며, 널찍한 객실이 건물 안쪽까지 이어져 있어서 다른 방으로 직접 통하는 복도의 구실을 하고 있었다.

뾰족하게 내민 탑의 창문에서 이 널따란 방의 한쪽과 입구 양쪽으로 광선이 스며들고 있었다. 그리고 일부가 커튼으로 가려져 있는 반대편 창문은 우리가 흔히 옛날 책에서 볼 수 있는 궁형창(宮刑窓)으로, 더 강한 광선이 들어왔다.

방에는 쿠션이 푹신한 의자가 놓여 있었는데, 그 위에는 이절판(二折版) 크기의 묵직해 보이는 책들이 놓여 있었다. 영국의 역사책이나 그와 유사한 문헌들인 듯했다. 이것은 방문한 사람들이 볼 수 있도록 방 한가운데의 탁자 위에 금박(金箔)을 입힌 책을 놓아두는 것과 같은 식이었다.

객실의 가구로 말하자면, 참나무 꽃을 화환으로 꾸며 조각한 몇 개의 의자와 비슷한 분위기의 탁자가 전부였다. 이것들은 모두 엘리자베스 왕조 시대나 혹은 그 이전의 물건들로서 지사가 선조의 저택으로부터 운반해 온, 대대로 전해 내려오는 유물들이었다.

탁자에는 옛날 영국의 인심이 좋았다는 증거로 커다란 놋으로 된 술잔이 놓여 있었는데, 헤스터나 펄이 그것을 들여다보았더라면 얼마 전에 마시고 난 맥주의 거품을 보았을지도 모른다.

벽에는 벨링햄 지사 조상의 초상화들이 줄줄이 걸려 있었다. 대체로 위엄 있는 깃이 달린 옷을 입고 있었고 더러는 갑옷을 입고 있었는데, 옛날 초상화에서 흔히 볼 수 있는 무서운 눈초리와 준엄한 표정이 특징이었다. 이들은 그림이라기보다는 그 사람들의 망령처럼, 살아 있는 사람들이 하는 일들과 즐거움 따위가 못마땅하여 따가운 시선으로 꾸짖으며 지켜보는 것 같았다.

참나무 판자를 붙인 벽의 한복판에는 갑옷이 한 벌 걸려 있었는데, 그것은 초상화에 나오는 것 같은 선조의 유물이 아니라 최근의 물건이었다. 벨링햄 지사가 뉴잉글랜드로 건너오던 해에 런던의 숙련된 무구사(武具師)가 만든 것이었다. 강철로 만든 투구, 흉갑(胸甲), 경갑(脛甲), 장갑(掌匣) 등이 있고 그 밑에는 칼이 한 자루 매달려 있었다. 모두가 그렇지만 특히 투구와 흉갑은 광택이 날 정도로 손질이 잘 되어 있어서 마룻바닥이 온통 그 빛을 반사하여 번쩍거렸다.

이 빛나는 갑옷은 지사가 엄숙한 열병식이나 연병장에 자주 입고 나간 옷으로, 피쿼드 전쟁(1637년의 인디언 전쟁)에서는 이 갑옷을 입고 연대의 선두에서 활약한 적도 있었다.

지사는 원래 법률가로서 교육을 받았기에 베이컨, 코크, 노이, 핀치들과 허물없이 지내던 사이였다. 그러나 이 새로운 나라의 긴급한 사태는 그를 정치가나 통치자로서뿐 아니라 군인으로까지 만들어놓았다.

펄은 빛나는 건물을 정면으로 보았을 때 못지않게 번쩍이는 이 갑옷을 보고 몹시 기뻐하며 거울처럼 닦인 흉갑을 들여다보았다.

"엄마, 엄마가 여기 보여요. 이리 좀 와 봐요."

헤스터는 아이를 즐겁게 해줄 요량으로 가까이에서 들여다보았다. 그러자 볼록 거울 같은 갑옷의 이상한 작용으로 주홍글씨가 엄청나게 확대되어 그녀의 외모 중에서 가장 두드러지게 보였다. 그래서 그녀의 모습은 주홍글씨 속으로 완전히 감춰진 듯했다.

펄은 투구에 비친 이와 비슷한 또 다른 영상을 가리키며 즐거워했다. 요정과 같이 얼굴에 늘 총명한 표정이 떠오르는

펄의 모습도 갑옷에 비쳤다. 그것이 아주 그럴듯한 모습으로
뚜렷하고 크게 비쳤으므로, 헤스터는 그것이 펄이 도깨비로
변신한 것이 아닌가 하고 생각할 정도였다.

"이리 와, 펄! 이리 와서 저 예쁜 정원을 좀 봐. 꽃들이
피었을지도 몰라. 숲에서 본 것보다 더 고운 꽃들이 말이야."

헤스터가 아이를 갑옷으로부터 떼어놓으려고 그렇게 말하
자, 펄은 객실 반대쪽에 있는 궁형창 쪽으로 달려가 정원을
내다보았다.

정원에는 양탄자처럼 깔려 있는 잔디밭이 있고 그 가장자리
에는 잘 다듬어지지 않은 관목들이 늘어서 있었다. 이 저택의
주인은 이곳 대서양 쪽에서는 굳은 땅에 식물이 자라는 것은
무리한 일이라고 여겼기 때문에 영국식의 정원을 꾸미는 취미
를 살릴 수 없었던 모양이다.

양배추가 싱싱하게 자라고 있었으며 조금 떨어진 곳에 뿌리
를 내린 호박이 덩굴을 뻗어 객실의 창문 바로 밑에 커다란
열매 하나를 매달고 있었다. 이 황금색의 호박이야말로 뉴잉글
랜드가 지사에게 줄 수 있는 가장 훌륭한 장식품이란 것을
자랑하고 있는 듯했다.

그리고 몇 그루의 장미나무와 사과나무도 있었다. 그것은
우리네 초기의 연대기를 읽으면 늘 나오는, 황소 등을 타고
다녔다는 최초의 정착자요, 신화적인 존재인 블랙스턴 목사가
심은 사과나무의 후손들이었으리라.

펄은 장미 덩굴을 보더니 빨간 장미꽃을 꺾어달라고 울어

댔다.

아무리 달래도 울음을 그치지 않자, 헤스터가 애원하듯 말했다.

"펄, 울지 마라. 정원에서 사람 소리가 나지? 지사님이 손님들과 함께 나오시나 보다."

그런데 아닌 게 아니라 정원 안쪽에서 몇몇 사람들이 그들이 있는 쪽으로 걸어오고 있었다.

펄은 어머니가 달래는 말은 듣지 않고 한번 사납게 소리를 빽 지르더니 이내 울음을 그쳤다. 어머니의 말을 순종해야겠다는 마음보다는 새로운 인물들을 보자 특유의 호기심이 발동했기 때문이다.

8 ___ 주홍색 요정과 윌슨 목사

벨링햄 지사는 가벼운 모자에, 노인들이 집에서 쉴 때 흔히 입는 옷차림으로 앞장서서 걸어오고 있었다. 그는 손님들에게 저택을 안내하며 개량 계획을 설명하고 있는 것 같았다.

제임스 왕조풍의 폭이 넓은 주름 깃 바로 위에 희끗희끗한 턱수염이 난 그의 모습을 보는 순간, 큰 쟁반 위에 놓인 세례 요한의 머리가 연상되었다.

인생의 황혼기를 맞아 매우 완고하고 준엄한 얼굴에 서릿발처럼 서려 있는 가혹한 인상은 자신이 즐기려고 마련한 세속적 향락의 설비들과 잘 어울리지 않았다.

근엄한 우리 선조들은, 삶이란 시련과 투쟁의 연속이라고 입버릇처럼 말해 왔다. 또 의무를 위해서라면 언제든지 재산과 생명을 내던진다는 생각을 해왔다. 하지만 그렇다고 해서 손을 내밀기만 하면 쉽게 만질 수 있는 안락이나 사치마저 거부하는 것이 양심을 지키는 것이라 생각했다고 믿는다면 그건 큰 잘못이다.

예를 들면 지금 벨링햄 지사의 어깨 너머로 하얀 수염을 날리며 걸어오는 존 윌슨 목사는 배나무나 복숭아나무는 뉴잉글랜드의 풍토에서 자랄 수 있고, 자색(紫色) 포도도 햇볕 잘 드는 정원의 담장에서라면 덩굴을 잘 뻗도록 만들 수 있다는 얘기를 하고 있었다.

이 늙은 목사는 영국 교회의 풍족한 품에서 자랐기 때문인지 안락하고 좋은 것에 대해서는 확고하고 깊은 취미를 가지고 있었다.

그는 교단 위에서나 헤스터 프린이 저지른 것과 같은 죄를 비난할 때는 매우 무서운 목사로 보였지만, 사생활은 온정이 있는 관대한 성격의 소유자여서 많은 사람들로부터 따뜻한 사랑을 받고 있었다.

지사와 윌슨 목사 뒤로 다른 두 사람의 손님이 따르고 있었다.

한 사람은 딤즈데일 목사로 헤스터 프린의 치욕적인 장면이 벌어졌을 때 어쩔 수 없이 악역을 맡았던 사람이다.

그리고 그와 나란히 걷고 있는 사람은 의술이 매우 뛰어나다고 알려져 있는 의사로, 요 2, 3년 동안 이곳에 정착하여 살고 있는 로저 칠링워드였다. 이 사람은 목사의 주치의인 동시에 젊은 목사와 절친한 사이였다. 그런데 목사는 최근 들어 목회 일로 희생적인 노력을 아끼지 않아 건강이 크게 나빠졌다는 소문이 돌았다.

손님들보다 앞서서 계단을 올라간 지사가 객실의 유리창을 열어젖힌 순간, 어린 펄과 마주쳤다.

"이게 누구야?"

벨링햄 지사는 매우 놀라면서 빨간색 옷차림을 한 아이를 쳐다보았다.

"옛날에 젊었을 때 보고는 처음 보는 것이로구나. 궁정에 가면무도회에 참가하는 것을 영광으로 생각했던 제임스 왕 시절에, 축제 때면 이런 요정 같은 아이들이 떼 지어 다녔었지. 어떻게 이런 손님이 우리 객실에 들어오게 됐지?"

"그러게요. 요 빨간색 깃털을 단 요정이 무슨 새라도 될까요? 멋지게 채색된 유리창에 햇빛이 비쳐서 마룻바닥에 금색과 주홍색의 아름다운 그림자가 생길 때 이런 모습을 본 것 같습니다. 하지만 그것은 영국에서나 있었던 일이죠. 그런데 넌 누구냐? 네 엄마는 무엇 때문에 너에게 이런 옷을 해 입혔지? 넌 기독교인의 아이냐? 교리문답은 아니? 이런 요정들은 우리가 옛 영국 땅을 떠나올 때 가톨릭 유물과 함께 버리고 온 줄만 알았는데…… 넌 도깨비냐? 아니면 정말로 요정이냐?"

늙은 목사가 말했다.

"난 우리 엄마의 딸이에요. 이름은 펄이구요."

주홍색 요정이 말했다.

"뭐? 펄이라고? 펄이 아니라 루비겠지. 그렇지 않으면 산호이거나…… 아니, 그 색깔로 보아 빨간 장미라고 해야겠구나."

늙은 목사가 그렇게 말하고 펄의 뺨을 만지려고 하자, 펄이 그만 피해 버렸다.

"그런데 너의 엄마는 어디 계시지? 아, 여기 계시군."

그는 벨링햄 지사 쪽을 향해 말했다.

"얘가 바로 우리가 의논하던 문제의 아이입니다. 그리고 불행한 여인, 헤스터 프린도 여기 와 있군요."

그러자 지사가 외치듯 말했다.

"불행한 여인이라구요? 이런 애의 어머니라면 당연히 성경에 나오는 음탕한 여인이나 바벨론 여인의 좋은 표본이라고 해야 마땅하죠. 하여튼 저 여자가 마침 잘 와 주었군요. 빨리 이 문제를 검토해 봅시다."

벨링햄 지사를 따라 세 사람은 함께 문 안으로 들어섰다.

그는 매서운 눈초리로 주홍글씨를 단 여인을 향해 말했다.

"헤스터 프린! 요즘 그대에 대해 말이 많았소이다. 저 아이처럼 불멸의 영혼을 가진 아이를 속세의 함정에 빠져 허우적대며 타락할 대로 타락한 그대에게 맡겨둬도, 과연 우리 당국자가 양심껏 소임을 다했다고 할 수 있겠는가 하는 문제였소. 아이의 어머니로서 그대의 생각은 어떻소? 당신의 곁을 떠나 이 애도 순박하고 제대로 된 옷을 입고 엄격한 생활을 하며, 하늘과 땅의 진리를 교육받는 것이 아이의 미래와 현재를 위해 행복한 길이라 생각지 않소? 이 점을 고려할 때 아이를 위해서 당신이 할 수 있는 일이 무엇이 있소?"

"저는 여기 이 글씨에서 배운 것을 내 아이에게 가르칠 수 있습니다."

헤스터 프린은 주홍글씨를 손가락으로 가리키며 말했다.

"뭐라고? 그것은 치욕의 표시가 아니오! 바로 그 표시가

92

나타내는 오점 때문에 우리가 아이를 다른 사람에게 맡기려는 것인데."

지사가 엄격한 투로 말했다.

"그건 그렇습니다만, 이 표시가 내게 지금까지 가르쳐준 것은……. 그러니까 매일매일 그리고 지금 이 순간까지도 나에게 가르쳐주는 것이 비록 나 자신에게는 아무 소용이 없다 해도, 이 교훈으로 아이는 좀 더 슬기롭고 현명한 아이가 될 것입니다."

헤스터 프린은 침착하게 말했지만 안색이 몹시 창백했다.

"신중히 생각한 뒤에 처리합시다. 윌슨 목사, 펄이란 이 아이를 — 이름이 그렇다니 — 좀 시험해 보십시오. 과연 이 아이가 자기 또래에 알맞은 기독교 교육을 받았는지 말입니다."

벨링햄이 말했다.

늙은 목사는 안락의자에 앉아 펄을 무릎 쪽으로 끌어당기려 했다. 그러나 어머니 외에는 그 누구도 자기를 만진 일이 없었기에, 놀란 아이가 열린 창문으로 뛰어나가더니 계단에 우뚝 섰다.

윌슨 목사는 아이의 당돌하고 갑작스런 태도에 무척 놀랐다. 그는 인자한 할아버지여서 평소에 아이들이 잘 따랐고, 또한 아이들을 퍽 귀여워했기에 다시 한 번 아이를 시험에 보기로 했다.

그는 엄숙한 표정으로 말했다.

"펄, 앞으로 가슴에 진짜 값진 펄(진주)을 달려면 어른들의 말을 잘 들어야 한단다. 아가야, 너는 누가 만들어주셨지? 말해 보아라."

펄은 누가 자기를 만들었는지 잘 알고 있었다.

헤스터 프린은 신앙이 돈독한 가정에서 자랐기에 하늘에 계신 아버지에 대해 얘기를 해주었고, 아무리 미숙한 어린 나이라 해도 진리를 열심히 가르쳐 왔다. 그렇게 해서 펄이 3년 동안 얻은 지식은 무궁무진할 정도였다. 설령 제목이나 그 겉장이 어떻게 생겼는지는 몰라도 뉴잉글랜드의 신앙 입문서나 웨스트민스터 교리 문답집의 제1장 정도는 충분히 알고도 남았다.

그러나 어느 아이들에게나 다소 심술궂은 면이 있게 마련이다. 특히 펄의 경우엔 남보다 열 배 정도 더했는데, 하필 지금 그 심술이 펄을 사로잡아 그녀의 입을 꼭 다물게 했다. 입을 열면 아무 말이나 마구 지껄일 것 같은 상황이었다.

펄은 윌슨 목사에게 대답하기를 번번이 거절하다가, 입에다 손가락을 문 채로 자기는 누가 만든 것이 아니라 감옥 문 옆에 자라난 찔레꽃 덤불 속에서 어머니가 주워 온 것이라고 말했다.

이런 기발한 생각을 해낸 것은, 아마도 지금 지사 댁 창문 밖의 빨간 장미가 펄의 눈에 들어왔거나 이곳에 오는 도중에 감옥 앞에서 보았던 찔레꽃이 문득 생각났기 때문이었을 것이다.

늙은 칠링워드는 얼굴에 미소를 지으면서 젊은 목사의 귀에 대고 뭔가를 속삭였다.

헤스터 프린은 훌륭한 의술을 지닌 의사의 얼굴을 바라보았다. 비록 자기의 운명이 어떻게 변할지 모르는 급박한 순간이었지만, 이 노인의 표정이 몹시도 달라졌음을 보고 무척 놀랐다.

그녀와 가까이 지내던 때와는 달리 너무나 못생긴 얼굴 같았다. 원래 검은 피부는 더욱 검게 탔고, 몸은 더욱 불구가 되어 있었다.

그녀는 잠시 그의 시선과 마주쳤으나, 다시 눈앞에서 벌어지고 있는 상황 때문에 퍼뜩 정신이 돌아왔다.

펄의 대답에 너무 놀라고 화가 났던 벨링햄 지사가 다시 마음의 평정을 찾으며 말했다.

"이건 참 무섭고 기가 막힌 일이오. 나이가 벌써 세 살이나 되었는데, 누가 자기를 만들었는지도 모르다니! 이 아이는 지금 자기의 영혼에 대해서, 현재의 타락된 상태나 미래의 운명에 대해서도 아무것도 모를 것이오. 여러분, 우리가 더 이상 묻거나 알아볼 필요도 없는 것 같소."

헤스터는 펄을 힘껏 잡아당겨 억지로 품에 안았다. 그리고 매서운 표정으로 늙은 청교도 관리를 쏘아보았다.

세상으로부터 버림받고 철저히 혼자가 된 자신에게 위로를 줄 마음의 보물이라고는 오직 펄 하나밖에 없었다. 온 세상을 상대로 싸워서라도 빼앗길 수 없는 자신의 단 하나의 권리, 그 권리를 죽음을 통해서라도 지켜야겠다고 생각했다. 그녀는 부르짖었다.

"이 아이는 하느님이 제게 주신 것입니다. 여러분이 빼앗아

간 모든 것을 보상해 주시려고 하느님께서 이 애를 주셨다고요. 이 아이는 저의 행복이자, 동시에 고통이기도 합니다. 제가 이 세상에서 그나마 살아갈 수 있는 건 펄이 있기 때문입니다. 또한 펄은 저에게 벌을 주고 있어요. 모르시겠어요? 이 아이는 바로 제가 사랑할 수밖에 없는 주홍글씨라고요. 그래서 나의 죄에 대해 엄청난 징벌을 주는 힘이 있습니다. 이 애를 절대로 당신들에게 빼앗길 수 없어요!"

평소 인정이 많은 늙은 목사가 말했다.

"가엾은 여인이군……. 그 애를 잘 돌봐줄 거요. 그대가 돌봐주는 것 이상으로 말이오."

"이 아이는 하느님께서 저에게 맡기셨어요. 절대로 내 아이를 내놓을 수 없어요!"

헤스터가 부르짖으며 비명을 지르듯이 말했다.

이렇게 말한 그녀는 어떤 충동을 느꼈는지 젊은 딤즈데일 목사에게로 얼굴을 돌렸다. 지금까지는 단 한 번도 그 목사에게 시선을 돌리지 않았었다.

"저를 위해 말씀 좀 해주세요. 당신은 과거에 제 목사님이셨어요. 제 영혼을 책임지셨던 분이니까, 다른 분들보다는 저를 잘 아시잖아요? 저는 이 아이만은 절대로 빼앗길 수 없어요. 제 편에 서서 한 말씀만 해주세요. 목사님은 다른 분들이 갖지 못한 동정심도 가지고 계시니까, 제 마음을 아실 거예요. 어머니로서의 권리가 과연 무엇이고, 아이 하나와 주홍글씨밖에 남지 않은 어머니가 얼마나 강해졌는지를 아실 거예요. 부디

저의 간청을 들어주세요. 절대로 빼앗길 수 없으니, 꼭 제 말을 들어주세요!"

그녀의 호소는 그녀가 거의 미친 것과 다름없는 심상치 않은 상태에 이르렀음을 짐작케 했다.

그녀의 절박한 말을 듣고 있던 젊은 목사는 창백한 낯으로 가슴에 손을 얹은 채 한 걸음 앞으로 다가섰다. 이런 상황이 될 때마다 자기의 가슴을 움켜쥐고 가슴에 손을 대는 것이 그의 버릇이었다.

그는 헤스터가 군중 앞에서 치욕을 당하는 자리에 참석했던 그때보다도 더욱 근심에 싸이고 초췌해 보였다. 건강이 나빠져서인지, 그 외의 다른 이유가 있는지는 알 수 없었다. 어쨌든 그의 깊숙한 눈에는 무한한 괴로움이 서려 있었다.

"이 여인의 말에도 일리가 있습니다."

젊은 목사의 말은 떨리는 듯했으나 어찌나 맑고 힘찼던지, 홀 안이 쩌렁쩌렁 울려서 속이 텅 빈 갑옷이 울릴 정도였다.

"헤스터가 말하는 것이나 그녀의 사무치는 부르짖음 속에는 진실함이 숨쉬고 있습니다. 하느님께서는 그녀에게 아이를 주셨습니다. 다소 이상하게 보여도, 이것은 다른 어느 누구도 갖지 못하는 저 어머니만의 것입니다. 또한 이 모녀의 관계에는 뭔가 신성한 힘 같은 것이 존재하는 것 같지 않습니까?"

"아니, 그건 또 무슨 말씀이십니까? 딤즈데일 목사, 좀 더 명확히 설명해 주시오."

지사는 목사의 말을 가로챘다. 목사는 계속해서 말했다.

"그럴 수밖에 없지 않습니까? 그렇지 않다면, 이 세상 모든 것의 창조자이신 하늘의 아버지께서는 죄를 짓는 것을 대수롭지 않게 여기시고, 더러운 욕망과 신성한 애정을 구별하지 않고 넘어가셨다는 결과밖에 안 됩니다. 아비의 죄와 어미의 치욕으로 태어난 이 아이는 하느님이 손수 내리시고, 그 어미의 마음에 여러 가지 감화를 미치기 위해서 태어났습니다. 그래서 이토록 아이를 보호하려는 저 어머니의 일생에 단 한 번 주어진 축복으로서 존재하는 것입니다. 이 일은 어쩌면 헤스터가 설명한 대로, 어머니의 죄를 벌하기 위한 것인지도 모릅니다. 예를 들면 뜻하지 않은 순간에 나타나서 어머니를 아프게 하는 괴로움과 근심이며, 양심의 가책을 늘 재발시켜 고통을 주는 쓰라린 가시이고, 계속해서 찾아오는 번뇌란 말입니다. 그녀는 그 괴로움을 가엾은 이 아이의 옷차림에 충분히 나타내지 않았습니까? 아이의 옷을 통해 어머니의 가슴을 태우는 붉은 표시를 연상할 수 있다고 생각합니다."

"정말 옳은 말씀입니다. 나는 또 저 여인이 자기 아이를 협잡꾼으로 만들려는 줄로만 알고 걱정했습니다."

윌슨 목사가 외치듯이 말하자, 딤즈데일 목사는 아랑곳하지 않고 계속해서 말을 이었다.

"천만의 말씀입니다. 저 여인은 하느님께서 아이를 세상에 태어나게 한 그 엄숙한 기적을 잘 알고 있을 것입니다. 무엇보다도 자신의 영혼을 살리고, 더 깊은 죄의 구렁텅이에 빠질 뻔한 자신을 보호하고자 하느님께서 베푸신 은총이라고 생각할지도 모릅니다. 저는 이것이야말로 진실이라고 생각합니다만……. 그러므로 저 여인에게 영원한 기쁨이거나 영원한 슬픔이 될 수도 있는, 저 아이의 어머니로서의 역할은 본인이 직접 맡는 게 좋을 것 같습니다. 그러다 보면 생활에 대한 반성도 할 것입니다. 그리하여 조물주의 성스러운 약속에 의해 자신이 천국으로 인도되리라는 것을 아이를 통해 배우게 될 것입니다. 이런 점에 있어서 죄지은 어머니는 죄지은 아버지보다 행복합니다. 그러므로 헤스터 프린과 가엾은 아이를 위해서, 우리 하느님의 섭리대로 그들을 내버려둡시다."

"당신은 상당히 열정적으로 말씀하시는군요. 하지만 지금 젊은 형제가 한 말에는 중요한 의미가 있습니다. 어떻습니까? 벨링햄 지사, 저 불쌍하고 가엾은 여인을 충분히 변호해 주지 않았습니까?"

늙은 로저 칠링워드가 빙그레 웃으며 말했다.

"정말 그렇습니다. 그 말을 들으니 이 문제는 지금 상태에서 조금 보류해 두는 게 좋을 것 같습니다. 이 여인이 앞으로 더 이상의 추문을 일으키지 않는 한 말입니다. 그러나 이 아이에게 규칙대로, 교리문답 시험은 치르도록 해야 하오. 윌슨 목사님이나 딤즈데일 목사님이 수고해 주십시오. 또 적당한 시기가 되면 학교에도 보내고, 마을의 집회에도 나갈 수 있도록 마을의 관리들에게 알려야 하겠습니다."

지사의 말이었다.

딤즈데일 목사는 말을 끝내고 사람들 곁에서 한 걸음 물러서

서 두터운 커튼 자락 뒤에 얼굴을 가린 채 서 있었다. 햇빛을 받아 마룻바닥에 비친 그의 그림자는 열띤 호소로 인해 아직도 떨고 있었다.

이때 요정처럼 천진난만하게 날뛰던 펄이 딤즈데일 목사의 곁으로 살며시 다가가더니 자기의 두 손으로 그의 손을 잡아 자기의 볼에 갖다 댔다. 너무나 다정하고 사랑스럽게 표현하는 것을 본 엄마는 '저 아이가 정말로 나의 딸 펄이란 말인가?' 하고 생각했다.

헤스터도 펄의 마음속에 사랑이 있음을 알고 있었지만, 대부분 격정의 형태로만 나타났기 때문에 지금처럼 다정하고 얌전한 모습은 처음 본 셈이었다.

목사에게는 오랫동안 갈구하던 여인의 애정을 제외하고는 이 어린애의 애정만큼 감미로운 것이 없었다. 그래서 주위를 한 번 둘러본 후 아이의 머리에 손을 얹고, 잠시 주저하다가 아이의 이마에 키스를 했다.

그러나 아이의 그런 기분은 오래 지속되지 않았다. 아이는 웃으면서 객실 저편으로 뛰어갔다.

늙은 윌슨 목사는 아이가 매우 가볍게 뛰어갔으므로 다른 사람들에게 아이의 발끝이 땅에 닿았느냐고 물었을 정도였다.

"저 장난꾸러기 녀석은 분명 요술을 부리는 거야. 마귀할멈의 빗자루가 없어도 공중을 마음대로 날겠는걸."

그는 딤즈데일 목사에게 이렇게 말했다.

"정말 이상한 아이인데! 저 아이는 어머니를 닮은 것이 분명

합니다. 아이의 성격을 분석해서 아이의 아버지가 누구인가 추측해 보는 일은 철학적으로 불가능하다고 생각하십니까?"

로저 칠링워드가 말했다.

"안 됩니다. 이런 문제를 속된 학문에 의뢰한다는 것은 죄가 되는 일입니다. 차라리 금식하여 기도를 드리는 것이 좋지요. 하느님의 섭리가 저절로 드러나지 않는 한, 그 신비를 그대로 두는 것이 더 좋을 것 같습니다. 그러므로 기독교 신자들은 모두 다 이 가엾은 아이에게 부모와 같은 친절을 베풀 의무가 있습니다."

윌슨 목사가 말했다.

문제가 잘 해결되었으므로 헤스터 프린은 펄과 함께 그 저택을 떠났다.

모녀가 층계를 내려갈 때 방의 창문이 열리더니, 지사의 동생인 심술쟁이 히빈스 부인이 환한 햇빛을 듬뿍 받으며 얼굴을 내밀고서 말했다. 그녀는 몇 년 뒤 마녀라는 죄목으로 처형당했다.

"이것 봐요, 헤스터. 오늘 밤에 우리와 함께 가지 않겠소? 숲 속에 재미있는 사람들이 모이기로 했는데, 헤스터 프린도 한몫 낄 것이라고 마왕(魔王)에게 약속했다오."

이 부인의 불길한 형상은 이 기분 좋은 저택에 어두운 그림자를 던져주는 것 같았다.

"못 가서 미안하다고 전해 주세요. 나는 집에서 펄을 돌봐주어야 합니다. 그 사람들이 아이를 빼앗았다면 기꺼이 숲 속으로 가서 악마의 장부에 내 피로 서명을 하겠지만."

헤스터가 의기양양하게 미소를 지으며 말했다.

"머지않아 당신을 꼭 데려가고 말 거야."

마녀는 이렇게 말한 다음 눈살을 찌푸리며 창문 안으로 사라졌다.

그러나 히빈스 부인과 헤스터의 대면이 하나의 비유가 아니라 실제로 있었던 일이라면, 타락한 어머니와 그 나약한 마음에서 태어난 아이와의 관계를 끊어서는 안 된다는 젊은 목사의 주장이 입증된 셈이다.

이렇게 일찍부터 펄은 어머니를 악마의 함정으로부터 보호했던 것이다.

9 의사(醫師) 로저 칠링워드

로저 칠링워드라는 이름은, 독자들도 모두 기억하겠지만 그 가명 뒤에 또 하나의 이름이 숨겨져 있었다. 자기의 본명을 사람들에게 알리지 않기로 마음먹었기 때문이다.

헤스터 프린이 치욕을 당하는 광경을 목격하던 군중들 틈에 여행에 지친 한 노인이 서 있었다. 위험한 광야 생활에 지쳐, 따뜻하고 단란한 가정을 꿈꾸고 돌아오는 길에 그 여인이 사람들 앞에 죄악의 본보기로 서 있는 것을 그가 보게 되었다는 이야기는 이미 앞에서 밝힌 바 있다.

아내로서 그녀의 면모는 뭇사람들의 발밑에 여지없이 짓밟혔다. 장터에 서 있는 그녀의 둘레에는 치욕의 말들이 끊임없이 난무했다.

헤스터의 친척이나 순결하던 처녀 시절의 친구들이 이 소문을 듣는다면, 그들도 이 불명예에 물들 수밖에 없었을 것이다. 하지만 그녀와의 관계가 아무리 친밀하고 순수했던 사람이라도, 굳이 이런 순간에 나타나서 하잘것없는 유산을 물려받겠다고 나서지는 않을 것이다.

그는 이런 수치스런 장소에 그녀와 나란히 서지 않기로 결심했다. 그녀 외에는 아무도 이 비밀을 모르고 있었고, 그녀의 입을 열게 하는 자물쇠는 자기가 가지고 있으므로 인류의 명부에서 자신의 이름을 빼내기로 했다. 그리고 자신의 과거 인적 사항에 대해서는 오래전부터 떠돌았던 소문대로 이미 바다속에 매장되어 버린 사람이라는 인식을 심어주기로 했다.

그는 이 세상에서 완전히 잊히기를 원했다. 일단 목적을 이루고 나면, 새로운 관계와 새로운 목적이 다시 움트기 시작할 것이다.

사실상 이것은 죄라고 할 수는 없어도 대단히 음흉한 일이었다. 그리고 자신의 능력을 전부 쏟아 부어야 할 만큼 확실한 일이기도 했다.

이런 결심에 의해, 그는 로저 칠링워드라는 이름으로 청교도들의 거리에 자기의 거처를 정했다. 또한 남달리 뛰어난 학문과 지혜만을 세상에 내놓으려 했다.

오래전부터 해왔던 연구로 인해 의학 지식에도 조예가 깊었으므로 의사로서 행세할 수 있었고, 사람들로부터 대우와 인정을 받고 있었다.

당시 식민지에서는 의술과 기술에 모두 익숙한 사람은 매우 드물었다. 아마 의사들은 사람들이 대서양을 건너오게 된 원인인 신앙적 열의가 부족했었는지도 모른다. 인간의 육체를 연구하는 동안에 남달리 높고 섬세하던 그들의 정신적 기능이 물질화되고, 그 놀라운 신체 구조의 복잡한 속을 헤매다가 영적인 인생관을 잃어버린 모양이었다. 신체의 구조 속에 생명 전체를 만들어내는 기술이 숨어 있는 듯이 착각을 한 것이다.

아무튼 이 도시의 건강 문제는 의술과 관계가 있는 한 약제사인 로저 칠링워드라는 노인의 손에 달려 있었다. 이 사람의 돈독한 신앙심과 겸손한 태도는 의사로서의 면허는 없어도 자신의 자격을 증명하는 증명서가 되었다. 이 도시에 단 한 명밖에 없던 이 외과 의사는 이따금 훌륭한 기술을 발휘하지만 평소에는 면도칼을 휘두르는 습관을 가지고 있었다.

이렇게 의학계에 혜성과 같이 나타난 로저 칠링워드는 무게가 있고 장엄해 보이는 고대 의술의 체계에 익숙해졌다. 고대 의술에 나오는 불로장생약(不老長生藥)이라도 조제하려는 듯, 그는 서로 성분이 다른 엉뚱한 약물들을 섞어서 약을 만들었다.

게다가 인디언에게 붙잡혀 생활하는 동안 약초에 대한 지식을 많이 얻었던 그는, 대자연이 무지 몽매한 야만인들에게 내린 이와 같은 선물이 학식 많은 의사들이 몇 백 년에 걸쳐 만들어낸 유럽의 약제와 다름없이 믿을 만하다고 말했다.

적어도 겉으로 보기에 전혀 흠잡을 데 없는 이 학자 의사는 이곳에 도착한 직후부터 자신의 영혼의 지도자로 딤즈데일 목사를 택해서 섬겼다. 아직도 이 젊은 목사의 학자로서의 명성이 옥스퍼드 대학에 남아 있었는데, 열렬한 숭배자들은 하느님이 택하신 사도라고 여길 정도였다.

그들은 목사가 자기 수명을 다할 때까지 오래 산다면, 초기의 교부(敎父)들이 교회를 위해 이룩한 것과 같은 업적을 아직도 신앙이 연약한 뉴잉글랜드에서 그가 이룰 것이라는 믿음을 갖고 있었다.

그러나 그 무렵 딤즈데일 목사의 건강은 눈에 띄게 쇠약해졌다. 그를 잘 아는 사람들은 그의 얼굴이 창백한 것은 평소에 너무나 연구에 몰두하고 교회의 일을 지나치게 철저히 수행하려고 애쓰기 때문이며, 특히 속세의 더러움이 자신의 영혼의 등불을 막거나 흐릿하게 하지 못하도록 자주 금식하며 철야 기도를 하기 때문이라고 생각했다.

어떤 사람들은 딤즈데일 목사가 죽는다면 그것은 이 세상이 그의 발에 밟힐 자격조차 없는 것이라고 말했다.

여기에 대해 그 자신은 자기가 이 세상을 떠나는 것이 하느님의 뜻이라면 그것은 자신이 세상에서 그 사명을 다할 자격이 없어졌기 때문이라고 겸손하게 말했다.

그의 건강이 악화되는 원인에 대해 많은 말들이 있었지만, 건강이 나빠져 간다는 사실만은 부인할 수 없는 일이었다.

그의 몸은 나날이 수척해졌고, 아직 부끄럽고 감미로운 음성이 남아 있기는 하지만 그 속에는 우울한 징조가 깃들었다. 또 사소한 일이라도 뜻하지 않게 놀라게 되면 가슴에 손을 얹고 얼굴이 붉으락푸르락해지며 고통스러워했다.

젊은 목사의 건강 상태가 이처럼 지독히 나빠져서 이제 그 생명의 빛이 다해 간다고 여길 무렵, 로저 칠링워드가 나타났던 것이다.

그가 처음 등장했을 때 하늘에서 떨어졌는지 땅에서 솟아났는지 아무도 알지 못했으므로, 사람들은 너무나 궁금해 한 나머지 그를 기적적인 존재라고까지 여기게 되었다.

그는 이제 유능한 의사로 알려졌다. 약초나 들꽃을 찾아다니며 숲 속에서 나무뿌리를 캐거나 나뭇가지를 꺾는 따위의 일들이 사람들에겐 아무 가치 없는 일로 보일지 몰라도, 그는 그것들 속에 숨겨져 있는 효험을 잘 알기 때문이라고 말했다. 또한 그는 케넬름 디그비나 그 밖의 유명한 사람들과 서신 왕래가 있었으며, 그들과 교제가 있었다는 것을 사람들에게 말하기도 했다.

그토록 높은 학문의 지위를 얻고 있던 사람이 왜 이곳으로 왔을까? 큰 도시에나 어울릴 법한 사람이 왜 하필 이 광야를 찾아온 것일까?

이 질문에 대한 해답으로 하나의 소문이 퍼져 나가고 있었다. 사실 매우 터무니없는 것이었지만, 꽤 지각 있는 사람들 중에서 이를 믿는 사람이 적지 않았다. 그것은 하느님이 기적을 베푸셔서 한 독일 대학으로부터 저명한 의사를 살며시 공중으로 운반하여 딤즈데일 목사의 서재 문 앞에 내려놓았다는 것이었다.

좀 더 신앙이 깊은 사람들은 하느님께서는 기적이라는 효과를 나타내지 않더라도 충분히 그 뜻을 펴실 수 있기 때문에, 하느님의 섭리로 적절한 시기에 로저 칠링워드가 온 것이라고 생각했다.

의사가 젊은 목사에게 나타낸 깊은 관심은 이러한 믿음을 더욱 강렬하게 뒷받침해 줬다. 그는 교인의 한 사람으로서 목사에게 접근하여, 다감한 신뢰와 신임을 얻으려고 노력했다. 그는 또 목사의 건강 상태를 보고 적이 놀랐으나, 반드시 고쳐주고 싶은 마음에 아무 걱정하지 말라며 위로했다. 빨리 손을 쓰면 회복할 수도 있을 거라는 눈치였다.

딤즈데일 목사 교회의 교인들은 장로, 집사, 부인들 그리고 젊고 아름다운 처녀들에 이르기까지 의사의 약을 시험 삼아 한번 써보라고 귀찮을 정도로 권유했다.

그러나 목사는 그들의 간청을 부드럽게 물리치며 말했다.

"나는 약이 필요 없습니다."

그러나 안식일마다 그의 음성은 점점 더 떨리고 얼굴은 더욱 창백해지고 수척해져 갔다. 가슴에 손을 얹는 일도 이제는 우연한 몸짓이 아닌 하나의 습관이 되고 있었는데, 어째서 이 젊은 목사는 약의 사용을 거절하는 것일까?

목사의 일에 싫증이 난 것일까? 그렇다면 죽기를 원한다는 것일까?

보스턴의 선배 목사들과 교인들은 그에게 이런 질문을 자주 했다. 그리고 하느님이 베푸는 특별한 손길을 거절하는 것 또한 죄라는 사실을 그에게 지적했다.

그들의 말을 잠자코 듣고만 있던 목사는 마침내 의사에게 의논해 보겠고 약속했다.

그는 로저 칠링워드에게 진찰을 부탁하면서 이렇게 말했다.

"이것이 하느님의 뜻이라면 나의 일이나 슬픔, 죄와 고통이

나의 생명과 더불어 끝난다 해도 나는 만족합니다. 세상에 속하는 것은 무덤에 묻히고, 하늘에 속하는 것은 나와 함께 영원한 나라로 가지 않겠습니까."

"아아, 목사님께서 아직 젊으시니까 그렇게 말씀하실 수도 있죠. 젊은 사람들은 뿌리를 깊게 박지 않았기 때문에 삶을 쉽게 포기하는 편입니다. 이 땅을 하느님과 함께 걷고 계신 성자(聖者)는 하루빨리 이 세상을 떠나 새 예루살렘을 주님과 함께 걷고 싶을 테니까요."

로저 칠링워드는 그의 천성 때문인지 낮은 음성으로 말했다.

젊은 목사는 가슴에 손을 얹고 이마에 고통의 빛을 떠올리며 말했다.

"천만에요. 내가 그런 곳에서 거닐 자격이 있는 사람일지라도, 나는 이 땅에서 땀 흘리며 사는 것이 좋습니다."

"훌륭한 사람들은 언제나 자기 자신을 그렇게 낮추는 법입니다."

로저 칠링워드가 말했다.

이렇게 하여 수수께끼 같은 노인인 로저 칠링워드는 딤즈데일 목사의 주치의가 되었다.

그는 병에도 관심이 많았지만 환자의 성격이나 기질도 연구해 보고 싶은 충동이 강하게 일었으므로 나이 차이가 많았음에도 불구하고 이 두 사람은 점점 많은 시간을 함께 보내게 되었다.

목사의 건강을 위해 그리고 약초도 채집하기 위해 그들은 바닷가나 숲 속을 오랫동안 거닐었다. 때로는 나뭇가지 끝에서

부는 바람이 엄숙하게 노래하고 있는 곳들을 거닐면서 그들은 여러 가지 얘기를 나누었다. 또한 그들은 서로 서재를 방문하기도 했다.

목사는 의사가 갖고 있는 폭넓은 교양과 동료 목사들 가운데서도 찾아볼 수 없는 자유롭고 진보적인 사고방식에 놀랐다.

딤즈데일 목사 역시 진정한 목사요, 진정한 신앙인이었다. 그는 신앙심이 대단하여 믿음의 길을 굳건히 가고 있었으며, 이것을 머릿속에 깊이 새겨 오직 그 길로만 매진해 가는 그런 사람이었다.

그는 어떠한 사회 상황 속에서도 소위 자유주의적인 사상을 간직하지는 못했을 사람이었다. 자기를 지탱할 신앙의 압력을 언제나 느끼면서, 그 압력이 무쇠와 같은 틀 속에 갇혀 있는 상태에서 자기를 보호해 올 때만이 그는 평안함을 느꼈다.

그럼에도 불구하고 사람들과 일상적 대화를 나눌 때의 지성과는 또 다른 지성으로 우주를 관찰함으로써 떨리는 마음으로 구원의 즐거움을 누리기도 했다. 그것은 마치 지금까지 램프 불빛이나 차단된 햇빛, 책에서 풍겨 나오는 곰팡이 냄새로 인해 서서히 생명이 소모되는 것만 같은, 밀폐되고 숨이 막히는 방 안으로 자유로운 공기가 불어 들어오는 것과 같은 상쾌함이었다.

그러나 이 공기는 너무나 신선하고 싸늘하여 오랫동안 들이마실 수가 없었다. 그래서 목사는 의사와 함께 그들의 교회가 정통이라고 공인하는 울타리 안으로 다시 물러가고 말았다.

로저 칠링워드는 자기의 환자를 자세히 관찰했다. 그는 환자가 일상생활에서 친숙해진 사상의 한계 내에서 낯익은 길을 가고 있을 때와 새로운 도덕적 환경이 조성되었을 때의 환자상태를 면밀히 조사해야 한다고 생각했다. 그는 목사를 치료하려면 우선 그 사람을 잘 아는 것이 중요하다고 생각하는 듯했다. 감정과 지성을 지닌 인간인 이상, 육체의 병은 이 두 가지의 특징을 반영하기 때문이다.

아더 딤즈데일의 경우는 상상력과 감수성이 활발하고 예민했기 때문에 병의 원인이 그 감성과 상상력에 의거한 것 같았다.

그래서 의술도 뛰어나고 친절하며 우정이 있는 의사 로저 칠링워드는 환자의 가슴 깊숙이 파고들어가 어두운 동굴 속을 더듬어서 보물을 찾는 사람처럼 그의 사상을 살피고, 기억을 들추어내려고 했다.

이와 같이 탐색을 하는 자유와 마음 놓고 탐색할 수 있는 기회가 주어진다면, 숨은 비밀은 반드시 그 정체가 드러나게 되어 있다. 그러니 정말로 비밀을 간직한 사람이라면 이런 의사를 피해야 할 것이다.

만약 의사의 두뇌가 명석하고, 뭐라 말하기 어려운 어떤 것이 — 직관력이라 하자. — 갖추어져 있다면, 그리고 남에게 불쾌감을 줄 정도로 이기적이지 않고 자기를 내세워서 이득을 보려 하지 않는 마음으로 환자의 마음과 자기의 마음을 일치시키면, 환자는 마음속에 있는 생각을 자기도 모르는 사이에 실토하게 될 것이다. 또 이런 말을 들어도 조금도 동요하지 않고 동정의 눈길만 가끔씩 보내면서 잘 알아들었다는 듯 간간이 자기 의사를 표현한다면, 환자는 말할 수 없는 편안함을 느끼지 않겠는가.

또한 이런 은밀한 특성에다가 세상이 인정하는 의사로서의 유리한 조건까지 합친다면 환자는 더욱 자신의 내면에 감추어진 말을 끄집어낼 수밖에 없을 것이다. 즉 어느 한순간에 이르러 환자의 영혼이 산산이 부서져서, 맑은 물결을 흘려보내듯이 그 속에 감추어진 비밀을 낱낱이 고백하게 되지 않겠는가.

로저 칠링워드는 앞에서 말한 이러한 조건들을 다 가지고 있지는 않았어도, 어느 정도는 갖추고 있는 사람이었다.

그럼에도 불구하고 세월이 흐름에 따라 앞에서 말한 것과 같이 교양이 높은 이 두 사람 사이에는 일종의 친밀함이 싹트기 시작했다. 그리하여 인간의 사상과 학문의 모든 영역에 두루 접촉하여 윤리와 종교, 공적(公的)인 것과 사사로운 일에 이르기까지 모든 문제들을 함께 토론했다.

그러는 동안 의사는 목사에게 반드시 어떤 비밀 같은 것이 있으리라는 것을 확신했지만, 목사의 입에서 그것이 좀처럼 새어나오지 않자 이상하게 생각했다. 더구나 의사는 딤즈데일 목사의 육체적인 질병의 실체조차도 완전히 파악하지 못한 상태였다.

얼마 후 로저 칠링워드의 제안에 따라 딤즈데일 목사의 친구들은 이 두 사람이 한 집에 기거하도록 만들어 줬다. 그리하여 조류가 밀려가고 밀려오는 목사의 생명을 세밀한 곳까지 일일이 관찰하도록 했다.

이렇게 일이 성취되자 마을 사람들은 무척 기뻐했다. 젊은 목사가 건강을 회복하는 바람직한 길이라고 여겼기 때문이다.

그러나 권할 만한 자격이 있다고 스스로 생각한 사람들은 기회가 있을 때마다 그에게 정신적으로 헌신하려는 아리따운 아가씨를 한 사람 골라서 아내로 삼는 것이 가장 좋은 방법이라고 말했다. 그러나 아무리 설득한다 해도 이 방법을 선택할 가능성은 전혀 없어 보였다. 목사는 독신을 고수하는 것이 교회의 계율을 올바로 지키는 것이라는 듯이 이 같은 권유를 모두 거절했다.

딤즈데일 목사는 남의 집 밥상에서 남은 음식을 먹고, 남의 난롯가에서 몸을 녹이며 평생 그렇게 추위를 견디겠다고 자청한 사람처럼 보였다.

그런데 경험 많고 학식을 겸비한 마음씨 좋은 늙은 의사가 젊은 목사에 대해 아들처럼 사랑하는 마음과 섬기는 마음을 지니고 있었으므로, 그가 곁에서 시중을 든다면 그야말로 세상에서 가장 좋은 관계가 형성될 것 같았다.

이 두 사람이 함께 기거하게 된 새로운 집은 사회적 신분도 훌륭하고 신앙심도 돈독한 과부의 집이었다.

이 집은 킹스 채플 교회당이 세워진 대지를 거의 다 차지하고 있었다. 게다가 한쪽에는 아이작 존슨의 땅이었던 묘지가 있어서 각각 다른 일을 하는 목사와 의사가 사색을 하기에 알맞은 장소가 되었다.

딤즈데일 목사에게 어머니와 같은 애정으로 대하는 과부는 목사에게 양지 바른 방을 주었다. 그 방은 두꺼운 커튼이 드리워져 있어서 낮에도 햇빛을 적당히 가릴 수 있었다.

벽에는 고블랑(프랑스의 유명한 염색가)이 짰다는 벽걸이가 걸려 있었다. 거기에는 성경 속의 다윗과 밧세바와 선지자 나단의 이야기가 그려져 있었는데 아직도 색이 바래지 않았고, 그 장면에 나타난 아리따운 여자 밧세바는 재앙을 예언하는 나단과 함께 처절한 아름다움을 나타내고 있었다.

안색이 창백한 목사는 이 방에 양피지(羊皮紙)로 장정한 초창기 교회 교부(敎父)들의 이절판(二折版) 책과 유대 율법학자나 수도사의 학문이 담긴 책들을 쌓아 올렸다. 프로테스탄트 목사들은 이런 종류의 책들에 대해 심하게 비난하면서도 그것들을 읽지 않으면 안 될 때가 많았기 때문이다.

로저 칠링워드는 반대쪽에 서재 겸 실험실을 꾸몄는데, 현대 과학자들이 완벽하다고 생각할 만한 것은 못되지만 약제와 화학 약품을 조제하는 기구가 있었으며 연금술에 능한 그가 익숙하게 사용할 수 있는 증류기가 있었다.

이처럼 편리한 환경에서 각각 자기 방을 차지한 두 사람은 상대방의 방을 허물없이 오가며, 서로의 일에 호기심 많은 눈길을 보내곤 했다.

딤즈데일 목사의 친구들은 건강을 회복시키려고 하느님이 손수 마련한 것이라고 생각했다. 그들은 공적인 장소나 집안, 그리고 개인적인 자기만의 공간에서 많은 기도를 했으므로 그렇게 생각하는 것은 당연한 일이었다.

그러나 여기서 한 가지 밝혀둘 것은 최근에 보스턴 사람들 중에서 딤즈데일 목사와 수수께끼 인물인 늙은 의사와의 관계에 대해 전혀 별개의 의견을 갖는 사람들이 생겼다는 것이다.

무식한 대중이 자기만의 눈으로 사물을 볼 때는 대개 잘못 보는 수가 많다. 그러나 이런 대중이 아주 폭넓은 마음으로 직관에 의해 어떤 판단을 내릴 때는, 심오하고 신비롭게도 그릇됨 없이 결론을 얻게 되어 초자연적인 힘을 발휘할 때도 있는 법이다.

지금의 일만 하더라도 보스턴 시민은 로저 칠링워드에 대해 누구도 건드릴 수 없는 자기들만의 선입관을 지니고 있었다. 그러나 진지하게 어떠한 자료에 의해 반론을 제기할 능력을 갖고 있는 것은 아니었다.

약 30년 전에 토머스 오버베리 경이 살해되었을 당시 런던에 살았다는 늙은 직공이 그 의사를 본 적 있다고 말했다. 그 당시는 늙은 의사가 다른 이름으로 불렸는데, 지금은 생각나지 않지만 아무튼 오버베리 사건에 관련된 유명한 마술사 포먼 박사와 함께 있는 것을 보았다는 것이다.

또 몇몇 사람은 이 의사가 인디언에게 붙잡혀 있는 동안 야만스런 승려들과 함께 주문을 읽어 의학적 지식을 많이 쌓았다고도 말했다. 그 야만스런 승려들이 마술의 힘을 빌려 기적적인 치료를 한다는 소문이 자자했다.

또 많은 사람들은 — 이 사람들의 대부분은 신중한 판단력과 실제적인 관찰력이 있는 사람들이었다. — 로저 칠링워드가 이 도시에 살면서부터, 특히 딤즈데일 목사와 살게 되면서부터 눈에 띄게 변모했다고 말했다. 전에는 침착하고 사색적이며 학자다운 표정이었는데, 지금은 볼수록 추악한 표정이 감돌고 있다는 것이었다.

무식한 사람들의 생각에 의하면, 그의 실험실에 있는 불은 저속한 지역에서 가져온 것이며 지옥에서 쓰는 연료라는 것이었다. 그 연료로 불을 때기 때문에 필연코 그의 얼굴이 검어지고 있다는 것이다.

따라서 기독교 세계에서 어느 시대를 막론하고 특별한 성직에 몸을 담고 있던 많은 사람들에게 나타났던 사탄과 마찬가지로, 로저 칠링워드의 모습으로 변신한 사탄이나 사탄의 사자(使者)가 나타나 딤즈데일 목사를 따라다니며 괴로움을 주고 있다는 것이었다. 이 악마의 사자는 잠시 동안 하느님의 허가를 받아 목사의 영혼을 해치려는 것이라고 말하기도 했다.

그러나 그들은 이 투쟁에서 목사가 틀림없이 이겨서 결국 영광스럽게 변화된 모습으로 나타나기를 기대하고 있었다. 하지만 그 과정에서 반드시 겪어야 할 목사의 치명적인 고통을 생각하고 가슴 아파했다.

아아! 가엾은 목사의 눈동자에 깃들인 공포의 그림자는 치열한 싸움을 예고하는 것 같았고, 필연코 승리하리라는 보장도 없어 보였다.

10　의사와 환자

로저 칠링워드는 원래 따뜻하거나 인정미가 있는 사람이
아니었지만, 대인관계에 있어 순수하고 솔직했으며 섬세했다.

그는 자신이 마음먹은 대로 하나의 일을 관찰하기 시작했다.
그가 이 조사에 임하는 태도는 엄정한 재판관처럼 진실하고
성실했다. 마치 그가 다루려는 문제가 인간의 감정이나 잘못을
저지른 일에 관련된 것이 아니라, 공간에 그려진 선이나 도형으
로 되어 있는 기하학의 문제인 것 같았다.

그는 조용히 조사에 착수하는 것 같았지만, 그 일에 총력을
기울이는 동안 꼭 해내지 않고는 물러설 수 없다는 필연성이
하나의 매력으로 그를 사로잡아 그것이 명하는 대로 끝까지
움직여볼 생각이었다.

그래서 그는 금광을 찾아 나선 사람처럼 이 불쌍한 목사의
가슴속을 파헤쳤다. 그것은 시체의 가슴에 장식된 보석을 찾겠
다고 파헤친 무덤에서, 썩어가는 주검밖에 발견하지 못하는
무덤 파는 인부의 모습 같다고나 할까.

정말로 그가 찾는 것이 그와 같은 부패한 주검뿐이라면, 그의 영혼이야말로 얼마나 불쌍한 것이겠는가.

이따금 의사의 눈이 광채를 발할 때가 있었다. 파랗고 불길한 빛이었다. 그것은 마치 존 번연(1628~1688, 영국의 작가)의 〈천로역정〉에 나오는, 언덕에 있는 무서운 문에서 터져 나와 순례자들의 얼굴을 비춘 기분 나쁜 불빛과도 흡사했다.

이 음울한 광부가 작업하고 있는 광산의 지질은 만족할 만한 것이었다. 그럴 때면 의사는 이렇게 중얼거렸다.

"이 사람은 매우 순결해 보이고 매우 영적(靈的)인 사람 같으나 사실은 아버지나 어머니로부터 강한 동물적 기질을 물려받았다. 이 점에 대해 깊이 파고들어가 보자."

이처럼 의사는 목사의 어두운 내면을 오랫동안 파헤쳤다. 그리고 난 뒤 여러 가지 귀중한 자료를 보게 되었다. 그것은 높은 이상과 행복을 꿈꾸는 영혼에 대한 깊은 사랑, 순수한 감정, 타고난 신앙심 등이 사색과 연구로 보강되었을 뿐 아니라 계시에 의해 더욱 빛을 받고 있었다.

그러나 이런 황금처럼 비싼 자료들은 이 탐광자의 눈에 한 푼의 값어치도 없는 쓰레기들 같았다. 실망에 가득 찬 그는 또 다른 방향으로 움직여 다른 내용을 조사하기 시작했다.

그는 목사가 잠들어 있는, 아니 어쩌면 자지 않고 있을지도 모르는 방으로 보물을 훔치는 도둑처럼 발소리를 죽이고 주위를 경계하면서 조심스럽게 전진했다.

그렇게 조심스럽게 행동했지만, 이따금 마루가 삐걱거리고 너무나 가까이 다가갔으므로 그의 그림자가 목사의 얼굴을 가리기도 했다. 바꿔 말하면 딤즈데일 목사의 예민한 신경이 가끔 영적 통찰력을 발휘하여, 뭔가 그의 평화를 깨뜨리려는 것이 자기 쪽으로 오고 있다는 것을 막연히 느낀다는 것이다.

그러나 로저 칠링워드는 거의 직감에 가까운 지각력을 갖고 있었다. 그래서 목사가 깜짝 놀란 시선을 보내면, 의사는 친절하고 세심한 배려를 나타내는 것처럼 조심스러운 태도로 결코 남의 일에 간섭하지 않는 친구처럼 태연히 앉아 있을 뿐이었다.

마음이 병든 사람에게 흔히 있을 수 있는 병적인 성격 때문에 딤즈데일 목사가 모든 사람을 의심하지 않았더라면, 의사는 좀 더 완벽하게 그의 성격을 간파해 낼 수 있었을 것이다. 그런데 그는 아무도 친구로 여기지 않았으므로, 막상 적이 나타나도 그가 적이라는 것을 알아차리지 못했다.

따라서 그는 여전히 늙은 의사와 친교를 나누었고, 매일같이 그를 서재로 부르거나 자신이 그의 실험실로 찾아가서 잡초가 약으로 변하는 과정을 구경하기도 했다.

어느 날 목사는 공동묘지가 내다보이는 창의 문턱에 팔꿈치를 댄 채 손으로 이마를 짚고서 로저 칠링워드와 이야기를 나누었다. 의사는 마침 이상하게 생긴 풀을 관찰하고 있었다.

"선생님, 어디서 이렇게 이상한 풀을 채집하셨습니까?"

딤즈데일 목사는 곁눈질을 하며 물었다. ― 웬일인지 그 무렵에는 어떠한 것도 똑바로 보지 못하는 특이한 습관이 생겼다.

로저 칠링워드는 일손을 멈추지 않고 대답했다.

"바로 저 공동묘지에서 뜯었습니다. 나도 처음 보는 풀입니다. 비석도, 그 죽은 사람을 기념할 만한 것이 아무것도 없는 어떤 무덤 위에서 뽑은 것입니다. 이 잡초들이 비석을 대신하고 있었다고 할 수 있죠. 아마 죽은 사람의 심장에서 돋아난 것일 겁니다. 어쩌면 살아 있을 때 고백하지 못한 비밀이 이렇게 잡초로 돋아난 것일지도 모르죠."

"그 사람도 고백하고 싶지만 할 수가 없었겠죠."

목사가 말했다.

"왜 그럴까요? 왜 고백을 할 수 없었을까요? 자연의 힘은 죄의 고백을 간절히 요구하고 있습니다. 그러니까 죄를 고백하려고 매장된 사람의 심장에서 이런 이상한 잡초가 돋아나는 것입니다."

"그건 선생님의 공상에 지나지 않습니다. 내 생각에는 사람의 마음속에 있는 비밀을 말이나 어떤 상징으로 고백하는 힘은 오직 하느님만 갖고 있습니다. 이러한 비밀을 간직하고 있는 마음은 그것이 폭로되는 날까지 계속 비밀을 지키려고 고집할 것입니다. 또한 내가 성경을 읽은 바에 의하면, 설사 인간의 생각이나 행동이 드러나는 날이 오더라도 그것은 벌을 주기 위한 것이 아니라는 것입니다. 만약 그것을 그렇게 본다면 그것은 대단히 잘못된 인식이고, 또한 천박한 비난을 모면하지 못할 것입니다. 이처럼 모든 것이 드러나게 되는 최후의 심판 날은 인생의 모든 문제가 밝혀지는 것을 보고자 기다려 온 지성적 인간들의 지적 만족감을 더해 주기 위해 마련된 것입니다. 이 문제를 해결하려면 지금 선생님이 생각하시는 것과 같은 비밀을 간직한 사람들의 마음을 환히 알아야 하겠지만, 그 최후의 날에는 그들도 주저하지 않고 말할 수 없는 기쁨을 맛보면서 간직했던 비밀을 고백할 것입니다."

"그렇다면 왜 사람들은 이 세상에서 비밀을 말하지 않는 걸까요? 왜 죄진 사람들이 그런 기쁨을 좀 더 빨리 누리지 않는 것일까요?"

로저 칠링워드는 곁눈질로 목사를 살피면서 물었다.

"아닙니다. 대부분의 사람들이 그렇게 하고 있습니다. 사실은 불쌍하고 가엾은 많은 사람이 임종의 자리에서뿐만이 아니라 건강하게 살아갈 때, 또는 사회적 명성을 떨치고 있을 때에도 고백을 했습니다. 그리고 그렇게 후련하게 고백하고 난 후, 그들의 마음이 얼마나 편안하게 바뀌었는가를 나는 많이 보아 왔습니다. 그것은 오랫동안 죄악에 물들어 질식할 것 같은 상황에서 자유로운 공기를 마시는 사람의 표정과 같습니다. 그럴 수밖에 없겠죠. 가령 살인죄를 지은 사람이 무엇 때문에 자기의 마음속에 시체를 묻어두느냐는 것입니다. 당장 그것을 끌어내어 우주에다 내맡기고 싶은 마음일 것입니다."

목사는 고통스러운 듯 가슴을 움켜잡으며 말했다.

그러자 의사가 말했다.

"그러나 죄를 그대로 가슴에 묻어두고 있는 사람들도 있습니다."

"그런 사람들도 있기는 하겠죠. 그러나 뻔한 이유가 되겠지만, 그들의 천성 때문에 침묵을 지킬 수도 있지 않겠습니까? 그렇지 않으면 비록 죄는 졌지만 하느님의 영광과 인간의 행복을 비는 마음이 간절하여, 결국 사람들이 보는 앞에서 자신의 추악한 모습을 드러내지 못하는 경우일 것입니다. 좋은 일을 했다고 해서 과거의 악행이 속죄되는 것이 아니기 때문입니다. 그래서 그들은 말할 수 없이 고통스럽지만, 마치 흰 눈처럼 순결한 체하며 사람들 사이를 오고 갑니다. 그러나 사실은 마음속에 씻을 수 없는 죄악으로 물들어 있는 것입니다."

딤즈데일 목사가 말했다.

"그들은 자기를 기만하고 있는 것입니다. 그들은 마땅히 겪어야 할 부끄러움이 두려운 것입니다. 그들은 인간에 대한 사랑이라든지 하느님께 봉사하고 싶은 열성이라든지 하는 것이 그들의 마음속에 있는지조차도 모를 것입니다. 하지만 그들이 하느님께 영광을 돌리기 원한다면 하늘을 향해 그 더러운 손을 들지는 말아야 하지 않겠소? 그들이 이웃을 위해 봉사하고 싶다면 먼저 겸손하게 회개하여 양심이 있음을 표시해야 할 것입니다. 참으로 어질고 현명하신 당신은 혹시 기만이 하느님의 진리보다 더 낫고, 그것이 하느님의 영광이나 인간의 행복을 위한 일이라고 나에게 설득하는 것은 아니겠지요? 그렇습니다. 그들은 자기를 기만하고 있는 것입니다."

로저 칠링워드는 평소보다 활기 있어 보였으며, 가볍게 집게손가락을 움직이고 있었다.

"그럴지도 모르겠습니다. 그런데 선생님께 묻고 싶은 것이 있는데, 선생님의 극진한 치료로 나의 약한 몸이 어떤 효험을 보았는지 궁금합니다."

젊은 목사는 이치에 맞지도 않는 무슨 당치 않은 말이냐는 듯이 말하며 말머리를 돌렸다.

그에게는 지나치게 예민하고 신경질적인 자기의 성격을 건드리는 그런 화제를 회피하는 재주가 있었다.

로저 칠링워드가 채 대답을 하기 전에 이웃 묘지에서 어린아이의 맑고 자지러지는 듯한 웃음소리가 들려왔다.

여름철이어서 활짝 열어놓은 창문으로 내다보니, 헤스터 프린과 펄이 묘지를 가로지른 오솔길을 걸어가는 것이 목사의 눈에 들어왔다.

펄은 눈이 부실 정도로 아름다웠지만, 평소와 다름없이 그 특유의 심술궂은 장난기에 젖어 있었다. 그럴 때면 펄은 동정심이나 인정이 있는 세계로부터 멀리 떨어져 있는 것처럼 보였다.

아이는 지금 무엄하게도 이 무덤에서 저 무덤으로 깡충깡충 뛰어다니고 있었다. 그러다가 위인의 가문(家紋)이 박혀 있는 묘석 위에 올라가서 춤을 추기 시작했다.

좀 더 얌전하게 굴라고 타이르는 어머니의 말에 대한 대답으로 펄은 춤을 멈추었지만, 대신 무덤 옆에 있는 가시 돋친 우엉 열매를 땄다. 아이는 그것을 손에 잔뜩 따 모으더니 어머니의 가슴에 있는 주홍글씨의 선을 따라 가장자리에 붙였다. 열매의 성질상 그것들은 잘 달라붙었다. 헤스터는 그것을 떼려

하지 않고 그대로 두었다.

로저 칠링워드는 이 광경을 내려다보면서 침울한 미소를 띠었다.

"저 아이의 성질에는 법칙이나 관습, 의견에 대한 관심, 권위에 대한 존경심 등도 없고, 좋은 일이든 나쁜 일이든 남의 말을 들어주는 법이 없단 말이야."

로저 칠링워드가 중얼거리듯 말했다.

"요전에 저 애가 스프링 레인에서 소먹이는 물통에 든 물로 지사님에게 물벼락을 내리는 것을 봤습니다. 저 아이는 도대체 무엇이죠? 저 요물은 악(惡)으로만 이루어진 것일까요? 사랑이 있는 아이일까요? 저 아이 속에는 어떤 존재의 원칙이 있을까요?"

"아무것도 보이지 않습니다. 법률을 어긴 뒤에 오는 자유밖에는 없을 것입니다. 그러나 아이가 선을 행할 수 있을지도 모릅니다."

딤즈데일 목사는 그 문제에 대해 깊이 생각하고 있다는 듯 조용하게 말했다.

아이는 두 사람의 말소리를 들은 것 같았다.

아이는 명랑하고 총명함을 보여주지만, 한편으론 장난꾸러기 같은 미소를 지으며 딤즈데일 목사를 바라보더니 가시열매하나를 그에게 던졌다.

예민한 목사는 깜짝 놀라며 그것을 피했다. 당황하는 목사의 모습을 본 펄은 재미있다는 듯이 손뼉을 치며 좋아했다.

헤스터 프린도 무심결에 그 장면을 보았다.

그리하여 이 네 명의 남녀노소는 서로 얼굴을 마주 보게 되었다.

이윽고 아이가 큰 소리로 웃으며 외쳤다.

"엄마, 이리 와! 이리 오지 않으면 저기 있는 악마가 잡아갈 거야! 벌써 목사님은 붙잡혔어요. 엄마도 오지 않으면 붙잡혀! 하지만 나는 못 잡을걸?"

이렇게 말하면서 펄은 어머니의 손을 이끌고 갔다. 춤을 추면서 무덤 사이를 돌아다니는 모습은 거기 묻혀 있는 세대와는 아무런 관련도, 인연도 없는 듯이 보였다.

전혀 색다른 요소로 만들어진 아이여서 제멋대로 살아도 허용이 되며, 그것이 자신의 법이므로 그런 특이한 여러 가지 요소들이 도가 지나쳐도 죄가 되지 않는다는 것 같았다.

잠시 후 로저 칠링워드가 말했다.

"저 여자는 그 죄과가 어떤 것인지는 모르지만, 당신이 말씀하신 것과 같은 괴롭고 견디기 어려운 비밀스런 죄악은 없을 겁니다. 저 여자가 가슴에 주홍글씨를 달고 있기 때문에 그만큼 고통이 덜어졌을 거라고 생각하십니까?"

"그럴 것이라고 생각합니다. 하지만 저 여자의 입장이 되지 않고는 모를 것입니다. 그 여자의 얼굴에서 차라리 보지 않았으면 좋았을 고통스러운 표정을 엿보았습니다. 그러나 마음의 괴로움을 숨기고 괴로워하는 것보다는 저 여자처럼 고통을 표시하는 것이 훨씬 편하리라 생각됩니다."

잠시 말이 끊어졌다.

의사는 채집한 약초를 다시금 관찰하고 정돈하더니 다시 입을 열었다.

"아까 목사님께서 건강에 대한 나의 견해를 물으셨죠?"

"네, 꼭 알고 싶습니다. 죽든 살든 솔직하게 말씀해 주십시오."

의사는 약초를 만지던 손을 멈추지 않은 채 딤즈데일 목사를 조심스럽게 주시하면서 말했다.

"솔직하게 말해서 목사님의 병은 좀 이상합니다. 적어도 내가 증상을 관찰한 대로 본다면, 그 병 자체가 겉으로 보기에는 대단한 것이 못됩니다. 벌써 여러 달 목사님께 나타나는 증세를 주의 깊게 관찰하여 보살피고 있으므로 아마 중병에 걸린 것이라고 생각하겠지만, 그러나 불치의 병은 아닙니다. 그러나 뭐라고 하면 좋을까요? 그 병은 알 것 같으면서도 전혀 모르는 병입니다."

"수수께끼 같은 말씀을 하시는군요."

목사는 창백한 표정으로 창 밖을 내다보며 말했다.

"그럼 더 솔직히 말씀드릴까요? 목사님, 실례가 되더라도 용서하십시오. 하느님의 뜻대로 당신의 생명과 건강을 맡고 있는 사람으로서 묻겠는데, 목사님은 병환의 증세를 나에게 전부 말씀해 주신 겁니까?"

"무슨 말씀이십니까? 어린애 장난도 아니고, 의사를 청해 놓고 증세를 숨기다니요?"

"그럼 내가 다 알고 있다는 말씀이시죠? 좋습니다. 그렇다고 해둡시다. 그러나 겉으로 드러나는 증상을 말한다 해도 의사는 증세의 반밖에 모르기 쉽습니다. 육체의 병이 그 병의 전부라고 생각하기 쉽다는 말입니다. 그러나 사실 그것은 질병의 일부라고 볼 수 있습니다. 내 말이 목사님에게 다소 거슬리는 점이 있더라도 용서하십시오. 당신은 내가 아는 어느 누구보다도 정신과 육체가 매우 밀접하게 결합하여 혼연일체가 되어 있는 사람입니다. 그러므로 육체가 정신의 도구가 되는 것이지요."

로저 칠링워드는 강렬한 지성의 눈빛으로 목사의 얼굴을 바라보며 말했다.

"더 이상 물을 필요가 없습니다. 난 선생이 영혼을 고치는 사람은 아니라고 생각합니다."

목사는 이렇게 말한 다음 당황한 듯 의자에서 일어섰다.

"그러니까 병이라는 것은, 정신의 병이라는 것은 당장 육체를 통해 나타나게 됩니다. 때문에 육체의 병이 낫길 원한다면 먼저 영혼의 질병이나 상처, 고민 따위를 털어놓지 않고서는 불가능하다는 것입니다."

의사도 일어서며 왜소하고 검은 몰골로 여전히 창백한 목사와 마주 서서 말했다.

"거절합니다. 세상의 의사에게는 거절합니다."

딤즈데일 목사는 이글거리는 눈을 부릅뜨고 로저 칠링워드를 노려보며 격렬하게 소리쳤다.

"당신에게는 부탁하기 싫습니다. 그러나 만일 내 병이 영혼의 병이라면, 단 한 분밖에 없는 유일한 의사이신 그분께만 맡기겠습니다. 그분의 뜻에 따라 나를 고쳐주시든지 아니면 죽일 수도 있겠죠. 그분이 옳다고 판단하신 대로 나는 어떤 일이든 따르겠습니다. 그런데 당신이 무엇이기에 이 일에 나서려는 겁니까? 왜 괴로운 마음을 지닌 사람과 하느님 사이에 끼어들려 하는 거죠?"

목사는 미친 듯이 방을 뛰쳐나갔다.

'이런 일이 벌어졌으니 차라리 잘된 일이야. 아무것도 손해날 일은 없어. 우리는 곧 다시 친해질 테니까. 그러나 얼마나 감정이 격한지 제정신을 잃은 것 같았어. 그렇다면 다른 일에도 똑같이 감정이 격했을 것이 아닌가. 목사인 체하는 딤즈데일 목사가 한때 감정에 사로잡혀 무슨 일을 저지른 것이 틀림없어.'

로저 칠링워드는 목사의 뒷모습을 바라보며 의미심장한 미소를 띠고 중얼거렸다.

이 두 사람이 전과 같이 우정을 되살리는 일은 그리 어려운 일이 아니었다.

몇 시간 동안 혼자 있던 젊은 목사는 신경이 매우 날카로워져서 불안해했고, 따라서 그토록 흥분할 일도 아닌데도 불구하고 추태를 부린 것에 대해 반성했다.

의사로서 당연한 의무에 따라, 더구나 자신의 청에 의해 충고를 했을 뿐인데 그 친절한 노인을 그토록 사납게 물리치다니……. 그는 자기 자신을 이해할 수 없었다.

이렇게 후회를 하게 된 목사는 주저하지 않고 의사에게 충분히 사과를 했고, 계속해서 병을 치료해 주기를 부탁했다. 비록 그가 지금까지 건강을 회복시켜 주지는 못했지만, 자신의 나약한 생명을 그 시간까지 연장시켜준 것은 사실이라는 생각이 들었기 때문이다.

로저 칠링워드는 그의 말에 쾌히 승낙을 하고 목사의 건강관리에 최선을 다했다.

그는 성의껏 그의 치료를 도왔으나 진찰을 끝내고 환자의 방을 나갈 때는 묘하고 야릇한 미소가 입가에 맴돌았다. 이 미소는 딤즈데일 목사가 있을 때는 나타나지 않았지만, 의사가 환자의 문지방을 넘어설 때부터 강렬하게 표출되었다.

그는 나지막하게 말했다.

"정말 이상한 환자야. 좀 더 깊이 관찰해야겠어. 영혼과 육체 사이에 묘한 관계가 있는 것이 분명해. 다른 것은 차치하고라도 의학을 위해서라도 이 병을 철저히 파헤쳐봐야겠어."

앞에서 말한 사건이 있은 지 얼마 지나지 않아, 딤즈데일 목사가 대낮에 우연히 책상 앞에서 깊은 잠에 빠진 적이 있었다. 두껍고 커다란 고딕 활자로 된 책은 읽는 사람으로 하여금 잠을 재촉하는 일종의 문학 작품 따위였으리라.

보통 때는 잠의 깊이가 매우 얕아서 나뭇가지 위를 날아다니는 작은 새처럼 금세 잠을 쫓아 버리기가 일쑤인데, 이번에는 이상하게도 깊은 잠 속에 곯아떨어져 있었다. 그래서 로저 칠링워드가 별로 조심하지 않고 방에 들어갔는데도 목사는 조금도 움직이지 않았다.

의사는 곧장 환자 앞으로 다가가서 그의 가슴에 손을 얹고 그때까지 아무에게도 보이지 않던 가슴 위의 옷을 풀어 버렸다. 그러자 딤즈데일 목사는 몸을 떨며 약간 움직였다.

잠시 동안 그대로 서 있던 의사는 그의 방을 나갔다. 그러나 그의 표정은 놀라움과 두려움에 뒤섞였으며, 어떻게 표현할 수 없을 정도의 강렬한 기쁨이 그의 흉측한 몸 전체로 터져 나오는 것 같았다.

그는 마룻바닥을 구르며 미친 사람처럼 날뛰면서 이상한 몸짓을 해 보이고 있었다.

만약 그때 황홀한 기쁨에 도취한 순간의 늙은 로저 칠링워드를 누군가가 보았다면, 고귀해 보이는 한 인간의 영혼이 천국을 잃고 악마의 손에 이끌려 지옥으로 끌려들어갈 때의 표정이 어떤 것인지 알 수 있었을 것이다.

그러나 악마의 환희와 의사의 환희의 다른 점은, 의사의 그 속에는 놀라움의 요소가 있었다는 것이다.

11 — 마음속의 비밀

앞에서 이야기한 사건이 있은 후 목사와 의사와의 사이는 겉보기에는 별다른 것이 없었으나 사실은 전과 매우 달라졌다.

로저 칠링워드의 앞길은 그의 명석함만큼 훤히 열려 있었다. 사실 처음부터 그 길을 가고자 계획했던 것은 아니었다. 겉으로 보기에 이 불행한 노인은 조용하고 점잖으며 화를 내지 않는 것 같았으나, 그의 마음속에서는 이제까지 숨어서 잠재하던 악마가 드디어 머리를 들기 시작했다. 일찍이 아무도 원수에게 그런 앙갚음을 한 적이 없는 지극히 교묘한 방법으로 그는 복수를 꾀하기 시작했던 것이다.

그 방법이란 두려움, 가책, 고뇌, 무익한 회개 그리고 자꾸만 치솟아 오르는 악몽 따위의 일들을 모두 털어놓을 수 있는 신뢰를 받는 친구가 되는 것이었다.

세상으로부터 감추어진 많은 슬픔들, 넓은 마음씨를 가진 사람들로서는 용서했을지도 모를 슬픈 죄악의 비밀을 용서를 모르는 자기에게만 낱낱이 밝혀지기를 바라는 것이었다. 그다음에는 그가 목사 앞에서 모든 비밀을 폭로하는 것이었다. 그렇게 하면 복수의 빚을 충분히 갚을 수가 있다고 생각했다.

목사의 내성적이고도 신경질적인 성격 때문에 의사의 계획에는 지장이 많았다. 그러나 그렇다고 해서 로저 칠링워드는 사태를 전혀 불만스럽게 생각하지 않았다.

왜냐하면 하느님은 보복하는 자와 희생당하는 자 모두를 자기 뜻대로 이용하시면서 처벌할 것처럼 보이는 순간에 도리어 용서하시는데, 하느님은 이번에도 의사의 검은 흉계를 이루어주는 대신 또 다른 일을 행하셨다. 그러나 그는 여기서 만족하고 싶지 않았다.

아무튼 로저 칠링워드가 하나의 계시를 받았다고 볼 수 있었는데, 그것이 하늘에서 내린 것이든 땅에서 솟은 것이든 상관이 없었다.

덕분에 의사는 그 후부터 딤즈데일 목사와 사귀는 가운데 목사의 외양뿐만 아니라 마음속 영혼의 밑바닥까지도 눈에 보이는 듯했다. 그래서 목사의 모든 움직임조차도 일일이 이해할 수 있었다.

그때부터 의사는 가엾은 목사의 마음속 깊숙이 파고들어가 그 속에 한낱 구경꾼이 아닌 주연 배우의 구실을 하게 되었다. 그는 목사를 마음 내키는 대로 조정할 수 있었다.

목사에게 고뇌를 주어 뒤흔들어놓고 싶을 땐, 목사는 늘 고문대 위에 올라와 있는 상태였으므로 고문대를 조종하는 손잡이가 어디 있는지를 알기만 하면 되었다. 실제로 의사는 이 장치를 너무나 잘 알고 있었다.

갑자기 목사를 공포에 떨게 하고 싶으면 그도 어렵지 않았다. 그는 마술사처럼 지팡이를 흔들어서 무서운 환상을 불러일으켰다. 그러면 갖가지 유령들이 기분 나쁜 주검의 형상을 하고 그에게 나타났으며, 혹은 그보다 더 끔찍한 치욕의 유령들이 떼를 지어 몰려들어 목사를 에워싸고 그의 가슴을 향해 손가락질했다.

의사의 계획은 은밀하고도 너무나 완벽하게 이루어졌으므로, 목사는 자기 주위에서 늘 자기를 노리는 어떤 힘을 막연히 느끼고는 있었지만 그 정체가 무엇인지를 알아낼 수는 없었다.

때때로 목사는 의심과 두려움을 가지고 혐오스럽게 생긴, 불구의 늙은 의사를 끔찍스럽게 생각하며 바라보곤 했다.

목사의 눈에는 의사의 몸짓, 걸음걸이, 희끗희끗한 수염, 무관심한 듯한 거동, 또한 옷차림까지도 모두가 혐오감을 주는 것뿐이었다.

이것은 목사가 의식하고 있는 것 이상으로 그에 대해 반감을 갖고 있다는 확실한 증거였다.

딤즈데일 목사는 이러한 불신과 증오심을 갖게 된 뚜렷한 이유를 알아낼 수가 없었으므로, 그는 병든 가슴의 단 한 군데에서 부분적인 독소가 번져 나와 가슴 전체를 침해한다는 사실을 알면서도 이것을 누구의 탓으로도 돌리지 않았다. 오히려 로저 칠링워드에게 나쁜 감정을 가졌던 자신을 책망하면서, 그런 감정에서 얻어진 교훈들을 무시하고 그것들을 뿌리 뽑으려고 노력했다.

그것은 가능한 일은 아니었으나 그래도 목사는 의사와 친밀한 교제를 유지하려고 노력했고, 그리하여 의사로 하여금 그의 목적을 달성하게 하는 기회를 부단히 제공하고 있었다. 흉계를 가진 복수자는 목숨을 걸고 전력을 다해 목표 달성에 힘을 기울였다.

그러나 몸은 병에 시달리고 정신은 영혼을 좀먹는 흉악한 적에 시달리면서도, 딤즈데일 목사는 성직자로서 빛나는 명망을 한 몸에 받고 있었다. 그러나 그 명망의 대부분은 그가 안고 있는 슬픔의 대가였다.

목사의 타고난 지성의 예리한 도덕적 지각, 그가 경험한 바를 전달하는 힘은 일상생활의 괴로움 때문에 오히려 비상하다고 할 만큼 더욱 활발하게 작용하고 있었다. 아직 오르막에 있는 명성이기는 하지만, 고명한 목사들을 포함한 성직자들의 평판을 이미 능가했다.

그중에는 딤즈데일 목사가 태어나기 전부터 성직과 관련한 학술의 연마에 오랜 세월을 보낸 사람들도 있었기 때문에 그들은 젊은 목사보다 더 알맹이가 있고 귀한 경험을 했을 것이었다. 또한 몇몇 목사들 중에는 딤즈데일 목사보다 한층 정신의 바탕이 굳건하고 강인한 이성을 소유하고 있을 뿐만 아니라 예리하면서도 쇠나 돌처럼 굳은 이해력을 가진 사람들도 있었다.

그러나 이들은 이런 이해력에다 교리적인 요소만 적절히

배합하여, 지극히 훌륭하고 탁월한 능력은 있지만 무뚝뚝한 성격의 목사가 되었다.

또한 그들 중에는 정말로 성자와 같은 목사들도 있었는데, 그것은 끊임없이 책 속에 파묻혀 공부하고 참을성 있게 사색함으로써 얻어진 것들이었다. 이들은 순결과 청렴한 생활로 몸은 비록 인간 세계의 옷을 걸쳤지만, 그대로 그 옷을 입은 채 하늘로 올라간다 해도 조금도 어색하지 않을 것 같은 사람들이었다.

그들에게 갖추지 못한 것이 있다면 성령 강림절에 선택된 사도들에게 내려진 '불의 혀'뿐이었다. 그것은 성경의 경우처럼 알아들을 수 없는 낯선 외국어로 말하는 것이 아니라 가슴속에서 우러나오는 말로, 하느님의 뜻을 펴는 마음의 언어였다.

다른 면에서는 사도에 뒤지지 않는 목사들이었으나 그들은 목사로서 입증할 만한 하느님의 선물인 불의 혀를 간직하지 못했던 것이다. 설령 그들이 그런 혀의 능력을 구하려고 노력한다 해도 그것은 이룰 수 없는 소원이었다.

아마 그들은 최고의 진리를 흔하고 속된 말과 형상으로 표현하려는 헛된 노력을 했는지도 모른다. 하지만 그들의 음성은 그들이 항상 살고 있던 곳에서 까마득히 멀고 불확실하게 들려왔다.

딤즈데일 목사는 성격상의 여러 가지 특징으로 보아 마지막 부류에 속한다고 볼 수 있었다.

만약 그의 성향이 죄악 ― 그것이 무슨 죄였든지 간에 ―

으로 말미암아 좌절되지 않았다면, 그는 신앙의 높은 산봉우리에 도달했을 것이다.

그러나 딤즈데일 목사는 지금 무거운 짐을 지고 걸어야 했으며, 그것은 그를 가장 낮은 데까지 끌어내렸다. 그렇지 않았더라면, 그는 영혼이 맑았으므로 천사들도 그의 말에 귀를 기울였을 것이다.

그러나 그는 이 죄악 때문에 죄인들을 동정하게 되었고, 그래서 그의 마음은 죄인들과 함께 떨면서 죄지은 자의 고통을 자기 것으로 받아들였으며, 슬프고도 풍부한 웅변을 통해 자기 자신의 고뇌를 많은 사람들에게 전달할 수 있게 되었다.

그의 설교는 언제나 사람들을 감동시켰지만 때로는 무섭게 느껴질 때도 있었다. 사람들은 그가 그토록 청중들을 감동시키는 힘이 무엇인가를 알지 못했다. 그들은 이 젊은 목사가 신성한 기적을 베푼다고 생각했다.

그들에게는 목사가 걸어 다니는 땅도 신성하게 여겨졌으며, 교회의 처녀들은 목사 앞에서 얼굴이 창백해지기도 했다.

목사에 대한 그들의 열정이 종교적 감정에 너무 깊이 빠진 나머지, 그들은 그 열정을 신앙이겠거니 하고 하얀 가슴속에 품고는 성스러운 제단 앞으로 나아갔다.

나이 많은 신자들 중에는 자신들의 몸이 볼품없이 앙상하면서도 젊은 목사가 허약하고 혈색이 안 좋은 것을 보고 그가 먼저 천국에 갈 것이라고 믿으면서, 자신들이 죽거든 뼈를 젊은 목사의 바로 옆에 묻어달라고 자손들에게 유언하는 사람들도 있었다.

최근 들어 딤즈데일 목사는 자기 무덤에 대해 줄곧 생각하면서, 저주받은 자가 묻히는 그 무덤 위에도 과연 풀이 돋아날까 하는 의문을 갖기도 했다.

많은 사람들에게 받는 존경이 목사에게는 상상도 못할 만큼의 고뇌를 안겨주었다. 진리를 숭상하고 생명 속의 생명과 같은 성스러운 본질이 없는 것은 그것이 무엇이든지 간에 알맹이도 없고 아무 가치도 없는 그림자처럼 여기는 것이 목사의 순수한 마음이었다.

그렇다면 그 자신은 도대체 무엇이란 말인가. 실체가 있는 것인가? 아니면 그림자 중에서도 가장 희미한 그림자였을까?

그는 강단에서 사람을 향해 무엇인가를 큰 소리로 외치고 싶었다.

'지금 여러분 앞에서 성직자의 검은 옷차림으로 서 있는 나는, 이 신성한 강단에서 창백한 얼굴을 들어 하늘을 보며 여러분을 대신하여 전지전능하신 하느님과 영적으로 교감하는 일을 직무로 삼고 있는 나는, 일상생활에 있어서도 이 땅 위를 걸으면 그 발자국이 빛나서 뒤를 따르는 순례자들이 축복 받은 땅으로 인도되리라고 여러분이 생각하시는 나는, 여러분의 자녀에게 작별의 기도를 올려 그들이 막 하직하고 온 세상으로부터 희미하게 '아멘' 소리를 듣도록 한 나는, 여러분의 존경을 한 몸에 받고 있는 목사로서 철저하게 부패하고 타락한 인간이며 추악하고도 비겁한 자입니다.'

그는 이런 말을 하기 전에는 결코 강단에서 내려오지 않으리라고 결심한 적이 한두 번이 아니었다.

헛기침을 하고 길게 심호흡을 하며 숨이 내쉬어질 때는 그 속에 영혼의 어두운 비밀이 가득 차서 나올 때도 있었다. 몇 번이나, 아니 백 번도 더 이 말을 입 밖에 내었었다.

그러나 어떠했던가. 그는 자기가 비열한 사람이며, 비열한 사람 중에서도 가장 비열한 인간이라고 말했다. 자기의 더러운 육체가 청중이 보는 자리에서 불같은 노여움으로 오그라들지 않는 것이 이상할 정도라고까지 말했다. 이보다 더 명백한 말이 또 있을 수 있을까?

그러면 사람들은 자리를 박차고 일어나 강단을 더럽힌 그를 끌어내려야 하지 않겠는가. 그러나 결코 그렇지 않았다. 그뿐 아니라 목사의 말을 듣고 그들은 존경하는 마음만 더욱 강해져 갔다. 자책하는 말 속에 얼마나 무서운 뜻이 내포되어 있는지 그들은 짐작도 하지 못했다.

"훌륭한 젊은이다!"

"지상의 성자 같은 분이다! 그토록 순결한 저분의 영혼 속에서 그런 죄악을 발견하시는데, 우리 같은 영혼 속에서는 얼마나 무서운 죄악을 발견하실까?"

사람들은 이렇게 말했다.

목사는 그 애매한 고백이 어떤 반향을 일으킬지 충분히 알고 있었으므로, 자신의 죄를 책하고 있다고는 하지만 위선자임에 틀림없었다.

그는 자신의 죄진 마음을 고백함으로써 오히려 자신을 속이려 했지만 자기기만으로부터는 조금도 위안을 받지 못하고 있었다. 오히려 또 하나의 죄를 범하게 되고, 스스로 이것을 인정하는 괴로움만 더해 갔다.

그러나 그 사람만큼 진실을 사랑하고 거짓을 증오한 사람도 없었다. 따라서 그는 세상의 그 무엇보다도 비참한 자기 자신의 모습을 증오했다. 그는 마음의 괴로움 때문에 그가 태어나고 자라난 교회의 훌륭한 가르침보다도 낡고 부패한 로마 교회의 신앙을 그대로 따르고 있었다.

딤즈데일 목사가 꼭 잠가놓은 밀실에는 피 묻은 채찍이 하나 있었다.

이 청교도 목사는 종종 이 채찍으로 자신의 어깨를 매질하며 쓰디쓴 웃음을 짓곤 했다. 그리고 그 웃음을 이유로 더욱 가혹하게 자신을 매질했다.

신앙심이 깊은 청교도들이 그랬듯이 그도 금식을 했다. 그러나 몸을 정결하게 하고 하늘의 응답을 받기 위해 하는 것이 아니라, 무릎이 떨릴 때까지 하나의 고행으로 금식을 하는 것이었다. 또 목사는 거의 매일 밤을 캄캄한 어둠 속이나 램프 불빛 아래서 철야 기도를 했다.

이렇게 목사는 부단한 반성으로 자신을 괴롭혔다. 그러나 이렇게 한다고 해서 자신의 몸과 마음이 깨끗해지는 것은 아니었다. 오랫동안 밤을 새워서인지 자주 머릿속이 어지러웠고 갖가지 환영들이 눈앞에 어른거리기도 했다. 그 환영들이 어두컴컴한 방에 희미하게 떠오를 때도 있었고, 어떤 때는 자기 몸 가까이에서 거울 속에 비쳐 선명하게 나타날 때도 있었다.

악마와 같은 무리들이 떼 지어 나타나서 창백해진 목사를 조소하기도 하고, 히죽이 웃으며 함께 가자고 손짓하기도 했다. 그들은 슬픔에 짓눌려 무겁게 날다가 점점 높이 올라감에 따라 공기처럼 가벼워져서 사라지기도 했다.

어떤 때는 이미 세상을 떠난 어렸을 때의 친구들이나 흰 수염을 기르고 성자처럼 얼굴을 찌푸린 아버지의 모습도 보였고, 얼굴을 외면하고 지나가는 어머니의 모습도 나타났다. 어머니의 유령 — 어머니라고 하기엔 너무나도 희미한 환영 — 이라면 그래도 한 번쯤 아들에게 동정의 눈길이라도 던져줄 수 있을 텐데, 그 환영은 외면하고 지나갔다. 어쩌면 아들에게 보내는 연민의 시선이 있었는지도 모른다.

또 어떤 때는 이런 환상들로 인해 무서워진 방 안을 헤스터 프린이 주홍색 옷을 입은 펄의 손을 잡고 지나가기도 했다. 헤스터는 자기 가슴에 붙은 주홍글씨를 손가락질하고, 다음에는 목사의 가슴을 가리켰다.

목사가 이런 환상들에 사로잡혀 속은 적은 없었다. 그는 강한 의지로써 실체가 없는 안개처럼 몽롱한 환상을 투시하여 그 정체를 파악하려고 애썼고, 이것들이 참나무 탁자나 가죽으로 장정하고 놋쇠 조각으로 죔쇠를 단 큼직한 신학 서적처럼 실제로 존재하는 것이 아님을 확인했다.

그럼에도 불구하고 실체가 없는 그 환영들은 어떤 의미에서는 가엾은 목사가 다루는 것들 중에서 가장 진실하고 본질적인 문제라 할 수 있었다.

하느님께서 우리 주변의 온갖 물체로부터 그중요한 실체들을 빼앗아 가는 것은 영혼의 기쁨과 양식을 주시려는 것이다. 목사처럼 그릇된 인생을 사는 자에게 더할 나위 없는 큰 불행은 바로 이런 결과에서 비롯된 것임을 알 수 있다.

진실하지 않은 사람에게는 우주 자체가 거짓이요, 손에 잡히지 않고 금세 사라져 버리는 안개와 같은 것이다. 그러므로 목사 자신도 거짓의 빛 아래에서는 실체 없는 그림자에 불과하며, 사실상 존재하지 않는 결과가 된다.

딤즈데일 목사로 하여금 진정으로 이 땅 위에 존재하게 하는 유일한 진실은 그의 영혼 깊숙이 숨어 있는 고뇌와 그 얼굴에 역력히 드러나고 있는 고통의 표정이었다.

그가 한 번이라도 미소를 짓거나 밝게 웃을 줄만 알았더라면, 딤즈데일이란 사람은 이미 이 세상에 존재하지 않았을 것이다.

이 무시무시한 형상들이 — 여기에 대해 자세히 묘사하지는 않았지만 — 계속해서 일어났던 어느 날 밤, 목사는 의자에서 벌떡 일어났다. 어떤 새로운 생각이 머릿속을 스치고 지나갔기 때문이다.

그는 평소 예배를 드리러 갈 때와 똑같은 옷을 골라 입고는 발소리를 죽여 가며 계단을 내려와 문을 열고 밖으로 나갔다.

12   처형대 위의 세 사람

마치 꿈속을 걷는 것처럼, 또는 몽유병 환자처럼 딤즈데일 목사는 오래전에 헤스터 프린이 군중 앞에서 자신의 수치를 드러냈던 그 장소로 걸어갔다.

그 처형대는 7년이라는 긴 세월 동안 비바람과 모진 눈서리를 맞고 그 위를 올라간 수많은 사람들에게 밟혀 닳은 채, 여전히 공회당 발코니 아래에 서 있었다.

딤즈데일 목사는 그 낡고 닳은 처형대 위로 올라갔다.

검은 구름이 하늘 꼭대기에서부터 지평선까지 온통 뒤덮여 있는 5월 초순의 어두운 밤이었다.

헤스터 프린이 벌을 받고 서 있었을 때 구경했던 당시의 군중들을 지금 이곳에 모아놓는다 해도 이 어둠 속에서는 처형대 위에 선 사람의 얼굴은 고사하고 윤곽조차 알아보기가 어려울 것 같았다.

그러나 지금은 모든 것이 잠들어 있어 누구의 눈에도 띌 염려는 없었다. 목사가 원한다면 다음 날 아침 동이 틀 때까지 그대로 서 있다고 해도 누구 하나 나무랄 사람이 없었다. 단지 습하고 쌀쌀한 밤공기가 사지에 스며들어 뼈마디가 쑤시고 관절염으로 고통스럽게 된다든지 감기와 기침으로 목이 잠겨서 다음 날 그의 설교를 들으러 오는 사람들에게 실망을 줄지도 모른다는 생각뿐이었다.

그가 자신의 방에서 피가 흐르는 몸에 채찍을 휘두르는 모습은 하느님 외에는 아무도 볼 수 없었다.

그렇다면 딤즈데일 목사는 무엇 때문에 여기에 왔단 말인가? 그렇다. 회개를 흉내 내려고 왔을 것이다.

그러나 흉내 내는 도중 목사는 자신의 영혼을 우롱했다. 그것을 보고 천사들은 얼굴을 가리고 눈물을 흘리는 반면에, 악마들은 낄낄거리며 비웃어댔다.

목사는 어디를 가나 자신을 따라다니는 양심의 가책에 못 이겨 이곳까지 오게 되었으나, 회개의 여신이 그를 움켜쥐고 죄악을 고백하는 문 앞까지 끌고 가면 다시 비겁이라는 여신이 그를 다시 이끌어냈다.

가엾고 불쌍한 남자, 이처럼 나약한 인간이 무엇 때문에 그러한 죄를 저지를 수 있었던가.

죄악이란, 신경이 가죽처럼 질긴 사람만이 저지를 수 있는 것이다. 그래서 아예 죄를 이겨내든가 또는 죄의 짐이 너무 무겁게 느껴질 때는 무섭고 용감한 힘을 발휘하여 자신에게 유리하게 당장 짐을 내던지든가 하여 자유자재로 자기를 다스릴 수 있어야 하는 것이다.

목사처럼 나약하고 감수성만 예민하게 발달한 사람은 이럴 수도 저럴 수도 없어, 결국 하느님을 거역한 죄책감과 아무 소용없는 참회의 고통이 풀리지 않는 매듭처럼 꽉 묶여 있는 것이었다.

이렇게 처형대 위에서 부질없는 속죄의 흉내를 내고 있던 목사는 갑자기 온 우주가 가슴 바로 위에 나타나 있는 주홍색 표시를 주시하고 있는 것 같은 크나큰 공포심에 사로잡혔다.

사실상 목사가 그 부분에 마치 독이 묻은 이빨로 물어뜯는 듯한 아픔을 느끼기 시작한 것은 이미 오래전의 일이었다.

자신을 억제하려는 의지도 없었던 목사는 큰 소리로 고함을 쳤다. 그 고함 소리는 밤하늘을 뚫고 나가 집집마다 부딪혀 메아리치고 뒤에 있는 산을 울려 되돌아왔는데, 마치 악마의 무리들이 슬픔과 공포의 소리를 듣고 그것을 이리저리 던지며 장난삼아 노는 것 같았다.

"이젠 됐다. 모든 사람들이 잠에서 깨어 달려 나와서 여기 있는 나를 발견하게 되겠지."

목사는 중얼거렸다. 그러나 그렇게 되지는 않았다.

그 고함 소리는 그의 귀에 들린 것만큼 그렇게 크게 들리지는 않았던 모양이다.

사람들은 잠을 깨지 않았고, 아니 설사 잠이 깨었다 하더라도 잠에 취한 그들은 그 소리를 누군가가 무서운 꿈속에서 외치는 소리로 생각하거나 마녀의 소리로 여겼을 것이다.

당시는 마녀가 농장이나 오두막 지붕 위를 악마와 함께 날아다니며 중얼거리는 소리가 자주 들렸다고 하므로…….

아무런 소동이 일어나지 않자, 목사는 잠시 후 눈을 뜨고 주위를 살폈다.

건너편 길에 위치한 벨링햄 지사 관저의 창문을 통해 늙은 지사가 손에 램프를 들고 머리에 수건을 쓰고는 온몸을 가리는 흰 잠옷을 입은 채로 서 있는 모습이 보였다. 그런 지사의 모습은 마치 밤중에 무덤에서 불려나온 유령과도 같았다. 목사의 고함 소리에 잠이 깬 것이 분명했다.

또 다른 창문에는 지사의 누이동생인 히빈스 부인이 역시 램프를 들고 나타났다. 그녀는 창문 밖으로 머리를 내밀고 초조하게 하늘을 올려다보았다.

그녀는 딤즈데일 목사의 고함 소리가 수많은 메아리로 변하여 울려 퍼지는 것을, 늘 숲 속을 함께 거닌다고 소문이 난 마녀나 악마의 소리로 착각했던 것이다.

히빈스 부인은 벨링햄 지사가 들고 있는 불빛을 보자마자 황급히 자기의 불을 끄고 사라졌다. 아마도 그녀는 구름 속으로 사라졌을 것이다.

지사는 어둠 속을 한참 동안이나 살펴보았지만, 아무것도 볼 수 없자 마침내 불을 끄고 창가를 떠났다.

목사는 약간 마음이 가라앉았다. 그러나 잠시 후 그의 눈에 작은 불빛이 보였는데 처음에는 멀리 보이던 것이 차츰 그에게로 다가왔다. 그 빛은 울타리와 기둥, 창살, 물이 가득 찬 물통이 있는 펌프, 노커가 달린 아치형의 문 그리고 통나무로 만든 문간 등을 차례로 비추었다.

딤즈데일 목사는 지금 가까이 다가오는 발자국 소리는 반드시 자신이 운명이 다하는 날이 다가오고 있음을 알리는 소리이며, 마침내 불빛이 자기를 비추게 되면 오랫동안 숨겼던 자신의 비밀이 낱낱이 드러나고야 말 것이라는 것을 확신하면서 불빛이 비추는 것들을 하나하나 주시하고 있었다.

불빛이 차츰 가까워짐에 따라 동료 목사 — 좀 더 정확히 말하면 마음속의 귀한 친구인 윌슨 목사 — 의 모습이 보였다. 아마 세상을 떠나는 어떤 사람의 곁에서 기도를 드리고 돌아오는 모양이라고 딤즈데일 목사는 생각했다. 그 생각은 과연 옳았다.

이 늙은 목사는 바로 그 시각에 세상을 떠난 윈드로프 지사의 임종을 보고 오는 길이었다. 윌슨 목사는 옛날 성자들처럼 후광에 휩싸인 듯한 광채를 받아 빛을 발하고 있었다. 세상을 떠난 지사로부터 영광의 유산을 물려받거나 또는 승리의 순례자가 천국 문으로 들어가는 것을 보다가 목사 자신이 천국의 빛을 얻게 된 것 같았다.

깜빡거리는 등불을 보고 이런 생각을 하게 된 딤즈데일 목사는 슬며시 웃음이 나왔다. 아니, 사실은 비웃음이었는데 이러다가는 정말로 머리가 이상해지는 것이 아닌가 하는 생각까지 들었다.

윌슨 목사가 한 손으로 외투를 몸에다 감고 다른 손으로는 램프 불을 가슴에 댄 채 처형대 옆을 지날 때 딤즈데일 목사는 말을 걸고 싶은 충동을 참지 못했다.

"윌슨 목사님, 안녕하세요? 이리 오셔서 저와 함께 잠깐 재미있는 이야기라도 나눕시다."

맙소사! 딤즈데일 목사가 정말 그런 말을 했던가. 그 순간, 그는 그런 말을 실제로 했다고 생각했다. 그러나 그것은 상상 속에서 말한 것이었다.

윌슨 목사는 발밑의 진흙길을 들여다보면서 조심스럽게 걸어갈 뿐, 한 번도 처형대 쪽을 쳐다보지 않았다.

희미한 램프 불빛이 멀리 사라지자, 목사는 갑자기 현기증을 느끼고 최후의 몇 분이 참으로 아슬아슬한 순간이었다는 것을 깨달았다. 사실은 장난기로 마음의 고통에서 일시적으로 벗어나려고 해보았던 것이었다.

잠시 후 또다시 음산한 장난기가 그의 엄숙한 환상 속으로 스며들기 시작하며 소름이 끼쳤다. 그는 익숙지 않은 쌀쌀한 밤 기온에 손발이 뻣뻣해짐을 느끼고, 자신이 처형대의 계단을 제대로 내려갈 수 있을지 의심스러워했다.

이제 새벽이 되어 사람들이 깨어나기 시작할 것이다. 그리고 그 치욕의 처형대에 사람이 서 있는 것을 희미하게나마 발견할 것이다. 놀라움과 호기심에 사람들은 미친 듯이 뛰어다니며 죽은 죄인의 유령 — 그렇게 생각할 것이 틀림없다. — 을 구경하라고 외칠 것이다.

어스름 속에서 이 소문은 이 집에서 저 집으로 날개를 달고 퍼져 나갈 것이다. 그리고 아침 햇살이 떠오르고 점점 환해지면

플란넬 가운을 걸친 남자들과 나이 든 부인들이 잠옷을 갈아입는 것도 잊은 채 허둥지둥 뛰어나올 것이다.

지금껏 머리카락 한 올도 흐트러짐 없이 남 앞에 언제나 예의 바르게 행동했던 사람들도 모두 악몽에 시달린 표정으로 나타날 것이다.

벨링햄 지사도 제임스 왕조 시대의 주름 옷깃을 삐딱하게 달고 심각하게 찡그린 표정으로 숲의 나뭇가지들을 매단 채 나올 것이다. 또 윌슨 목사는 지난 밤 늦게까지 임종을 지켜보느라 밤중까지 있다가 이제 영광된 성자들을 꿈꾸는 중인데, 이렇게 일찍 깨어나야 하다니 하고 투덜거리며 나올 것이다.

또 딤즈데일 목사 교회의 장로들과 집사들 그리고 목사를 우상으로 모시고 있는 처녀들도 앞가슴을 가리지도 못한 채 나올 것이다. 이를테면 모든 주민들은 문지방에 넘어져 고꾸라지면서 놀라움과 공포에 질린 얼굴로 광장에 모여들어 처형대를 바라볼 것이다.

아침 햇살을 받으며 저기에 서 있는 사람은 과연 누구일까? 부끄러움과 굴욕에 짓눌린 헤스터 프린이 서 있던 바로 그 장소에 얼어 죽기 일보 직전의 모습으로 아더 딤즈데일 목사가 서 있다!

이렇게 기괴하리만큼 처참한 광경을 정신없이 상상해 본 목사는 엉겁결에 큰 소리로 웃어대며 또 자신의 그 웃음소리 때문에 어이없어 했다.

그 순간 목사의 웃음소리에 응답이라도 하듯 아주 경쾌하고 간드러진 어린아이의 웃음소리가 들려왔다.

그 소리가 펄의 것이라는 것을 깨달은 목사는 기쁨인지 슬픔 인지 모를 이상한 감정에 휩싸인 채 가슴에 짜릿한 흥분을 느꼈다.

"펄, 펄이지?"

목사는 부르짖듯 소리치고 나서, 다시 조그맣게 말했다.

"헤스터, 헤스터 프린! 당신 아니오?"

"네, 저예요. 헤스터 프린이에요."

그녀의 놀란 듯한 목소리가 들렸다.

목사는, 그녀가 걸어가던 길의 방향을 바꿔 자기 쪽으로 다가오는 소리를 들었다.

"저예요. 저하고 펄입니다."

"헤스터, 지금 어디 갔다 오는 길이오? 여기엔 무슨 일로 왔소?"

목사는 두서없이 계속 물었다.

"윈드로프 지사의 임종을 보러 갔었어요. 수의의 치수를 재고 집으로 돌아가는 길이에요."

헤스터 프린이 말했다.

"이리 올라와요, 헤스터. 펄도 올라오너라. 당신과 펄은 여기 에 서 보았지만, 나는 지금이 처음이오. 한 번만 더 올라와 봐요. 그래서 우리 셋이 함께 서봅시다."

딤즈데일 목사가 말했다.

헤스터는 어린 펄의 손목을 잡고 말없이 층계를 올라가 목사와 나란히 섰다.

딤즈데일 목사는 펄의 손목을 잡는 순간, 자기의 생명이 아닌 새로운 생명이 가슴속에 밀려들어와 그의 심장 속에서 마구 뛰어 노는 것을 느꼈다.

그것은 마치 헤스터와 어린 펄로 인해 굳어져 버린 자신의 몸속 기관들에 모녀가 지니고 있는 생명의 온기가 전달되는 것 같았다. 그렇게 세 사람의 뜨거운 생명이 통했다.

"목사님."

펄이 속삭였다.

"왜 그러니?"

딤즈데일 목사가 물었다.

"엄마하고 나하고, 내일 낮에 여기서 또 함께 서주실 수 있으세요?"

"그건 안 된다. 펄, 그렇게 해서는 안 된단다."

목사의 대답이었다.

그는 순간적으로 다시 얻은 새로운 생기에도 불구하고, 대중 앞에서 자신의 치욕적인 비밀이 폭로된다는 생각에 두려움이 엄습하는 것을 느꼈다.

세 사람의 결합에 매우 강한 희열을 느끼면서도 한편으로는 두려워하며 떨고 있는 것이다.

"그건 안 된단다, 펄. 나와 네 엄마가 언젠가는 꼭 함께 이곳에 서게 될 테지만, 내일은 안 된다."

펄은 웃으면서 목사가 쥔 손목을 뿌리치려 했다. 그러나 목사는 오히려 손목을 꼭 쥔 채 놓아주지 않았다.

"아가야, 잠시 동안만 이대로 있자꾸나."

"그러면 내일 낮에 나와 엄마 손을 잡아주시겠다고 약속하세요."

펄이 다시 말했다.

"내일은 안 돼. 다음에 꼭 그렇게 하마."

목사가 부탁하듯 말했다.

"다음에 언제요?"

아이는 단념하려 들지 않았다.

"최후의 심판을 받는 날에……."

목사는 작은 소리로 말했다.

무의식중에 그는 자신이 진리를 가르치는 사람으로서 그렇게 대답해야 한다고 생각한 것 같았다.

"심판의 날에는 우리 셋이 모두 한자리에 서야만 한단다. 하지만 이 세상에 햇빛이 비칠 때는 함께 나란히 설 수 없단다."

펄은 다시 웃었다.

그런데 딤즈데일 목사의 말이 채 끝나기도 전에 구름으로 덮인 하늘 저쪽 멀리에서 한 줄기 섬광이 번쩍 하고 빛을 발했다. 그것은 의심할 바 없이 유성의 불빛이었다.

밤하늘을 바라보노라면 흔히 우주 공간을 불타며 날아가다가 사라져 버리는 유성을 볼 수 있다. 그 빛은 매우 강렬해서 하늘과 땅 사이에 깔려 있는 구름을 널리 비추었다. 그래서인지 하늘이 마치 거대한 지붕처럼 보였다.

잠깐 동안 빛을 받자, 눈에 익은 주위의 거리가 보였다. 그러나 이와 동시에 낯익은 거리들이 오히려 무섭게 보였다. 뾰족하게 솟은 지붕과 층마다 삐죽 튀어나온 부분이 있는 목조 가옥, 벌써 풀이 돋아나고 있는 층계들과 문지방, 그리고 새로 갈아놓은 채마밭이며 광장 근처까지 양쪽에 풀이 돋은 차도, 이러한 모든 것들이 한눈에 보였지만 그것들은 예전엔 전혀 느낄 수 없었던 다른 뜻의 해석을 내려주고 있는 것 같았다.

딤즈데일 목사는 가슴에 손을 얹고 서 있었다. 헤스터 프린은 가슴에 수놓은 주홍글씨를 희미하게 빛내며 서 있었고, 하나의 상징 같기도 한 펄은 두 사람을 연결시키는 고리 역할을 하고 있었다.

이들은 그렇게 이상하고도 장엄한 광채 속에서 나란히 서 있었다. 그것은 모든 비밀을 드러내는 빛이며, 또 인연이 있는 사람들을 서로 연결하여 결합시켜 주는 여명과 같았다.

펄의 장난기 어린 표정에는 어떤 마력이 숨쉬고 있었다. 그래서인지 목사를 힐끔 올려다보는 그 아이의 얼굴에 마치 요정과 같은 장난스런 웃음이 넘쳤다.

아이는 목사에게서 손을 빼내더니 길 건너편을 가리켰다. 그러나 목사는 가슴에 손을 얹고 하늘을 우러러보았다.

그 당시에는 유성의 출현을 비롯해서 해와 달이 뜨고 지는 것과 같은 규칙적인 변화 이외의 모든 불규칙한 자연 현상을 초자연적인 근원으로부터 나타나는 신의 계시라고 생각하는 것이 일반적이었다. 그래서 밤하늘에 화염의 창이나 칼 그리고

활이나 화살 다발이 나타나면 곧 인디언 전쟁이 일어날 징조라고 생각했다. 전염병이 유행할 조짐은 빨간 불꽃이 쏟아지는 것에서 알 수 있다고도 했다.

식민지 시대로부터 혁명 시대에 이르러 뉴잉글랜드에서 발생한 사고들은 좋은 일이든 나쁜 일이든, 이러한 자연현상으로 미리 예고하지 않은 사건이 아마 하나도 없을 것이다. 그중에는 많은 군중이 함께 지켜보는 가운데 일어나는 경우도 있었다.

그러나 단 한 사람의 목격자가 증언하는 것을 믿어야 하는 경우가 더 많았다. 그런 목격자들은 자기가 본 것에 신비스러움을 더해 채색하고, 상상력이라는 확대되고 왜곡된 매개체를 통해 바라보기도 했으며, 그 신기한 형상이 사라지고 난 뒤에는 자기 나름대로 새로 덧붙여서 하나의 뚜렷한 형상을 만들어내기 마련이었다.

한 나라의 운명이 하늘의 장막 위에 상형 문자로 나타난다는 것은 참으로 장엄한 상상력이다. 하늘이 두루마리처럼 넓긴 하지만, 하느님의 뜻이나 한 나라의 운명을 그 위에 쓰기에는 그리 넓다고 생각되지 않았다.

이러한 것은 우리 조상들이 즐겨 가졌던 생각으로, 그들의 새로운 공화국을 하느님께서 깊은 사랑으로 매우 엄격하게 보호하고 있다고 생각하는 데서 기인한 것이다.

그러나 만일 오랫동안 남몰래 병으로 시달려온 사람이 병적으로 자기중심적인 생각에 잠겨 혼자에게만 주어진 계시를 그 광대한 두루마리 위에서 발견했다면, 우리는 뭐라 말할 것인가.

사실상 이런 경우는 아마 아주 산란해진 그 사람의 정신상태를 말하는 하나의 징후에 불과할 것이다.

그러므로 지금 목사가 하늘을 우러러보았을 때 그곳에서 붉은 선으로 그려진 커다란 A자를 발견했다 해도, 그것은 목사의 눈과 마음이 병든 탓으로밖에 볼 수 없었다.

그 순간 구름 속으로 희미하게 빛나는 유성이 그곳에 나타나지 않았다는 말이 아니다. 그것은 죄책감에 사로잡힌 그가 상상하는 그 글씨가 나타나지 않았다는 말이며, 만일 다른 죄인이 보았더라면 별다른 생각을 하지 않을 수도 있는 막연한 형태였을 것이라는 말이다.

이 순간에 목사의 심리 상태를 아주 잘 드러내 주는 특이한 일이 일어났다.

그가 하늘을 우러러보는 동안, 펄이 그곳에서 얼마 떨어지지 않은 곳에 서서 로저 칠링워드를 손가락으로 가리키고 있는 것을 분명하게 의식했다.

목사도 하늘의 기적적인 A자를 보는 시선으로 처형대에서 얼마 떨어지지 않은 곳에 서 있는 로저 칠링워드를 바라보았다.

유성이 발하는 빛은 주위의 다른 물체뿐만 아니라 로저 칠링워드의 얼굴에도 새로운 표정을 주고 있었다. 의사는 다른 때와는 달리 가장된 얼굴이 아닌, 악마의 근성을 그대로 드러내고 있었다.

정말로 유성이 헤스터 프린과 딤즈데일 목사에게 심판의

날을 생각하게 하는 무서운 빛으로 하늘을 비추고 땅을 밝혔다면, 아마도 로저 칠링워드는 이 두 사람에게 성을 냈다가 웃었다가 하며 죽음을 재촉하고 있는 마귀로 보였을 것이다.

의사의 표정은 너무나도 선명했다. 아니면 목사의 눈에 비친 느낌이 너무 강렬하다고 할까…….

어쨌든 유성이 사라짐에 따라 드러났던 주위의 모든 것들이 일시에 사라진 후에도 로저 칠링워드의 표정은 어둠 속에 그려 놓은 것처럼 그대로 남아 있었다.

"헤스터, 저 사람은 누구요? 저 사람만 보면 치가 떨린다오. 당신은 저 사람이 누군지 아시오?"

딤즈데일 목사가 공포에 질려 숨 가쁘게 말했다.

그러나 헤스터는 로저 칠링워드와 감옥에서 한 약속을 생각하고 아무런 말도 하지 않았다.

"저 사람을 보면 내 영혼이 떨리는 것 같소. 저 사람은 도대체 누구요? 어떻게 좀 해줄 수 없소? 왜 그런지 자꾸만 저 사람이 무섭소."

목사는 다시 중얼거렸다.

"저 사람이 누군지 가르쳐 드릴까요?"

펄이 말했다.

"빨리 말해 다오!"

목사는 허리를 굽혀 입을 펄의 귀에 갖다 대며 말했다.

펄이 목사의 귀에 대고 뭐라고 종알종알 소곤거렸다. 어떤 의미가 있는 말인 것 같기도 했으나, 사실은 아직 말을 할 줄 모르는 어린아이들이 아무 의미 없이 조잘거리는 것 외에 아무 뜻도 없는 말이었다.

설령 그것이 로저 칠링워드에 대한 비밀 정보였다 하더라도 박학(博學)한 목사조차도 전혀 알아들을 수 없는 말이었으므로 딤즈데일 목사는 오히려 정신만 더 혼란스러울 뿐이었다.

이때 요정 같은 아이가 더욱 크게 소리 내어 웃었다.

"펄, 나를 놀리는 거냐?"

"목사님은 겁쟁이고, 거짓말쟁이에요."

펄이 말했다.

"내일 엄마와 내 손을 잡아주겠다고 약속을 안 했잖아요."

그때 처형대 바로 아래까지 다가선 로저 칠링워드가 말했다.

"목사님, 누구신가 했더니 역시 딤즈데일 목사님이셨군요. 이거 참, 책에만 몰두하는 우리 같은 학자들은 착실한 보호자가 필요합니다. 눈을 뜨고도 꿈을 꾸고, 잠을 자면서도 걸어 다니기 일쑤니까요. 자, 목사님 이리 오십시오. 제가 집까지 바래다 드리겠습니다."

"제가 여기 있는 줄은 어떻게 아셨습니까?"

목사가 두려운 마음으로 떨면서 물었다.

"사실은 아무것도 몰랐습니다. 존경하는 윈드로프 지사님 댁에서 침상을 지키며 혹시나 제가 어떤 도움이 될까 하여 밤을 새웠답니다. 그런데 그분이 천당에 가셨기에 저도 집으로 돌아가는 길인데, 이상한 광채가 비쳤습니다. 자, 이제 저와 함께 가십시다. 그렇지 않으면 내일 주일 예배에서 설교도 제대로 하시지 못할걸요? 이제부터는 공부보다는 휴식을 취하시는 것이 좋겠습니다. 그렇지 않으면 밤중에 이런 공상이 더 심해지게 됩니다."

"그래요, 선생과 함께 집으로 가리다."

딤즈데일 목사가 말했다.

그는 마치 악몽에서 깨어났을 때처럼 기운이 하나도 없이 축 늘어져서 의사의 뒤를 따랐다.

다음 날은 주일이었으므로 목사는 설교를 하게 되었고, 사람들은 그 어떤 설교보다도 호소력 있고 힘이 있으며 내용이 풍부한 영감 있는 설교였다고 말했다.

그래서 많은 사람들이 이 설교를 듣고 진리를 깨달았으며, 아울러 딤즈데일 목사에 대한 감사의 마음을 언제나 깊이 간직하기로 마음먹었다는 것이었다.

설교가 끝나고 강단에서 내려오자, 하얗게 수염을 기른 교회당지기가 검은 장갑 한 짝을 들고서 목사에게 다가왔다. 그것은 목사의 장갑이었다.

"오늘 아침에 죄지은 자들이 서서 망신을 당하는 처형대 위에서 이것을 발견했습니다. 아마도 사탄이 목사님에게 무엄한 장난을 치려고 한 것이 분명합니다. 사탄이란 것들은 옛날이나 지금이나 바보짓을 하지요. 깨끗한 손을 장갑으로 가릴 필요가 있나요?"

"고맙소."

교회당지기의 말에 목사는 내심 놀랐으나 침착하게 대답했다. 그러나 마음이 편치 않았다.

그의 기억은 어찌나 어지러웠던지 어젯밤의 일들이 꿈속의 일처럼 희미하기만 했다.

"그런데 내 장갑같이 보이는군요."

"사탄이 이 장갑을 훔치려고 했으니, 이제부터는 장갑을 벗고 다니시는 것이 좋을 것 같습니다."

늙은 교회당지기가 두려워하는 표정으로 말했다.

"그런데 목사님, 어젯밤에 있었던 얘기는 들으셨습니까? 하늘에 거대한 주홍글씨 A자 나타났는데, 우리는 그것을 천사의 머리글자로 해석하고 있습니다. 그 존경스러운 윈드로프 지사님께서 어젯밤에 천사가 되셨을 테니까, 그만한 전조가 있을 법도 하지 않겠습니까?"

"아니, 난 아무 말도 듣지 못했소."

목사는 분명하게 대답했다.

13 ─ 사람들의 평판

　헤스터 프린은 얼마 전에 기묘하게 만난 딤즈데일 목사의 상태가 매우 나빠져 있음을 알고 깜짝 놀랐다. 그의 신경은 극도로 쇠약해진 것 같았고, 정신력도 아이들보다 더 약해 보였다.

　그러나 그의 지적인 기능은 원래의 힘을 유지하고 있었고, 오히려 병든 사람에게만 생기는 병적인 힘에 의해서인지 두뇌가 더욱 명석해진 것 같았다. 하지만 정신력은 너무나 무기력하여 금방이라도 부서져 버릴 것만 같았다.

　남이 모르는 일련의 사정을 잘 알고 있었던 헤스터는 목사가 으레 느껴야 할 양심의 가책 외에 어떤 무서운 음모로 평온과 휴식을 취해야 함에도 불구하고 계속해서 시달림을 받고 있다는 것을 알 수 있었다.

　딤즈데일 목사가 세상에서 버림받은 자기에게 보이지 않는 적을 막아달라고 애원하면서 부들부들 떨며 호소하는 것을 본 헤스터는 마음 깊은 곳에서부터 흔들렸다. 뿐만 아니라 목사는 자기에게 도움을 청할 권리가 있는 사람이라고 생각했다.

오랫동안 사회로부터 고립되어 살아온 그녀는 외부적인 기준으로 선악 관념을 재는 데는 서툴렀지만, 목사에 대해서만큼은 이 세상 누구도 질 수 없는 책임을 자신이 져야 한다는 것을 알고 있었다. 적어도 그런 생각만큼은 확고했다.

그녀를 사회와 연결시켜주던 꽃과 비단, 황금, 그 밖의 모든 물질적 유대가 이미 끊어지고 말았으나 그녀와 목사 사이에는 도저히 끊을 수 없는 죄악의 유대가 있었다. 다른 모든 인연들과 마찬가지로 여기에도 의무가 수반되었다.

헤스터의 현재 위치는 그녀가 사회적인 수치를 겪었던 그 당시와 똑같지는 않았다.

세월이 많이 흘러, 펄도 이제 일곱 살이 되었다.

수놓은 주홍글씨를 가슴에 달고 있는 헤스터의 모습도 이젠 주민들에게 낯익은 존재가 되었다. 남의 눈에 띄는 입장에 있으면서도 남의 이해관계와 편의를 해치지 않으면 일종의 존경심을 받게 되듯이, 헤스터 프린도 사회로부터 일종의 존경을 받게 되었다.

이기심이 작용하지 않는 한 남을 미워하기보다는 사랑하는 마음이 더 잘 우러나는 일은 참으로 다행스러운 일이다.

미움이란 원래 적의가 부단히 새로운 자극을 받아 일어나지 않는 한, 점차로 사랑의 감정으로 변해 간다.

헤스터 프린의 경우 이러한 새로운 자극이 없었다. 그녀는 남들과 싸우는 일도 없었고, 아무리 심한 대접을 받아도 불평하지 않고 순종했다. 자기가 받은 고통의 대가를 사회에 요구하지도 않았고, 동정을 강요하지도 않았다.

또한 그녀는 사회로부터 따돌림을 받고 살아온 몇 년 동안 깨끗한 생활을 함으로써 사람들에게 호감을 사게 되었다.

사람들이 보기에도 아무것도 잃을 것이 없고, 무엇을 기대하는 희망이나 꿈도 없는 이 불쌍한 방랑자가 제 길을 찾도록 해준 것은 오로지 미덕을 순수하게 우러러보려는 그녀의 마음이었으리라.

또한 헤스터는 세상에서 어떤 특권을 누리기를 원하지도 않았고, 남들이 마시는 공기를 마시면서 착실히 손을 놀려 펄과 자기를 위한 생활비를 버는 일 외에는 아무것도 생각하지 않았다.

또한 남을 위해 해야 할 일이 생기면 자기도 사회의 일원이라는 생각으로 그들로부터 이탈하지 않으려고 노력했다는 것도 세상이 다 아는 사실이었다.

그래도 배은망덕한 빈민들은 규칙적으로 매일 그들의 집 문 앞에 갖다놓은 음식을 받아먹고, 왕이나 귀족의 옷에 수를 놓을 만한 솜씨로 만든 옷을 받아 입고도 감사하기는커녕 비웃는 일이 많았다.

그러나 곤란한 사람이 있으면 자기 것을 쪼개어 나누어 주는 등 그녀의 착한 행동은 따를 사람이 없었다. 마을에 질병이 나돌 때도 헤스터는 헌신적으로 나서서 일을 했다.

사회 전체의 일이나 개인적인 일을 막론하고, 어려운 일이 생기면 사회에서 버림받은 자기가 나서서 해야 한다는 생각으로 즉시 일을 찾아 나서곤 했다.

　걱정거리로 침울해 있는 집을 찾아갈 때는 손님으로서가 아니라, 당연한 권리를 가진 한 사람의 가족으로 인식하고 찾아갔다. 그 침울한 세계 속에서, 오히려 그녀는 같은 인간으로서 교제할 자격을 갖게 되는 것 같았다.

　거기서야말로 가슴에 수놓은 글씨가 빛나는 듯했고, 이 세상의 빛이 아닌 듯한 빛으로 사람들에게 위안을 주었다. 다른 곳에서는 죄의 표시였던 그 글씨가 이곳에서는 병자와 방을 환히 비춰주는 역할을 했다.

　이 세상의 빛은 점점 흐려져 가고 내세의 빛은 아직 비치지 않는 때에 헤스터 프린의 빛은 병든 사람들에게 앞으로 나아갈 방향을 알려주었다.

　이렇게 위급할수록 헤스터의 포근한 마음은 진실하게 드러났다. 그녀는 온 힘을 다해 일했고, 아무리 무리한 요구일지라도 다 받아주었다.

　한마디로, 그녀의 인정은 누구든지 원하기만 하면 마실 수 있고 아무리 마셔도 마르지 않는 샘이었다. 또한 치욕의 표시를 단 가슴이지만, 그 가슴은 푹신한 베개를 찾는 병자에게는 더할 나위 없이 따뜻한 베개가 되어주었다.

　헤스터는 제 스스로 임명한 자비의 수녀였다. 사회나 본인 모두가 이런 결과가 오리라고는 전혀 예상하지 못했지만, 어느

사이에 사회의 어려운 손길이 그녀를 이런 직분에 임명했다고
말할 수 있었다.

주홍글씨는 그녀의 천직을 상징하고 있었다. 그녀의 도움은
너무나 크고 소중하며, 많은 사람을 도와주는 동정심 또한
너무나 커서 사람들은 그녀가 달고 있는 주홍글씨의 'A'자를
원래의 뜻으로 해석하지 않으려 했다.

그들은 서슴없이 'A'자를 유능(Able)의 머리글자라고 말했
다. 나약한 여자의 힘이 이토록 강한 힘을 발휘하고 있었던
것이다.

그녀는 근심 걱정이 가득한 집만 찾아갔다. 그리고 다시
근심이 사라지고 햇빛이 비칠 때면 그녀의 모습은 보이지 않았
다. 그런 기미가 보이면, 그녀의 그림자는 이미 문지방을 넘어
서 사라져 버리는 것이었다.

그녀가 열심히 도와준 사람들의 가슴속에 설령 감사의 마음
이 있었다 할지라도 그녀는 감사의 인사를 받기 위해 뒤를
돌아보는 일조차 하지 않았다. 한 식구처럼 도움을 주고 나서
그저 떠나 버리는 것이었다.

거리에서 그들을 만나도 고개를 들어 인사를 받으려 하지
않았다. 그래도 그들이 말을 하고 싶어 하면 그녀는 가슴에
붙어 있는 주홍글씨를 가리키며 지나갔다.

그녀의 자존심 때문이었는지는 모르지만, 그것이 겸손함과
너무도 비슷했기 때문에 사람들은 그녀에게서 부드러운 인상
을 받게 되었다.

대중들은 변덕쟁이 폭군과 같다. 권리를 강하게 주장하고 나서면 그것을 거부하는 힘도 크게 생기지만, 폭군의 마음에 들도록 관대함에 호소할 때는 정의 이상의 어떠한 탄원도 좋아하는 법이다.

사회는 헤스터의 이런 태도를 하나의 호소라고 보았기에, 과거의 희생자인 그녀에게 본인이 희망하는 그 이상으로 친절과 호의로써 받아주었다.

헤스터가 자신의 선한 기질을 인정받기 위해서는 일반 서민들보다 위정자나 학자 그리고 현인들에게 더 많은 시간을 할애해야 했다. 그들 모두가 갖고 있는 편견은 강철처럼 강한 이성의 테두리에 꼭 물려 있어서 좀처럼 풀기가 어려웠다.

그러나 지위가 높기 때문에 도덕을 지키고 고수해야만 한다는 고관대작들의 찌푸린 주름살도 세월이 흐름에 따라 자비로운 마음으로 풀어져서 점점 인자한 표정으로 변했다.

그러는 동안 모든 사람들은 헤스터 프린이 한때 지었던 모든 과실을 깨끗이 용서하고 있었다.

그리고 거기서 그치지 않고 헤스터가 달고 다니는 주홍글씨를 달리 보기 시작했다. 그녀가 그토록 고행을 감내한 죄의 상징이 아니라, 그 후로 그녀가 행한 많은 선행의 표시라고 생각했다.

"수놓은 글씨를 달고 다니는 저 여자를 아십니까? 저 여자가 바로 우리의 헤스터랍니다. 가난한 사람에겐 친절하고, 병든 사람에게는 도움을 베풀고, 고통에 처한 사람에게는 위로를 주는 여자입니다."

사람들은 다른 지방에서 온 사람들이 묻기 전에 그렇게 말해 주었다.

물론 인간에게는 남의 얘기라면 그 무엇이라도 나쁘게 말하고 싶어 하는 마음이 있으므로 지나간 일에 대해 수군거리는 사람이 없는 것은 아니었다. 그러나 바로 그런 이야기를 한 사람에게도 주홍글씨는 마치 수녀의 가슴에 걸려 있는 십자가처럼 보였다.

이제 그 글씨를 달고 다니는 사람은 일종의 신성함이 몸에 배어 어떠한 위험 속에서도 안전했다. 만일 도둑의 무리를 만났다 하더라도, 주홍글씨로 안전을 보장받았을 것이다.

언젠가 한번 인디언이 이 글씨를 향해 화살을 쏘았는데, 화살을 맞은 곳에 아무런 상처도 나지 않고 화살이 그대로 땅에 떨어져 버렸다는 소문도 있었다. 또한 사람들은 이 얘기를 그대로 믿었다.

이 표시, 이 표시에 의해 제시되는 그녀의 사회적 지위가 헤스터 프린 자신의 마음에 미치는 영향은 강력하고도 특이한 것이었다.

그녀의 해맑고 품위 있는 성격의 싹은 시뻘겋게 찍힌 낙인으로 인해 시들어서 떨어진 지 이미 오래였고, 남은 것은 앙상하게 드러난 나뭇가지뿐이었다. 그래서 그녀가 자신의 마음을 호소할 친구라도 있었다면, 그 친구로 하여금 그녀 자신을 싫어하도록 만들었을 것이다.

아름답던 그녀의 용모도 이제는 많이 달라져 있었다. 그 원인은 일부러 옷차림을 검소하게 했던 것에도 있지만, 그녀가 남의 이목을 집중시키지 않으려 애쓴 것도 한몫했다.

그녀가 과거의 윤기 흐르고 풍요롭던 머리카락도 잘랐는지 아니면 모자 속에 완전히 감춰 버렸는지는 몰라도, 그 머리카락을 볼 수 있는 사람이 아무도 없다는 것도 슬픈 변화 중의 하나였다.

헤스터의 얼굴에는 이미 사랑이 깃들 여지가 전혀 남아 있지 않았고, 그녀의 용모가 비록 위엄 있고 조각처럼 아름다웠다 하더라도 열정을 끌어안을 만한 것은 무엇 하나도 없이 그녀에게서 완전히 사라져 버렸다. 또한 애정의 베개로 삼을 만한 가슴도 그녀에게는 존재하지 않았다.

한 여인이 그토록 험난한 일을 겪고 나면 이와 같이 여자다운 성격이나 자태는 상실되어 버리기 마련이고, 그 여인의 다감한 성격과 인간성 또한 심하게 변하는 운명을 받아들일 수밖에 없을 것이다.

만약 그녀가 부드러운 마음씨만 지니고 있었다면 아마도 살아나가지 못했을 것이다. 살아나가기 위해서는 그 마음을 짓밟아 없애 버리거나 드러나지 않도록 숨겨놓을 수밖에 없을 것이다.

하지만 과거에 여자다운 면이 있었으나 현재 그것을 상실한 사람이라도, 변신을 가능케 하는 마술을 부릴 수 있다면 언제든지 여자로 돌아갈 수 있을 것이다. 헤스터 프린이 이런 마술에 걸릴지 안 걸릴지는 더 두고 봐야 할 문제지만 말이다.

대리석처럼 차가운 느낌을 주는 헤스터의 인상은 그녀의 생활을 열정적이고 감정적인 것으로부터 사색적인 것으로 전환시키는 엄청난 변화를 가져왔다.

세상에서 고립되어 오직 혼자의 몸으로 살아가야 했으므로 — 사회로부터의 보호는 기대할 수 없는 상태에서 오직 자신이 지도하고 돌보아야 할 펄이 있고, 자신의 사회적 지위를 찾고자 하는 희망을 버리지 않았더라도 가능성이 전혀 없었으므로 — 그녀는 사회와 자기를 연결하는 고리의 파편마저도 냉정하게 팽개쳐 버렸다. 또한 사회의 법칙이 이젠 그녀의 정신적 법칙이 될 수 없었기 때문이다.

당시는 새로 해방된 인간의 지성이 수세기 이전에 비해 한층 활발하고 널리 퍼졌던 시대였다. 군인들은 왕후와 귀족을 타도하고, 그들보다 더 용감한 사람들은 구시대의 낡은 원리와 연결되어 있는 해묵은 편견의 덩어리들을 실제가 아닌 이론상으로 뒤엎고 재정비했다.

헤스터 프린은 바로 이 새로운 정신을 본받았다. 그것은 대서양 건너에서는 이미 널리 알려진 사상의 자유였다. 만일 우리 조상들이 이런 사실을 알았더라면, 주홍글씨로 낙인을 찍는 것보다도 그녀의 그러한 정신을 더 치명적인 죄악이라고 생각했을 것이다.

뉴잉글랜드의 어느 집에도 감히 접근하지 못할 새로운 사상이 해안에 자리 잡은 그녀의 오두막에 찾아들었던 것이다.

그림자와도 같은 이 방문객이 그녀의 문을 두드렸을 때, 헤스터는 그를 악마보다도 더 위험스럽다고 생각했다.

생각이 대담한 사람들일수록 외부적인 사회의 규칙에 대해서는 아주 온순하게 순종하는 경향을 보인다. 뿐만 아니라, 그들은 오직 사상으로서만 그것을 이야기할 뿐 실천으로 옮기려 하지 않는다.

헤스터의 경우도 그랬다. 그러나 만약 펄이 태어나지 않았더라면, 상황이 지금과는 달라져 있을지 모른다. 그녀는 한 교파의 창설자가 되어 앤 허친슨과 손을 잡은 인물로 역사에 이름을 남겼을지도 모를 일이다. 또 어떤 면에서 그녀는 예언자가 되었을지도 모른다. 그리하여 청교도의 기본 정신을 와해시켰다는 죄목으로 당시의 엄격한 재판부로부터 사형 선고를 받았을지도 모른다. 아니, 이런 일은 충분히 있을 법한 일이었다.

그러나 헤스터의 사상적 열의는 어머니로서 어린 딸을 교육시키는 문제에 대해 분명히 할 말이 있었다. 하느님이 아이의 마음속에 여성이라는 싹과 꽃을 피워서 어떤 난관이라도 능히 뚫고 나갈 수 있도록 자라게 하셨다는 것이다.

그러나 만사가 그녀에게는 불리했다. 모든 것을 도외시하는 그녀를 세상은 곱게 보지 않았다.

아이의 성격에도 뭔가 이상한 점이 있어서, 헤스터는 혹시 아이가 잘못 태어난 것이 아닌가 — 어머니의 방종과 정욕의 소산이 아니었나? — 하고 생각했다.

그래서 헤스터는 괴로운 마음으로, 아이가 세상에 태어난 것이 잘된 일인가 잘못된 일인가를 스스로에게 끊임없이 질문하곤 했다.

헤스터는 여성 전체에 대해서도 이와 같은 의문이 싹트고 있었다. 가장 행복하다고 생각하는 여성의 경우, 그 운명은 과연 받아들일 만한 가치가 있는 것일까…….

그녀는 자신의 운명에 대해서는 이미 오래전부터 부정적으로 생각했고, 새삼 문제 삼을 필요조차 느끼지 않았다.

사람들에게는 남녀를 막론하고 사색하는 버릇이 있어서, 그것이 사람을 침착하게 만들기도 하지만 동시에 슬프게도 한다.

헤스터는 자신의 장래를 절망적으로 생각하고 있는지 모른다. 그러면서도 많은 것이 달라지고 변화되기를 원했다.

첫째로, 세상이 달라지기 위해서는 사회의 기존 제도와 조직을 헐어 버리고 새로 지어야만 한다.

둘째로, 남성의 본질이나 남성의 본질로 인해 굳어 버린 오랜 전통적 습관을 본질적으로 뜯어 고쳐야 한다. 그래야만 여자가 정당하게 적절한 지위를 획득할 수 있다.

마지막으로, 모든 난관이 해결된다 하더라도 여성 자신이 놀라운 변화를 일으키지 않는 한 여성들은 이와 같은 예비적인 개혁의 혜택을 보지 못할 것이다.

하지만 여성 자체가 변화할 때 여성의 본질, 즉 여성을 이루고 있는 진실한 생명이 안개처럼 사라지고 말지도 모르는 일이잖은가.

여성이 아무리 머리를 쓴다 해도, 이런 문제는 결코 해결되지 않는다. 그 문제는 오직 한 가지 방법만으로 해결이 가능하다. 그것은 여성의 따뜻하고 아름다운 마음이다. 그것만이 그 문제를 해결하는 열쇠가 될 수 있는 것이다.

이런저런 생각으로 헤스터 프린은 마음의 규칙을 잃고 건강한 움직임을 찾지 못한 채 어두컴컴한 미로 속에서 정처 없이 방황했다. 때로는 절벽에 부딪혀 방향을 잃기도 하고, 깊은 구렁텅이에 빠져 허우적거리기도 했다.

온통 황량하고 어두운 풍경만이 그녀의 주변을 에워싸고 있어서 위안을 받을 만한 곳이 없었다. 때로는 펄을 당장에 하늘나라로 보내고, 자신도 정의가 심판하는 대로 처리되는 것이 좋을지도 모른다는 생각을 하기도 했다. 그러고 보면 주홍글씨는 아직 그 임무를 다하지 못하고 있었던 것이다.

그러나 딤즈데일 목사가 밤을 새우던 날, 그를 만난 이후로 헤스터는 다시 생각해야 할 새로운 문제에 부딪혔다. 새로운 반성과 함께 그 문제를 해결해야 한다는 목적이 생긴 것이다. 애쓰던, 아니 정확히 말해서 애쓰다가 지쳐 버린 목사의 비참한 상황을 목격했기 때문이다.

딤즈데일 목사가 비록 정신이상까지는 되지 않았다 하더라도, 헤스터의 눈에는 그 직전 상태로 보였다. 남몰래 뉘우치는 참회의 바늘이 얼마나 무서운 고통을 주는지는 모르지만, 바로 그것을 아물게 하고 구원의 길로 인도해야 할 사람의 손에서 그 이상의 치명적인 독소가 주입되고 있다는 것은 의심할 여지가 없었다.

정체를 감춘 원수가 친구를 돕는다는 명목 하에 탈을 쓰고 곁에 붙어서, 기회가 있을 때마다 섬세하고 허약한 딤즈데일 목사의 몸과 마음을 농락하고 있는 것이었다.

이렇게 조금씩 목을 죄어와 이제 나쁜 일만 예고하는 상황에 처한 목사가 파멸로 치닫고 있는 것을 잠자코 보고만 있다는 것은, 헤스터 자신에게 진정한 용기나 충성이 부족한 것이 아닌가 하고 스스로를 책하지 않을 수 없었다.

이 목사를 구할 방법으로, 거짓 탈을 쓴 로저 칠링워드의 계획에 동의하고 따르는 것밖에는 다른 도리가 없다고 생각했었다. 그리하여 그것이야말로 더욱더 빠져 들어가는 파멸의 길에서 목사를 구해 내는 방법이라고 스스로에게 변명하지 않았는가.

그러나 그녀가 택한 그 방법은 선택할 수 있는 많은 방법 중 최악의 것이었음이 분명했다.

이제 헤스터는 자신의 생각을 수정해야 한다고 판단하고, 그를 구해 내기로 굳게 결심했다.

그녀는 오랜 세월 동안 모진 시련을 겪으면서 단련되어 왔으므로, 로저 칠링워드와 맞서서 싸울 만한 힘이 자신에게 생겼다고 생각한 것이다.

헤스터가 의사와 감옥에서 만났을 때는 수치심과 죄악으로 말미암아 제정신이 아니었다. 하지만 그 이후로 그녀는 좀 더 높은 지위로 올라서고 있었다.

반면, 늙은 로저 칠링워드는 복수에 정신이 팔려 허리를 굽히고 있었기 때문에 그녀와 동등한 위치거나 그 이하로 떨어져 있었다.

마침내 헤스터 프린은 전 남편을 만나기로 마음먹었다. 그리고 그 늙은 손아귀에 들어 있는 불쌍한 목사를 구하기 위해 전력을 다하기로 결심했다.

어느 날 오후, 그녀가 펄과 함께 외딴 곳을 산책하고 있을 때 바구니를 든 늙은 의사가 구부정한 모습으로 지팡이를 짚고서 약초를 캐러 가는 것이 보였다.

14 ___ 7년 만의 대화

헤스터는 펄에게 저쪽에서 약초를 캐고 있는 사람과 얘기하고 올 테니 잠시 바닷가로 가서 조가비나 엉킨 해초 따위를 가지고 놀고 있으라고 말했다.

그러자 아이는 새처럼 날아가서 작고 흰 발을 물에 적시고 해변을 달리며 놀았다. 그러다가 썰물이 남기고 간 물웅덩이를 거울삼아 가끔 들여다보곤 했다. 그 속에서 반짝이는 곱슬머리에다 요정 같은 미소를 짓는 어린 계집애가 펄을 쳐다보고 있었다.

놀아줄 상대가 없던 펄은 그 아이에게 함께 손잡고 뛰어놀자고 불러보았다. 그러나 물속의 아이도 손짓을 하면서 '아니야, 여기가 더 좋아. 네가 물속으로 들어와.' 하며 말하는 것 같았다.

펄은 무릎까지 물속에 잠겼을 때 자기의 흰 발이 물속에 있는 것을 보았다. 그와 동시에 조각조각 부서진 웃음소리가 수면 위로 떠올랐다가 이리저리 흩어졌다.

그러는 동안에 헤스터는 의사에게 다가가서 말했다.

"잠깐 드릴 말씀이 있어요. 우리와 관계된 얘기입니다."

"아니, 이 늙은 나에게 말을 걸어오는 분은 헤스터 아니신가?"

의사는 구부렸던 등을 폈다.

"기꺼이 듣겠소. 그런데 헤스터, 요즘 어딜 가나 당신의 평판이 대단하던데요. 바로 어젯저녁에도 현명하고 훌륭한 관리께서 당신 얘기를 내게 귓속말로 전하더군요. 의회에서 당신에 대한 얘기가 나왔는데, 당신 가슴에 붙어 있는 그 주홍글 씨를 떼어 버려도 무방하지 않겠느냐는 토론을 했답니다. 그래 서 난 그 관리에게 그것을 떼는 것이 좋겠다고 말씀드렸소."

"이것은 관리들이 마음대로 떼어내는 것이 아닙니다. 제가 이것을 떼어도 괜찮은 정도가 되면 그것은 자연히 떨어져나가 거나, 아니면 그대로 붙어 있어도 다른 의미로 변할 것입니다."

헤스터가 조용히 말했다.

"그렇게 마음에 들면 그대로 붙이고 있구려. 여자들이란 장식품에 관한 한 자기 고집대로 해야 하니까. 수놓은 글씨가 화려해서 당신 가슴에 잘 어울려 보인단 말이야."

헤스터는 그가 말하는 동안 줄곧 그를 눈여겨보았다.

지난 7년 사이에 그가 참으로 많이 변한 것에 대해 헤스터는 충격을 받았다.

그녀는 놀라면서도 한편으로는 기이한 생각이 들었다. 그는 늙어 보이는 것이 아니라 잘 가꾼 몸에 강한 정력과 민첩함까지 느껴질 정도로 튼튼했다. 그녀가 기억하고 있는 침착하고 후하 며 지성적이고 학구적이던 모습은 찾아보기 힘들었다. 대신 무엇인가를 찾아내려고 눈을 번뜩이는, 잔인하면서도 빈틈없는 경계의 표정만 가득했다.

자신의 속마음을 싱글거리는 웃음으로 위장하려는 것이 그의 의도인 것 같았다. 그러나 그런 웃음은 오히려 그의 마음속에 품은 음흉한 생각을 더욱 도드라지게 할 뿐이었다.

때때로 그 음흉함이 치솟아 오르는 듯 붉은 빛이 번득였다. 그것은 은근히 타는 듯싶다가 감정이 격해지면 금방이라도 불꽃을 터뜨릴 것만 같았다.

로저 칠링워드는 재빨리 자신의 감정을 억누르고는 아무 일도 없었다는 듯이 태연한 표정을 지었다.

그는 자신이 악마의 역할을 하고 싶으면 얼마든지 그렇게 변모할 수 있다는 것을 스스로 증명하고 있었던 것이다.

그는 7년이라는 긴 세월 동안 고뇌로 가득한 한 사람의 마음을 분석하는 데 몰두했고, 자신이 그것을 해냈다는 것에 희열을 느꼈다. 뿐만 아니라 분석을 당한 사람에게 더욱 깊은 고뇌를 안겨줌으로써 은밀한 기쁨까지 맛보곤 했다.

이 불행한 늙은이는 모든 사람을 기만하면서 악마를 닮아가고 있었던 것이다.

헤스터의 가슴에서 주홍글씨가 불타고 있었다. 그것은 또 하나의 파멸을 의미하지만, 그 책임의 일부가 자신에게 있음을 노인은 모르지 않았다.

"내 얼굴에 무엇이 있기에 그렇게 뚫어지게 보는 거요?"

로저 칠링워드가 말했다.

"저를 울게 만드는 무엇이 있군요. 나에게 아직도 눈물이 남아 있다면 말이에요. 그 얘기는 그만두고, 저기 있는 불쌍한 사람에 대해서만 얘기해요."

헤스터가 말했다.

"그래, 무슨 얘기인데?"

드디어 비밀을 알 수 있는 절호의 기회가 왔다고 생각하는 듯, 로저 칠링워드는 큰 소리로 말했다. 그것은 그에게 가장 관심 있는 화젯거리인 것이 분명했다.

"헤스터, 솔직히 말해서 나도 방금 그 사람에 대해 생각하고 있었소. 그러니 무엇이든 기탄없이 얘기해 보시오. 대답할 테니까……."

그러자 헤스터가 입을 열었다.

"벌써 7년이란 세월이 지났지만, 그때 당신은 우리 사이를 비밀에 붙이자고 했었지요. 그 사람의 생명과 명예가 당신의 손 안에 달렸기에, 저는 당신의 의견을 따라 침묵을 지킬 수밖에 없었어요. 하지만 그런 약속을 하면서 몹시 불안했어요. 다른 사람에 대한 나의 의무는 모두 소멸되더라도 그분에 대한 의무만은 그대로 남아 있기 때문이에요.

그런데 당신과 했던 약속을 지키는 것이, 그분에 대한 내 의무를 배반하는 것이 아닌가 하는 생각이 들기 시작했어요. 당신은 언제나 그를 따라다니면서 그의 생각을 살피고, 더불어서 마음속을 파헤치고 있었어요. 그리고 그의 생명을 움켜쥐고 꼼짝 못하게 하면서 매일 죽음을 맛보게 했고요. 그런데도 그분은 아직도 당신이란 사람의 정체를 몰라요. 그런데도 이런 상태로 그냥 놔둔다면, 그것이야말로 가장 큰 배신행위가 아니고 무엇이겠어요. 따라서 이제는 그분에게 진실을 말해 줘야 한다고 생각해요."

"당신한테는 그 방법밖에는 아무것도 없지 않소. 내가 손가락 하나만 움직이면 그는 강단에서 내려와 감옥으로, 거기서 다시 교수대로 갈 수밖에 없었을 텐데."

"차라리 그렇게 되는 편이 더 나았을 거예요!"

헤스터 프린이 말했다.

"내가 그 사람에게 잘못한 게 뭐가 있단 말이오? 헤스터 프린, 내 말을 들어봐요. 내가 목사에게 바치는 정성은 그 무엇으로도 계산할 수 없을 것이오. 내 도움이 없었더라면, 그의 생명은 그와 당신이 지은 죄를 범한 2년 이내에 벌써 고뇌의 불길에 타 버렸을 것이오. 왜냐하면 그는 당신이 짊어졌던 주홍글씨와 같은 무거운 짐을 질 수 없는 사람이기 때문이오. 그 사람은 그렇게 강한 정신력을 갖고 있지 않소. 나는 이 흥미로운 비밀을 폭로시킬 수도 있었지만, 이젠 이런 얘기는 그만둡시다. 나는 나의 의술로 최대한의 정성을 베풀었으니까……. 그가 지금 이 땅에서 숨을 쉬고 또 걸어 다닐 수 있는 것은 모두 다 내 덕인 줄 아시오."

로저 칠링워드가 말했다.

"차라리 돌아가시는 편이 더 좋았을 거예요!"

헤스터 프린이 말하자, 로저 칠링워드는 이글거리는 가슴의 분노를 그녀 앞에 내뿜으며 말했다.

"당신 말이 맞소. 진작 죽었더라면 더 좋았을 거요. 그런 고통을 겪는 사람은 이 세상에 단 한 사람도 없을 테니까. 그것도 자신의 철천지원수가 지켜보는 앞에서 말이오. 게다가 그는 이미 날 의식하고 있었소. 그는 신의 저주 같은 것을 느끼고 있는 것이 분명하오. 또한 어떤 영감(靈感)으로 — 피조물 중에 그처럼 예민한 사람은 드무니까 — 자기를 계속 주시하면서 해치려는 어떤 힘이 자기 마음의 끈을 잡아당기고 있다는 것과, 오직 악만을 구하는 눈이 자기 마음속을 꿰뚫어보고 있다는 것을 잘 알고 있었소. 다만 그 주인공이 나라고 하는 사실은 모르고 있는 것 같소.

목사들 사이에 흔히 있는 일로, 그는 어떤 미신 때문에 자기가 악마에게 인도되어 무서운 악몽이나 회한이나 용서받지 못할 절망으로 인해 지옥의 고통을 겪고 있다고 생각했을 거요. 그러나 그것은 끊임없이 따라다니는 나의 그림자 때문이었소. 그를 따라다니며 가장 야비한 방법으로 그 사람의 상처와 독을 먹고 사는 사나이가 있었으니까. 그렇소. 그 사람의 생각이 잘못된 것은 아닐 거요. 그의 앞에 언제나 악마가 있었으니까. 원래는 인간미가 있는 사람이었지만, 고뇌 때문에 결국은 악마로 변신한 나라는 인간 말이오."

불행한 의사는 이런 말을 하면서 괴이한 모습으로 두 손을 높이 쳐들었다.

그것은 마치 거울 속에 비친 자신의 얼굴이 흉악하게 변한 것을 보고 공포에 질리는 모습과 같았다. 살아가면서 몇 년 만에 한 번 발견할 수 있다는, 심안(心眼)에 인간의 도덕적인 면이 숨김없이 드러나는 그런 순간이었는지도 모른다.

아마 과거에도 지금처럼 자신의 모습이 있는 그대로 보였던 적은 없었을 것이다.

"그 사람을 그만큼 괴롭혔으니, 이젠 그만해도 되지 않나요? 그 사람도 그만하면 자기가 진 빚을 다 갚은 것 아닌가요?"

헤스터가 그의 표정을 살피며 물었다.

"천만에! 갚을 것이 더 늘어났을 따름이오."

말을 계속하는 동안 칠링워드의 얼굴에서 사납던 표정이 점차 사라지고 침울한 모습으로 변해 갔다.

"헤스터, 당신은 9년 전의 나를 기억하오? 그때도 나는 이미 인생의 황혼기라고 할 나이였소. 그것도 겨울이었지. 그러나 나는 그때까지 지식의 연마를 위해 열심히 살았고, 학문적이고 사색에 잠기는 조용한 나날의 연속이었소. 그 나날들은 우리 인간의 보다 나은 삶을 위해서도 충실하게 바쳐졌었소. 이 목적은 처음부터 원하던 것의 부산물 같은 것이기는 했지만, 아무튼 나는 열정적으로 살았소. 그때의 내 생활만큼 평화롭고 정직하고 때 묻지 않았던 시절도 없었고…… 그래서 참으로 행복했었소. 그때의 나를 기억하시오?

당신이 보기에는 냉담한 사람이었는지 모르지만, 그래도 나라는 인간은 남에게 친절을 베풀면서 자신을 위한 일에는 조금도 욕심을 부리지 않는 진실하고 성실한 사람이었소. 비록

따뜻하다는 소리는 듣지 못했을망정 깊은 애정을 지녔던 사람
이라고, 당신은 기억되지 않소? 어떻게 생각하오?"

"그래요, 그 이상이었어요."

헤스터가 대답했다.

"그런데 지금의 나는 도대체 뭐란 말이오?"

그는 헤스터의 얼굴을 들여다보며 마음속에 품고 있는 모든
악의를 얼굴에 드러냈다.

"내가 어떻게 변했는지는 이미 말했소. 악마가 되었다고
말이오. 도대체 누가 나를 이렇게 만든 거요?"

"내가 그렇게 했어요! 그 책임은 그 사람보다 내게 더 많이
있어요. 그런데 왜 내게 복수를 하지 않았죠?"

헤스터가 떨리는 목소리로 외쳤다.

"당신에게는 주홍글씨를 주었잖소. 그 이상의 복수를 어떻게
할 수 있단 말이오?"

그는 주홍글씨에 손가락을 대면서 빙그레 웃었다.

"네, 분명히 복수를 했지요."

"나도 그렇게 생각하오. 하지만 그 사람에게 도대체 뭘 어떻게
해야 한단 말이요?"

칠링워드의 말에, 헤스터의 표정이 단호해졌다.

"이젠 그 비밀을……그러니까 당신의 정체를 그 사람에게
밝혀야만 하겠어요. 결과가 어떻게 될지는 나도 잘 모르지만요.
나는 지금까지 당신과의 약속을 지키기 위해 그분이 파멸의
길을 걷는 것을 지켜보기만 했어요. 하지만 그 책임이 전적으로

나에게 있으니, 이제는 그 빚을 갚아야 해요.

그분의 명성과 지위 그리고 생명마저도 당신의 손에 달려 있다는 것을 잘 알아요. 하지만 주홍글씨로 인해 진실과 시뻘겋게 달군 쇳덩이 같은 진리의 훈련을 혹독하게 받은 나로서는 그분이 처참하고 무시무시한 고통 속에서 살아가는 것을 더 이상 두고 볼 수가 없어요.

그렇다고 당신 앞에 무릎 꿇고 앉아 자비를 구하고 싶지는 않아요. 전부 당신 뜻대로 하세요. 그분과 나, 그리고 당신도 구원될 가망이 없으니까. 그리고 펄도 구원받지 못할 거예요. 이 어두운 미궁에서 우리가 벗어날 길은 없으니까요."

"당신을 동정하고 싶은 마음이 생기는구려."

로저 칠링워드는 경탄을 금치 못하면서, 헤스터의 절망적인 말 속에 어떤 숭고함마저 깃들어 있다는 것을 느꼈다.

"당신은 참으로 훌륭한 마음을 지녔소. 나보다 더 좋은 남자를 만났더라면 지금과 같은 불행은 당하지 않았을 것을……. 당신이 안됐구려. 당신의 인생이 허무하게 낭비된 것을 무엇보다도 슬프게 생각하오."

"나도 당신이 가엾게 생각돼요."

헤스터 프린이 대답했다.

"현명하고 의롭던 사람을 악마로 변하게 했으니! 그 증오심을 버리고 이제 새 사람이 될 생각은 없으세요? 그 사람을 위해서나 당신 자신을 위해서 말이에요. 제발 그를 용서하시고, 그 사람에 대한 보복은 모든 것을 주관하시는 하느님께 맡겨두세요. 방금 얘기했듯이, 그 사람과 당신, 그리고 나에게도 이로울 것이 전혀 없어요. 우리는 서로가 지은 죄악 때문에 이 어두운 길을 방황하며 걸을 때마다 돌부리에 걸려 넘어지고 또 악의 미궁에서 헤맸어요.

그러나 당신에게는 좋은 일이 있을 수 있어요. 당신은 누구보다도 억울한 일을 당했지만, 용서를 베풀 수 있는 자유를 가지고 있으니까요. 그런데 그 유일한 특권을 그냥 포기하실 거예요? 그처럼 소중한 권리를 말이에요."

"그만하시오, 헤스터!"

로저 칠링워드는 우울하고 엄격한 표정으로 말했다.

"내게는 이미 용서할 힘이 없소. 당신이 말한 그런 힘이 없단 말이오. 오랫동안 잊고 있던 내 믿음이 되살아나 우리의 행동과 고민을 내게 설명해 주고 있소. 당신이 첫발을 잘못 내디뎠기 때문에 악의 씨가 뿌려졌지만, 그 뒤부터는 모두가 어두운 운명에 의해 필연적으로 일어난 일들이오.

당신들이 나에게 상처를 준 것은 죄악이라는 하나의 전형적인 환상일 뿐, 진정한 죄악은 아니오. 나도 악마와 같은 일을 하지만, 사실은 나도 악마가 아니오. 이 모든 것은 그저 운명일 뿐이오. 악의 꽃이 피려고 기를 쓰면 그대로 내버려둘 수밖에 없소. 헤스터, 이제 가 봐요. 그 사람에 대해서도 당신 마음대로 하구려."

그는 손을 흔들고는 다시 약초 캐는 일을 계속했다.

15___ 펄의 질문

　남에게 불쾌한 인상을 주는 불구의 노인 로저 칠링워드는 헤스터 프린과 헤어진 후 땅바닥을 기어가듯이 허리를 구부리고 걸어갔다.

　그는 여기저기서 약초를 캐낸 다음 팔에 걸친 바구니에 담았다. 그 바람에 그의 흰 수염은 땅에 끌릴 지경이었다.

　헤스터 프린은 한참 동안 그의 뒷모습을 바라보았다. 이른 봄의 여린 풀들이 노인의 발에 밟혀서 시들거나, 파란 풀밭이 갈색 발자국으로 누렇게 변하지나 않을까 하고 걱정하는 듯한 표정으로……. 그러면서 로저 칠링워드가 정신없이 뜯고 있는 약초가 과연 무엇일까 하는 생각도 해보았다.

　땅에 노인의 독기 어린 시선이 닿았기 때문에 그 영향으로 여기저기에서 지금까지 보지 못한 독초들이 돋아나는 것은 아닐까? 아니면 건강한 식물들이 그의 손이 닿는 대로 독성이 강한 식물로 변해서, 그가 만족한 듯이 웃고 있는 것은 아닐까?

밝게 비치고 있는 햇살은 그 노인에게도 내리쬘까? 아니면 그가 가는 곳이 어디든, 둥글고 불길한 그림자가 불구인 그의 몸을 따라다니는 것은 아닐까?

그는 지금 도대체 어디로 가고 있는 것일까? 갑자기 그가 땅속으로 가라앉아, 그곳이 마침내 불모의 땅이 되었다가 세월이 흐른 뒤에 산딸기, 사리풀 등처럼 이 지방 기후에 알맞은 독성을 지닌 식물로 나타나 끔찍할 정도로 무성하게 자라는 것은 아닐까? 아니면, 날개를 펴고 하늘로 높이 올라갈수록 더 흉악하게 보이는 박쥐처럼 되지는 않을까?

'벌 받을 소리인지는 몰라도, 나는 저 늙은이가 싫다.'

헤스터는 그의 뒷모습을 바라보며 자신의 그러한 감정을 꾸짖어보았지만, 그 감정은 좀처럼 억제되지도 버려지지도 않았다.

그녀는 그러한 감정을 자제하려고 과거에 먼 나라에서 있었던 일들을 떠올렸다.

서재에 틀어박혀 있던 그는 저녁이 되면 으레 따스한 난로 곁에 앉아 사랑하는 아내의 밝은 미소를 듬뿍 받았다. 오랜 시간 동안 책 속에 파묻혀 있었으므로 가슴속의 고독한 냉기를 제거하기 위해서라도 그녀에게 흠뻑 빠지고 싶다는 말을 그는 자주 했다.

당시에는 이런 순간들을 무척 행복하게 느꼈지만, 지금은 말끔히 지워 버리고 싶은 추악한 추억일 뿐이다.

그녀는 '어떻게 저런 남자와 결혼할 수 있었을까?' 하고 생각했다. 심지어는 먼 옛날에 그 남자가 자신의 뜨뜻미지근한 손을 잡을 때 참고 있었던 것이, 또 그의 입술과 시선을 그대로 받아들이며 미소 지었던 것이 그 어떤 일보다도 후회스러운 죄악으로 여겨졌다.

그리고 그녀가 아무것도 모르는 철부지였을 때 스스로 자신을 설득하여 그 남자의 곁에 있는 것이 행복이라고 믿게 만들었는데, 그것은 그녀가 후에 겪은 어떤 죄악이나 피해보다 더 추악한 죄였다고 생각되었다.

"역시 나는 그를 미워한다!"

헤스터는 아까보다 더 격렬하게 외쳤다.

"그는 나를 속였어. 내가 그에게 한 것보다, 그가 내게 한 것이 훨씬 더 나빠."

남자가 여자에게서 결혼을 승낙 받을 때 여자의 가슴속에 숨겨진 최고의 사랑을 얻어내지 못한다면, 로저 칠링워드처럼 비참한 운명을 걸을지도 모른다. 때문에 남자들은 자신보다 더 강한 남성이 나타나서 여자의 정열을 앗아가거나 여자가 세상일에 눈을 뜨게 되면, 로저 칠링워드처럼 비참한 운명에 빠질 수 있다는 사실을 잊지 말아야 한다.

남자가 얼음처럼 차가운 모습을 보이게 되면, 전에는 따뜻한 현실이라고 받아들였던 조용한 행복도 어느 순간 어딘가로 사라지고 오히려 강도가 센 비난의 불씨로 변하는 법이다.

헤스터는 이처럼 억울하고 잘못된 일을 오래전에 청산했어야 옳았다. 그렇다면 지금 하고 있는 말은 과연 무슨 뜻이란 말인가. 7년이란 세월 동안 주홍글씨를 달고 비참한 꼴을 당하면서도 아직 회개하는 마음이 없단 말인가?

로저 칠링워드의 일그러진 뒷모습을 바라보던 짧은 시간에 떠오른 갖가지 생각들은 헤스터의 마음에 어두운 빛을 던져 주었다.

만약 이런 일이 없었더라면 헤스터 자신에게 그런 생각이 있었다는 것조차도 알지 못했을 것이다.

그가 사라지고 나자, 그녀는 아이를 불렀다.

"펄! 펄! 어디 갔니?"

늘 쾌활하고 명랑한 펄은 어머니가 약초 캐는 노인과 얘기하는 동안에도 줄곧 심심한 줄 모르고 놀고 있었다.

이미 말한 대로 처음에는 자기의 모습이 비친 물웅덩이와 함께 놀았다. 그러나 아무리 손짓해도 그 속에 있는 사람이 나오지 않자, 이번에는 손에 잡히지 않는 하늘과 어우러져 있는 물속으로 자기가 들어갔다.

그러나 마침내 자기와 그림자 둘 중 하나가 현실이 아니라는 것을 깨닫고, 펄은 더 재미있는 것을 찾아갔다.

아이는 자작나무 껍질로 여러 개의 배를 만들더니 그 위에 달팽이 껍질을 실어서 물 위로 띄워 보냈다. 그것을 뉴잉글랜드의 어느 무역상 배보다도 더 먼 나라로 보낼 생각이었으나 배들은 얼마 안 가서 침몰하고 말았다.

펄은 살아 있는 참게의 꼬리와 불가사리 몇 마리를 잡았고, 해파리를 햇볕에 말려 녹아 버리게 했다. 그리고 밀려오는 조수에 떠 있는 하얀 줄무늬의 거품을 집어 들어 바람결에 날리고는, 그 눈송이 같은 거품이 땅에 떨어지기 전에 잡으려고 재빠르게 쫓아다녔다.

물가에서 날아다니는 물새 한 떼가 먹이를 쪼며 푸드덕거리는 것을 본 이 장난꾸러기는 앞치마에다 수북하게 조약돌을 모으더니, 새들을 향해 그것들을 재빠르게 던져댔다.

조약돌에 맞은 가슴이 하얀 작은 새 한 마리가 부러진 날개를 푸드덕거리며 날아갔다. 그러자 이 요정 같은 아이는 한숨을 쉬며 놀이를 그만두었다. 아이는 활기차고 해맑은 작은 새를 다치게 한 것이 마음 아팠던 모양이다.

펄은 마지막으로 여러 가지 해초를 모았다. 그것을 가지고 목도리와 외투와 모자 등을 만들어서 인어처럼 꾸며보려는 것이었다.

펄은 엄마의 솜씨를 물려받아서인지 벽걸이와 옷을 잘 만드는 것 같았다.

인어 차림으로 치장한 펄은 거머리 말을 따서 자기 가슴에 달았다. 엄마의 가슴에서 보았던 장식을 흉내 낸 것이다. 그 글씨는 A자였으나, 주홍색이 아니라 싱싱한 초록색이었다.

펄은 고개를 숙여 그 장식을 내려다보면서 골똘하게 생각에 잠겼다. 마치 자기가 이 세상에 태어난 의미가 무엇인지 알아내야 한다는 듯한 표정이었다.

'엄마가 이게 무슨 뜻이냐고 묻지 않을까?'

펄은 생각에 잠긴 채 고개를 갸우뚱거렸다.

그때 엄마가 부르는 소리가 들리자, 아이는 작은 물새처럼 가볍게 뛰면서 춤을 추는 듯한 동작으로 달려갔다. 그리고는 자기 가슴에 장식되어 있는 것을 손가락으로 가리켰다.

"펄!"

헤스터는 잠깐 동안 침묵에 잠겼다가 이내 조용히 말했다.

"네 가슴에 붙어 있는 그 장식은 아무런 뜻도 없는 거란다. 그런데 엄마가 가슴에 달지 않으면 안 되는 이 글씨의 뜻이 뭔지 아니?"

"네, 알아요."

펄이 대답했다.

"그것은 대문자 A자예요. 엄마가 알파벳 책에서 가르쳐주셨잖아요!"

헤스터는 아이의 얼굴을 똑바로 바라보았다. 아이의 눈동자에는 늘 호기심어린 특이한 표정이 살아 있었다.

헤스터는 펄이 그 글자에 무슨 의미를 부여하고 있는지 알고 싶었다. 그래서 그것을 확인해 봐야겠다고 생각했다.

"엄마가 왜 이 글씨를 달고 다니는지 아느냐고…….."

"알아요."

펄은 천진한 얼굴로 헤스터의 얼굴을 바라보았다.

"그것은 목사님이 가슴에 손을 얹고 다니는 것과 똑같은 이유 때문이에요."

"그래? 그럼 그 이유가 뭔데?"

헤스터는 펄이 앞뒤가 맞지 않는 이야기를 한 것으로 생각하고 빙그레 웃었으나 이내 안색이 창백해졌다.

"이 글씨하고 목사님의 가슴하고 무슨 상관이 있지?"

"글쎄요, 엄마. 난 그것밖에는 모르겠어요."

펄은 평소보다 심각한 표정으로 대답했다.

"엄마랑 얘기하던 그 할아버지한테 물어봐요. 어쩌면 그 할아버지는 알 수 있을지도 몰라. 그런데 엄마, 이 글씨가 정말 무슨 뜻이에요? 엄마는 왜 그것을 늘 가슴에 달고 다녀야 해요? 그리고 목사님은 왜 가슴에 손을 얹고 다니시는 거예요?"

펄은 두 손으로 엄마의 손을 잡고 야생적이고 변덕스런 평소의 태도와는 어울리지 않는 진지한 표정으로 헤스터의 두 눈을 들여다보았다.

헤스터는 아이가 어떤 확신을 가지고 자기에게 접근하는 것인지도 모른다는 생각이 들었다. 그리고 엄마와의 공감대를 발견하기 위해서 자신이 할 수 있는 일을 끝까지 해보려고 애쓴다고 여겨져 마음이 짠했다.

그러고 보니 딸의 모습이 옛날과는 많이 달라져 있었다. 이제까지 어머니로서 펄에게 마음껏 사랑을 주면서도, 4월에 부는 봄바람 이상의 애정을 바라지 않겠다고 다짐해 왔다.

4월의 바람은 포근하고 부드럽게 불다가 갑자기 경박한 장난을 치곤 한다. 예측할 수 없을 만큼 정열적인 돌풍을 일으키다가도 따뜻한 열풍으로 변하기도 하고, 따스하기보다는 가슴을 후벼 팔 정도로 차가울 때가 많다. 그런가 하면 마치 잘못에 대한 보상이라도 하려는 것처럼 다정한 키스를 해주고 머리를 쓰다듬어주다가도, 이내 다른 장난을 찾아 어디론가 가 버린다.

이것이 헤스터가 본 펄의 성품인데, 다른 사람들이 펄의 모습을 지켜보았다면 괴상야릇한 성격이라도 발견한 듯이 호들갑을 떨면서 온갖 추문까지 보태 더욱더 어둡게 채색했을지도 모른다.

그러나 지금의 펄은 영리하고 사려 깊은 아이로 변해 있었다. 아이가 조숙함을 드러낼 때면, 헤스터는 이 아이와 친구처럼 이야기를 나눌 수 있을 것 같았다. 또한 어색함 없이 자신이 안고 있는 문제에 대해 의견을 물어도 괜찮지 않을까 하는 생각도 들었다.

변덕스러운 펄의 성격 속에는 어떤 일에도 굽히지 않는 의지와 용기, 잘 가꾸면 훌륭한 자존심이 될 수도 있을 것 같은 자부심이 내재해 있었다. 하지만 한편에서는 무엇이든 멸시하고 경멸하려 드는 반항심이 느껴졌는데, 태어날 때부터 그런 성격을 갖고 있지 않았나 싶어 늘 마음이 저렸다.

하지만 비록 익지 않은 과일처럼 씁쓸하고 텁텁하기는 해도 펄에게는 애정도 있었다.

헤스터는 펄이 훌륭한 성품을 지니고 있음에도 불구하고 숙녀로 자라지 못한다면, 그것은 자기로부터 물려받은 악이 너무도 컸기 때문일 것이라고 생각했다.

펄이 주홍글씨의 수수께끼 주변에서 떠나지 못하는 것은

어쩔 수 없이 타고난 운명 같기도 했다. 철이 들기 시작할 무렵부터, 펄은 마치 그 일이 자신의 사명이라도 되는 것처럼 주홍글씨의 의미를 알려고 했었다.

하늘이 이처럼 고집스러울 정도로 분명한 성격을 지닌 아이를 준 것은, 어떤 처벌의 계획이 있어서 그랬던 것이 아닐까 하고 헤스터는 종종 생각했다. 그러나 그 처벌의 계획 속에 자비와 은총의 계획이 포함되어 있을 것이라는 생각은 한 번도 해보지 않았다.

만일 펄이 육체의 결합으로 태어난 동시에 믿음과 사랑을 지닌 영혼의 결합으로 태어났다면, 마음속에 싸늘한 무덤으로 자리 잡고 있는 어머니의 슬픔을 잊게 해주는 일이야말로 펄이 이 세상에서 수행해야 하는 사명이 아닐까…….

이런 생각들이 들끓으면서, 누군가가 귀에다 대고 나직하게 속삭이는 것 같아 헤스터는 마음이 설렜다.

펄은 내내 엄마의 손을 붙잡고서 고개를 들어 바라보며 똑같은 질문을 두 번 세 번 되풀이했다.

"엄마, 그 글씨의 뜻이 뭐야? 그리고 엄마는 왜 그걸 꼭 가슴에 달고 다니는 거야? 목사님은 왜 자기 가슴에 손을 대는 거지?"

'과연 뭐라고 대답해야 하는가……. 안 된다. 비록 거짓 없는 대답이 아이의 공감을 얻기 위한 것이라 해도, 그것만은 안 된다.'

"바보 같으니라고……. 지금 무슨 말을 하는 거니? 세상에는 물어봐도 답을 알 수 없는 일이 아주 많단다. 엄마가 목사님의 가슴속을 어떻게 알 수 있겠니? 그리고 엄마가 이 글씨를 달고 다니는 것은 이 금색 실이 좋아서야."

지난 7년 동안, 그녀는 자신이 가슴에 달고 있는 글씨에 대해 정직하지 않았던 적이 없었다. 주홍글씨는 가혹하고 엄격했으나, 그것은 그녀를 지켜주는 수호신이 되었다.

그러나 그 수호신의 끊임없는 보호에도 불구하고 새로운 악이 계속 침투하여 옛 악이 없어지지 않았으므로, 그 수호신이 드디어 그녀를 저버렸는지도 모른다고 생각했다. 그녀는 옛날에 품었던 악이 아직도 사라지지 않고 여전히 남아 있음을 깨달았기 때문이다.

이야기를 하는 동안 펄의 얼굴에서는 진지하던 표정이 차츰 사라졌다. 그렇다고 펄이 그 문제를 그대로 포기한 것은 아니었다. 엄마와 집으로 가던 중에, 그리고 저녁을 먹을 때, 엄마가 자기를 재우려고 침대에 눕힐 때에도 두서너 번 질문을 했다.

"엄마, 주홍글씨의 뜻이 뭐야?"

이튿날 아침, 잠에서 깨어났다는 인사로 베개에서 머리를 든 펄이 어제 했던 질문의 후반부인 것처럼 다시 질문을 시작했다.

"엄마, 엄마! 목사님은 왜 늘 손을 가슴에 대는 거야?"

"그만! 이 못된 것 같으니라고! 엄마를 놀리는 거니? 또다시 그런 질문을 하면 캄캄한 곳에 가두어 버릴 거야!"

헤스터는 지금까지 한 번도 보인 적이 없는, 매우 사나운 표정으로 딸을 나무랐다.

16 ___ 숲 속의 모녀

헤스터 프린은 딤즈데일 목사에게 은밀히 접근하여 로저 칠링워드의 정체를 알리리라 굳게 결심했다. 비록 자기 앞에 닥친 현재의 고통이나 내일의 결과가 무엇이든 간에 그 일을 추진하지 않으면 안 되겠다는 마음이 들었기 때문이다.

목사가 매일 반도의 바닷가나 그 근처의 숲 속을 산책하는 습관이 있다는 것을 알고 있었기 때문에 그녀는 그를 만나려고 며칠 동안 기회를 엿보았다. 그러나 실패로 돌아가고 말았다.

물론 그녀가 목사의 서재로 찾아간다 해도, 그리 나쁜 소문이 나거나 목사의 성스럽고 결백한 명성에 영향이 미칠 염려는 없었다. 그간 많은 사람들이 주홍글씨가 상징하는 죄에 못지않은 악한 죄를 고백하려고 그 서재까지 찾아갔기 때문이다.

로저 칠링워드가 은근히 아니면 공공연히 나서서 간섭하지나 않을까 하는 점도 마음에 걸렸지만, 헤스터는 목사와 자기가 얘기하는 동안만은 숨을 마음껏 쉴 수 있는 넓은 장소가 필요하다고 생각했다. 헤스터는 갇힌 공간보다는 하늘 아래에서 그를 만나고 싶은 것이다.

어느 날 헤스터는 환자의 시중을 들기 위해 이웃 마을에 갔다가, 그곳에서 딤즈데일 목사가 기도를 해주고 이미 다녀갔다는 소식을 듣게 되었다. 그리고 목사는 인디언 교도들이 있는 곳에 엘리엇 전도사를 만나기 위해 떠났는데, 이튿날 오후에 돌아온다는 것이었다.

다음 날 헤스터는 펄과 함께 집을 나섰다. 거추장스럽기는 해도 외출을 할 때면 펄을 꼭 데리고 다니지 않을 수가 없었다.

두 사람이 반도에서 본토로 들어서자 좁은 오솔길이 나타났다. 그 길은 신비스러운 원시림 속으로 꼬불꼬불 휘어져 있었고, 좌우에는 우뚝 솟은 나무들이 빽빽하게 들어차 있어서 하늘이 겨우 보일 정도였다.

헤스터는 마치 자신이 오랫동안 방황하던 정신의 늪지대에 온 것처럼 느껴졌다.

날씨는 쌀쌀하고 음산했다. 머리 위에는 잿빛 구름이 잔뜩 끼어 있었고, 미풍에 나뭇가지들이 가끔씩 흔들렸다. 그럴 때마다 햇빛이 오솔길 위를 비추며 희롱하는 듯했다.

이 장난스러운 햇빛은 — 날씨와 풍경이 모두 음산해서 풀이 죽은 듯한 장난이지만 — 모녀가 가까이 갈수록 멀어져 갔다. 햇빛이 잘 드는 곳으로 가면 환해지겠거니 하면서 걸었는데, 햇빛이 있었던 자리는 도리어 그들을 쓸쓸하게 만들었다.

펄이 엄마에게 말을 걸었다.

"엄마, 해님은 엄마를 싫어하나 봐. 엄마 가슴에 붙어 있는

196

것이 싫어서 자꾸 도망가는 것 같아. 저기 좀 봐. 저쪽에서 햇빛이 놀고 있어. 엄마는 여기서 좀 기다려 보세요. 내가 가서 잡아볼 테니. 난 어린애고 가슴에 아무것도 달지 않았으니까 햇빛이 나한테서 도망치지는 않을 거야."

"나중에라도 달면 안 된다."

헤스터가 말했다.

"왜 안 돼? 내가 자라서 어른이 되면 자연히 달게 되는 것 아니야?"

펄이 뛰어가려다 말고 우뚝 서서 말했다.

"자, 빨리 뛰어가서 햇빛을 잡아야지. 또 없어지겠지만."

헤스터가 말하자, 펄이 있는 힘을 다해 뛰어갔다.

헤스터가 빙그레 웃으며 그 광경을 지켜보는 동안, 펄은 정말로 햇빛을 붙잡고 그 속에 들어가 있었다.

온몸에 햇빛을 받은 펄은 달음박질로 인해 활기차져서 그런지 더욱 빛이 났다. 햇빛도 이런 친구가 생겨서 아주 기쁘다는 듯 너울너울 춤을 췄다.

이때 헤스터도 햇빛 속으로 걸어 들어가려고 가까이 다가갔다.

"햇빛이 또다시 도망가 버릴 거야."

펄이 고개를 흔들며 말했다.

"봐! 엄마가 손을 뻗어 잡을 테니……."

헤스터가 웃으면서 말했다.

그러나 그녀가 손을 내밀자 햇빛은 금세 사라져 갔다. 그걸 보는 순간 펄의 웃고 있는 표정으로 보아, 이 애가 햇빛을 자기 몸속에 흡수했다가 나중에 자기가 더 어두운 그늘 속으로 들어가게 되면 그 빛을 뿜어내어 길을 밝히려고 그러는 것인가 하는 생각이 들었다.

펄의 성질 가운데 헤스터가 가장 강하게 인상을 받은 것은 새롭고 지칠 줄 모르는 발랄한 기운, 바로 그것이었다.

요즘 아이들은 조상들로부터 거의 선병(腺病)과 함께 슬픔이라는 병을 물려받게 되는데, 펄은 그런 유전적인 병과는 거리가 멀었다. 아니, 어쩌면 이것 자체가 하나의 병일지도 모른다. 펄을 낳기 전에 지독하게 싸운, 슬픔에 대한 투쟁의 반사작용 때문에 그렇게 됐는지도 모를 일이었다.

아무튼 아이의 성질에서 강한 금속과 같은 광채가 느껴진다는 것은 확실히 특이한 매력임에 틀림없었다.

아이에게 있어 결여된 점이라면, 사람들로 하여금 동정심을 유발시키는 가련하고 슬픈 마음이 없다는 것이다. 물론 일생 동안 한 번도 슬픔을 간직하지 않고 사는 사람도 있겠지만……. 그리고 펄은 아직 어렸으므로 속단하는 것도 바람직한 일은 아닐 것이다.

"펄, 이리 와. 숲 속에서 좀 쉬어 가자."

헤스터는 아까 펄이 햇빛 속에 서 있던 곳을 둘러보며 말했다.

"엄마, 난 아직 피곤하지 않아요. 대신 엄마가 얘기를 해준다면 앉을래."

펄이 대답했다.

"얘기라니? 무슨 얘기?"

"응…… . 악마 얘기."

필은 엄마의 옷자락을 잡으며 반은 정색을 하고 반은 장난기 어린 눈으로 엄마의 얼굴을 쳐다보았다.

"악마가 숲 속에 살고 있었는데 책을 갖고 다녔대. 크고 무겁고 무쇠 장식이 달린 책인데, 이 무서운 악마는 만나는 사람들에게 그 책과 펜을 내밀었대. 그러면 사람들은 그 책에다 이름을 쓴다는 거야. 자기 피로 이름을 쓰는데, 그러면 악마가 가슴에 표시를 달아준대. 그런데 엄마, 엄마는 그런 악마를 만나본 일이 있어?"

"누가 그런 얘기를 해주었지?"

헤스터는 그것이 당시 유행하던 얘기라는 것을 알고는 펄에게 물었다.

"엄마가 어젯밤 병구완하러 간 집에서 할머니가 해준 이야기야. 그 할머니는 얘기할 때 내가 잠든 줄 알았나 봐. 할머니가 그러는데, 이 숲 속에서 수천 명의 사람들이 책에 서명을 하고 가슴에 표시를 받았대. 그리고 엄마의 가슴에 단 주홍글씨도 악마가 달아준 표시라면서, 밤중에 어두운 숲에서 엄마가 악마를 만날 때면 글씨가 불타듯이 빛나 보인대. 그게 정말이야? 엄마는 밤중에 악마를 만나러 가?"

펄이 말했다.

"네가 잠에서 깼을 때 엄마가 없었던 적이 있었니?"

헤스터가 물었다.

"그런 적은 없었던 것 같은데……. 하지만 나를 집에 두고 가는 것이 걱정되어서라면 데리고 가세요. 그럼 기분 좋게 따라갈게요. 하지만 엄마, 지금 꼭 말해 주세요. 악마가 정말로 있나요? 엄마는 만나본 일이 있어요? 그리고 이것은 그 악마의 표시인가요?"

"그걸 말해 주면 다시는 엄마를 귀찮게 굴지 않을 거지?"

"응. 솔직하게 전부 말해 주면……."

"지금까지 꼭 한 번 악마를 만난 적이 있단다. 이것이 그 악마의 표시야."

헤스터가 말했다.

그들은 이런 이야기를 하면서 지나가는 사람들의 눈에 띄지 않을 정도로 산속 깊숙이 들어갔다. 그리고 이끼가 수북하게 덮인 돌 위에 앉았다.

아마도 전세기(前世紀) 어느 시기에는 음습한 숲 그늘에 뿌리를 내리고 하늘 높이 뻗어 올라갔을 거대한 노송이 있던 자리인지도 모른다.

그들이 앉은 곳에는 작은 시내가 흐르고 있었다. 양쪽에는 나뭇잎으로 덮인 둑이 있었으며, 시냇물은 그 가운데로 흘렀다. 그 위를 뒤덮은 나무가 군데군데 흐르는 물을 막았기 때문에 소용돌이와 깊은 웅덩이가 여기저기 생겨 있었다. 그러나 물이 더 빠른 속도로 활기차게 흐르면 반짝이는 조약돌과 모래의 개울 바닥이 말갛게 비쳐 보였다.

시냇물이 흐르는 물길을 따라 시선을 돌리면, 햇빛이 물에 반사되어 숲 속 가까운 곳까지 비쳤다. 그러나 나무줄기와 잡목과 숲, 그리고 이끼 낀 바위틈으로 이내 자취를 감추어 버리고 말았다.

이 커다란 나무들과 바위 덩어리들은 일부러 이 작은 시냇물이 흐르는 수로를 감추어 버리고 있는 듯했다. 아마도 시냇물이 졸졸 흐르며 끝없이 조잘댔기 때문에, 그 오래된 숲 속의 비밀을 흘러간 곳에 가서 지껄이거나 어딘가에 물이 고였을 때 숲 속의 비밀이 수면 위로 거울처럼 반사되어 노출될까 봐 두려워서 그러는 것 같았다.

시냇물은 흐르면서 계속 속삭였다. 그 소리는 슬픈 사람들과 우울한 사건들 속에서 어린 시절을 보내며 자라난 아이의 음성처럼 조용하고 차분해서 도리어 위로가 되었다.

"오, 시냇물아. 어쩜 그렇게 조용히 흐르고 있니? 그런데 그 소리가 왜 그렇게도 구슬프니? 기운 좀 내라. 그렇게 한숨만 쉬면서 중얼거리지 말고……."

시냇물 소리에 귀를 기울이던 펄이 외쳤다.

그러나 시냇물은 숲 속을 흐르는 짧은 일생 동안 나무들 틈에서 지내며 많은 경험을 했기에 그것을 말하지 않고는 못 배기는 것 같았다. 또 그것 외에는 할 말도 없는 것 같았다.

펄은 시냇물과 비슷한 운명인지도 몰랐다. 신비스런 원천에서 솟아 나왔고, 그늘지고 침울한 풍경 속을 지나왔다는 점에서…….

그러나 펄은 시냇물과는 달리 춤추고 반짝이며 흥겹게 조잘거리면서 살아가고 있었다.

"엄마, 이 시냇물이 흐르면서 뭐라고 하는 거지?"

펄이 물었다.

"네게 무슨 슬픔이 있으면 시냇물이 그 슬픔에 대해 말해 준다고 하는 것 같은데……. 지금 엄마에게 가르쳐주고 있는 것처럼. 그런데 펄, 누군가가 산길을 걸어오는 발자국 소리가 들리는 것 같아. 나뭇가지를 헤치는 소리도 들리고……. 너는 저쪽에 가서 놀고 있어. 엄마는 저기에서 오는 사람과 얘기 좀 할 테니까."

"저 사람이 악마야?"

펄이 물었다.

"저쪽에 가서 놀아."

헤스터는 되풀이해서 말했다.

"그렇지만 숲 속으로 깊이 들어가서는 안 돼. 엄마가 부르면 금방 와야 한다."

"그럴게, 엄마. 그런데 그 사람이 악마라면 이곳에 잠깐만 있게 해줘요. 책을 팔에 끼고 있는 것을 보고 싶으니까."

"자, 어서 가. 바보 같은 소리는 그만하고. 저 사람은 악마가 아니야. 벌써 나무 사이로 보인다. 목사님이시잖아."

헤스터는 초조한 듯이 말했다.

"아, 그렇구나."

펄이 말했다.

"그런데 엄마, 목사님은 지금도 가슴에 손을 얹고 있어요. 목사님이 자기 이름을 적었을 때 악마가 가슴에 표시를 해주어서 그러시는가 봐. 그런데 왜 엄마처럼 그것을 겉에다 달지 않는 거지?"

"이젠 저쪽으로 가! 네 얘기는 나중에 들어줄게! 하지만 길을 잃으면 안 돼. 시냇물 소리가 들리는 곳에 있어야만 돼."

헤스터가 소리를 질렀다.

펄은 시냇물의 우울한 소리와 자기의 명랑한 음성을 혼합시키려는 듯이 노래를 부르면서 시냇물을 따라 걸어갔다.

그러나 시냇물은 음산한 숲 속에서 일어났던 슬픈 비밀을 알아들을 수 없는 말로 계속 이야기했다. 어쩌면 앞으로 일어날 일에 대한 슬픈 예언을 하고 있는지도 모른다.

그리 오래 살아오지는 않았지만, 어두운 그림자가 드리운 삶을 살아온 펄은 이렇게 한탄만 하며 흐르는 시냇물과는 더 이상 친해지지 않기로 마음을 먹었다. 그래서 높은 바위의 틈에 삐죽 고개를 내밀고 있는 오랑캐꽃과 홀아비바람꽃 그리고 미나리풀꽃 등을 꺾는 일에 열중했다.

요정 같은 펄이 멀리 가자, 헤스터는 숲 속으로 나 있는 길을 향해 한두 발짝 나아가 어둡고 울창한 나무 그늘 아래에 섰다. 그리고 허약한 몸을 지팡이에 의지해서 걸어오고 있는 목사를 바라보았다.

목사의 모습은 초췌하고 기운이 없어 보였으며, 어딘가 모르게 우울해 보였다. 그가 사람들 앞에 서거나 혹은 집 근처를 산책할 때에는 볼 수 없는 모습이었다.

그러나 이렇게 한적한 곳에서는 절망 어린 기색이 애처로울 만큼 두드러졌다. 혼자 있는 것이 그만큼 혹독한 시련이었는지도 모른다.

그는 만사가 다 귀찮은 듯한 걸음걸이로 몸을 움직였다. 마치 더 걸어야 할 이유도, 그럴 생각도 없는 것같이 보였다. 만약 그럴 수만 있다면, 그냥 지금 곧 나무뿌리 곁에 몸을 내던지고 영원히 쉬고 싶다는 듯한 모습이었다.

그러면 나뭇잎들이 그의 몸을 덮고 흙이 또 그를 덮어서 작은 무덤을 만들 것이다. 그 속에 생명이 있든지 없든지 상관하지 않고 말이다.

그에게 있어 죽음은 너무나 확고한 목표였다.

그러나 헤스터의 눈에, 목사가 가슴에 손을 얹은 것 말고는 보다 뚜렷하고 생생한 고통의 징후는 보이지 않았다.

17 ____ 밝혀진 사실

목사는 천천히 걷고 있었지만, 헤스터 프린은 그의 발걸음을 멈추게 할 만한 소리를 낼 수 없었다.

거의 자신의 앞에 오게 되었을 때에야 그녀는 작은 소리로 말했다.

"아더 딤즈데일!"

처음에는 작게 말했으나, 다음에는 좀 더 크게 그러나 쉰 목소리로 그를 불렀다.

"아더 딤즈데일!"

"누구요?"

목사가 말했다. 그는 재빨리 정신을 차리고 자세를 바로잡았다. 마치 남에게 들켜서는 안 되는 장면을 불시에 습격당한 사람 같았다.

그는 소리가 난 쪽을 향해 불안한 표정으로 눈을 돌렸다. 나무 그늘 밑에 희미하게 사람의 모습이 보였다.

날씨도 흐린데다가 그녀가 매우 우중충한 옷을 입고 있었고,

게다가 나뭇잎이 무성해서 사람을 잘 알아보기가 어려웠다. 목사가 살아온 인생행로에도 이처럼 그의 환상 속에서 유령이 튀어나와 그를 괴롭혔는지 모른다.

그가 한 발짝 다가서니 주홍글씨가 눈에 띄었다.

"헤스터! 당신이오? 정말 살아 있는 당신이오?"

"그럼요, 살아 있고말고요. 지난 7년 동안 살아 있었던 것처럼, 지금도 살아 있어요. 그런데 아더 딤즈데일, 당신이야말로 정말 살아 있어요?"

두 사람이 이렇게 서로 현실적으로 살아 있는 사람인가를 확인하고, 스스로가 살아 있는지를 의심해 보는 것도 무리는 아니었다.

그들이 이렇게 으슥한 숲 속에서 만났다는 것은 참으로 기묘한 일이었다.

그것은 마치 전생에서 친밀하게 지냈던 두 영혼이 이승에서 처음 만나, 전생의 기억을 떠올리며 벌벌 떨고 있는 격이었다.

두 영혼은 아직 서로의 상태를 모르기 때문에, 그리고 육체를 떠나 정신 상태에서 만나는 것이 서먹서먹했던 것이었다. 서로가 유령이면서도 상대방을 보고 겁을 집어먹고 있는 셈이었다.

게다가 그들은 스스로에게조차 겁을 먹고 있었다. 이 뜻하지 않은 만남이 그들의 의식을 일깨워주어, 서로의 지난 일들을 의식하게 만들었기 때문이다.

이런 일은 죽을 만큼 절박한 순간이 아니고서는 결코 생기지 않는 법인데, 그들은 순간이라는 거울에 스스로의 모습을 비추어보았던 것이다.

아더 딤즈데일은 두려움에 떨며 주검처럼 차디찬 손을 마지못해 뻗어 헤스터의 싸늘한 손을 잡았다. 마주 잡은 두 손은 차가웠으나 두 사람 사이에 깃들었던 어색함은 그 순간 사라졌다. 그리고 적어도 같은 세계에 살고 있는 것 같은 기분으로 돌아왔다.

두 사람은 더 이상 말을 하지 않고서도 무언의 합의로써 아까 헤스터가 걸어 나왔던 숲 속 나무 그늘로 갔다. 그리고 헤스터와 펄이 앉았던 이끼 더미 위에 앉았다.

이윽고 말문이 열리게 되자, 그들은 우선 아는 사람들끼리 만나면 으레 나누는 인사말을 했다. 날씨가 몹시 침울한 데다 폭풍우가 몰려올 것 같다는 얘기, 그리고 서로의 건강에 대한 얘기를 주고받았다. 그리하여 그들은 각자의 가슴속 깊은 곳에 뿌리 박혀 있는 문제에 한 걸음씩 접근해 갔다.

운명과 환경으로 인해 너무도 오랫동안 떨어져 살아왔기 때문에 그들은 우선 하찮은 얘기로 대화의 문을 연 다음 그들의 진실한 생각이 자유롭게 문턱을 넘나들 수 있도록 해야 했던 것이다.

잠시 후 목사는 헤스터 프린의 눈을 뚫어지게 바라보면서 말했다.

"헤스터, 당신은 지금 마음의 안정을 찾았소?"

그러자 그녀는 자기의 가슴을 쓸쓸히 내려다보았다.

"당신은 어떠세요?"

"아니, 찾지 못했소. 절망뿐이오. 나와 같은 인간이 이 세상에서 맞닥뜨릴 것이 절망밖에 또 무엇이 있겠소. 내가 무신론자였거나 양심이 없는 사람이었다면, 이미 오래전에 마음의 안정을 찾았을 것이오. 아니, 안정을 찾는 것이 아니라 아예 잃지도 않았을 것이오. 그러나 지금 내 영혼의 상태는 원래 하느님이 내려주신 마음속의 모든 능력, 원래는 누구도 흉내 낼 수 없는 천부적 재능도 이젠 나를 고문하는 도구일 뿐이오. 헤스터, 이 세상에 나처럼 비참한 인간이 또 있을까요?"

"사람들은 당신을 존경하고 있어요. 그리고 당신은 좋은 일을 많이 하지요. 그런데도 안정을 취할 수가 없던가요?"

"더 비참해지고 있소, 헤스터. 그 때문에 더욱 비참해질 뿐이오."

목사는 쓸쓸하게 웃으며 다시 말했다.

"내가 좋은 일을 많이 하는 것 같지만, 아무 믿음도 없이 일하고 있는 것이오. 따라서 그런 것은 환상에 불과하오. 이렇게 타락한 인간이 어떻게 다른 사람의 영혼을 구할 수가 있겠소. 또 더럽혀진 영혼으로 어떻게 그들의 영혼을 깨끗하게 할 수 있겠소. 사람들이 나를 존경한다지만, 차라리 그것이 경멸과 증오가 되기를 바라오.

내가 강단에 올라서면 많은 사람들이 내 얼굴에서 천국의 빛이라도 비쳐오는 것처럼 올려다보는데, 그것으로 어떻게 안정을 취할 수 있겠소? 진리에 굶주린 교인들이 마치 오순절 하느님의 말씀이나 되는 것처럼 나의 말에 열심히 귀를 기울이는데, 그들이 동경하는 나 자신의 마음속을 들여다보면 끔찍한 암흑밖에 없소. 이것으로 어떻게 안정을 취할 수 있겠소?

표면적인 나와 내면적인 나를 비교하면, 너무 괴롭고 어처구니없어 자신을 비웃는 적이 한두 번이 아니오. 그리고 그것을 본 악마도 비웃고 있소."

"당신은 그 점이 잘못되었어요. 당신은 죄악을 뼈저리게 뉘우치지 않으셨나요? 따라서 당신의 죄는 이미 오래전에 씻어졌어요. 당신의 현재 생활은 사람들이 생각하는 것처럼 신성한 것이에요. 이처럼 훌륭하게 일을 함으로써 증명되고 있는데, 그 회개를 왜 진심으로 받아들이지 않는 거죠? 당신의 마음이 안정되지 못한 이유가 도대체 무엇인가요?"

헤스터가 부드럽게 물었다.

"그게 아니오, 헤스터. 그 속에는 아무런 실체가 없소. 나에겐 싸늘하게 죽은 것이라 아무 쓸모가 없소. 그동안 고통스런 길을 걸어오면서 후회를 많이 했지만, 회개는 하지 못했소. 내가 진정으로 회개했다면, 벌써 오래전에 목사직을 그만두었어야 하오.

헤스터, 그렇게 가슴에 주홍글씨를 달고 다니는 당신은 그래도 행복한 사람이오. 내 주홍글씨는 아무도 모르게 불타고 있소. 7년 동안 괴로운 생활을 해온 내가, 나의 정체를 알고 있는 사람과 이렇게 마주한다는 사실이 나에게 얼마나 위안을 주는지 당신은 아마도 모를 거요.

사람들이 입을 모아 나를 칭찬할 때마다 구역질이 나는데,

210

나에게 친구라도 한 사람이 있어서 ― 말 못할 원수라도 좋소. ― 그에게 찾아가 내가 얼마나 나쁜 사람인가를 말할 수 있다면, 그것만으로도 내 영혼이 숨을 쉬게 될 것 같소. 그 정도의 고백만으로도 나는 구원받을 수 있을 것이오. 그러나 지금은 모든 것이 거짓이고 죽음이고 공허뿐이오."

헤스터 프린은 목사의 얼굴을 똑바로 쳐다보았으나 차마 어떤 말도 할 수가 없었다.

그러나 오랫동안 억제했던 감정을 이토록 열렬하게 토로하는 그의 태도는 바로 그녀가 하려고 마음먹고 온 애기를 말할 수 있는 좋은 기회를 만들어주었다.

그녀는 불안한 마음을 억누르며 입을 열었다.

"방금 당신이 원하셨던 친구, 당신의 죄를 함께 슬퍼할 수 있는 친구로 그 죄의 공범자인 저를 택해 주세요."

그녀는 다시 주저하는 마음이 생겼으나, 이내 마음을 굳게 먹고 말했다.

"또 당신이 말씀하시는 원수도 이미 오래전부터 당신 곁에 있었어요. 그 원수는 바로 당신과 함께 같은 지붕 아래 살고 있어요."

목사는 숨을 몰아쉬면서 일어서더니, 심장을 쥐어뜯듯이 가슴을 움켜쥐었다.

"아니, 그게 무슨 소리요? 원수라니, 더구나 한 지붕 밑에 살고 있다고?"

목사가 외쳤다.

헤스터 프린은 이 불행한 사람을 그토록 오랫동안, 아니 잠시라 할지라도 오로지 악한 목적만을 품은 사람의 수중에 내맡겨 깊은 상처를 입게 한 것은 전적으로 자신의 책임이란 사실을 깊이 통감했다.

비록 가면을 썼다 하더라도, 원수가 그의 주변에 맴돌았다는 사실은 딤즈데일과 같이 감수성이 예민한 사람의 촉각을 건드리기에는 충분했다.

헤스터는 이 문제에 대해 지금처럼 그렇게 깊이 생각하지 않은 적도 있었다. 아니 자기가 받은 고통 때문에 남을 생각할 겨를이 없었다. 또한 자기가 보기에 목사의 운명은 자기가 당하는 고통에 비해 훨씬 더 견디기 쉬울 거라고 생각되어 목사에게 무관심해 왔다고 하는 편이 옳았다.

그러나 근래 들어, 목사가 처형대에서 밤을 새운 것을 본 후로 그에 대한 동정심이 한층 더 견고해졌다.

헤스터는 이제 목사의 마음을 충분히 이해할 수 있었다.

로저 칠링워드는 목사 주변을 맴돌면서 악의라는 비밀의 독소를 가지고 목사 주변의 공기를 더럽혔고, 그의 정신적·육체적 병까지 의사라는 자격으로 간섭해 왔다. 그리고 실제로 지금까지 이런 좋지 못한 기회들이 잔인한 목적을 위해 사용되어 왔다는 것을 그녀는 믿어 의심치 않았다.

이로 인해 환자의 양심은 항상 흥분 상태에 놓이고, 병이 치유되는 것이 아니라 오히려 정신이상의 형태로 나타날 수밖에 없었다. 또한 저세상에 가서는 선과 진리로부터 영원히 소외되는 길밖에 남아 있지 않은 것이었다. 내세에서의 이런 상태가 지상에서는 정신이상이라는 형태로 나타나는 모양이다

헤스터는 자신이 과거에 — 아니 이제 숨김없이 말해도 되겠지만 — 그토록 열렬히 사랑했던 사람을 이런 파멸의 구렁텅이로 몰아넣었던 것이다.

이미 로저 칠링워드에게 말한 바와 마찬가지로 목사의 명예, 아니 생명까지라도 희생하는 편이 오히려 낫다고 생각되었다.

그렇기 때문에 그녀는 지금 이렇게 잘못을 고백하느니보다는 차라리 딤즈데일 발밑의 낙엽 위에 쓰러져 죽었으면 좋겠다고 생각했다.

"오, 아더. 나를 용서해 주세요. 나는 다른 모든 일에 있어서는 진실한 사람이 되려고 애써 왔습니다. 당신의 행복과 생명, 위태로웠던 때는 그렇지 못했습니다만, 저는 어떠한 어려움 속에서라도 진실만은 굳게 지키려고 애써 왔습니다. 그러다가 그만 당신을 기만하게 되었습니다.

그러나 죽음이 엄습한다 해도 거짓말을 한다는 것은 좋은 일이 못됩니다. 제가 무슨 말을 하는지 아시겠어요? 그 의사 말이에요. 사람들이 로저 칠링워드라 부르는 그 의사, 그는 바로 나의 전 남편이었습니다."

목사는 온몸을 부르르 떨면서 잠시 그녀를 노려보았다. 그의 분노는 고상하고 순수하며 부드러운 성질과 교묘하게 어울려 있었다.

그의 인격 중에서 이 분노는 악마가 당연하게 자기 소유라고

주장하는 부분이었다. 그리고 그것을 수단으로 해서 나머지 다른 부분까지도 차지하려는 속셈이었다.

헤스터는 목사에게서 이토록 험악하고 사나운 표정을 일찍 이 본 적이 없었다. 시간상으로는 불과 얼마 되지 않았지만, 그의 표정은 참으로 무섭게 변하고 있었다.

그러나 그의 성격은 고뇌로 인해 약화되어 있었기 때문에 무섭게 흥분을 해도 순간적인 발버둥에 그치고 마는 경우가 대부분이었다.

그는 마침내 땅바닥에 힘없이 주저앉더니 두 손으로 머리를 감싸면서 중얼거렸다.

"알 만한 일이었는데…… 사실은 알고 있던 것이나 다름없었 지. 그를 처음 보았을 때 내 마음이 까닭 없이 떨리더니 그 뒤로 그를 만날 때마다 내 마음이 불안했었어. 그 사실만으로도, 그가 비밀을 알려준 것이나 다름없었는데…… 그런데 그것을 왜 알아차리지 못했을까?

오, 헤스터! 당신은 이것이 얼마나 무서운 일인지 알 수 없을 거요. 음란과 수치의 죄로 괴로워하는 마음을, 그것을 보고 쾌재를 부르는 사람 앞에 그대로 드러내놓다니…… 헤스 터, 이것은 너무 참혹한 일이오. 수치스런 일이오. 모두가 당신 탓이오. 더 이상 당신을 용서할 수 없소."

"그래요. 하지만 저는 당신께 용서를 받아야 합니다. 벌은 하느님께 받겠어요. 당신에겐 용서를 받아야 하고요."

헤스터는 울면서 낙엽 위에 몸을 내던졌다. 그리고 미칠 듯한 격정에 사로잡혀 두 팔을 벌려 그를 얼싸안고는 그의 머리를 가슴에 힘껏 끌어안았다.

그녀는 목사의 볼이 주홍글씨에 닿는 것도 아랑곳하지 않았다. 목사는 뿌리치려고 허우적거렸으나, 헤스터는 놓아주지 않았다. 그의 무서운 표정이 두려웠던 것이다.

7년이라는 오랜 세월 동안 온 세상 사람들이 그녀에게 눈살을 찌푸렸지만, 그래도 그녀는 꾹 참아왔다. 뿐만 아니라 단 한 번도 그런 시선을 외면해 본 적이 없었다.

하늘도 그녀에게 얼굴을 돌렸지만 그녀는 죽지 않고 살았다. 그런데 이 허약하고 창백하고 죄 많은, 슬픔에 잠긴 이 사람이 짓는 무서운 표정만은 참을 수도 견딜 수도 없었다.

"저를 용서해 주시겠죠? 얼굴을 찡그리지 않고 용서해 주시겠죠?"

그녀는 계속해서 말했다.

"용서하겠소, 헤스터."

목사는 슬픔의 나락 속에 떨어진 목소리로 간신히 말했다.

"진심으로 당신을 용서하오. 그리고 하느님도 부디 우리를 용서하시기를 바라오. 헤스터, 우리가 세상에서 가장 악한 죄인은 아니오. 부도덕한 목사보다 더 악한 죄를 인간이 하나 더 있소. 그 늙은 로저 칠링워드의 죄는 내 죄보다도 더 악하오. 그는 잔인무도하게 인간 마음의 신성한 부분을 짓밟아 버렸소. 당신과 나는 적어도 그런 일은 하지 않았단 말이오."

"절대로 안 했고말고요."

그녀가 속삭이듯이 말했다.

"우리의 일은 그 나름대로 성스러운 것이었어요. 우리는 서로 그렇게 말했었죠. 벌써 잊으셨어요?"

"그만! 헤스터."

딤즈데일은 바닥에서 일어서며 말했다.

"아니, 잊지 않았소."

그들은 다시 손을 잡고 이끼가 낀 나무 위에 나란히 앉았다. 그들이 살아오는 동안 이토록 우울한 적은 없었다.

이것은 그들이 줄곧 달리고 있던 길의 시점(時點)이었다. 그리고 앞으로 가는 길에는 더욱 짙은 어둠이 깔려 있을 것이다. 하지만 거기에는 하나의 매력이 있어서, 다음 순간을 또 그다음 순간을 기대하며 그 자리를 뜨지 못하고 있는 것이었다.

그들이 앉아 있는 숲 속은 곧 어두워졌고, 때마침 부는 거센 바람이 요란한 소리를 냈다.

머리 위에서 무거운 나뭇가지들이 흔들렸다. 엄숙하게 생긴 늙은 나무가 두 남녀의 슬픈 이야기를 전하기라도 하려는 듯이, 혹은 앞으로 있을 나쁜 일을 예고라도 하려는 듯이 다른 나무에게 구슬픈 소리를 내며 이야기하는 것 같았다.

그들은 아직도 자리를 뜨지 못하고 그대로 앉아 머뭇거렸다. 헤스터 프린은 또다시 치욕의 멍에를 짊어져야 하고, 목사는 자기를 조소하는 텅 빈 칭찬을 사람들로부터 들어야 하는 마을로 돌아가야 했다.

돌아가는 그 숲길은 얼마나 쓸쓸할 것인가. 그래서 그들은 더욱 머뭇거릴 수밖에 없었다.

금빛 찬란한 햇빛도 이 숲 속의 어둠 앞에서는 무릎을 꿇을 것만 같았다. 또한 이곳에서는 주홍글씨도 죄에 빠진 여인의 가슴에서 더 이상 빛을 발하지 않았다.

헤스터만이 바라보고 있으므로, 하느님과 인간에게 죄악을 범한 아더 딤즈데일도 잠시나마 진실을 찾을 수 있었다.

그때 목사는 문득 떠오른 한 가지 생각에 깜짝 놀랐다.

"헤스터!"

목사가 큰 소리로 외쳤다.

"또 한 가지 두려운 일이 있소. 자신의 정체를 나에게 밝히려는 당신의 의도를 로저 칠링워드가 알고 있소? 그것을 안다면 당신과 나의 비밀을 계속 지켜줄 것 같소? 이제 그의 보복이 어떻게 진행될 것이라 생각하오?"

"아마도 그는 비밀을 지키려고 할 거예요."

헤스터는 조심스럽게 말했다.

"여태껏 은밀하게 복수를 하려는 것이 습관이 되어 있기 때문에 그가 비밀을 쉽사리 드러내지는 않을 거예요. 물론 그가 자신의 흉악한 욕망을 만족시키기 위해 다른 방법을 찾을 것은 틀림없지만요."

"하지만 그런 잔인한 원수와 어떻게 같은 집에서 계속 살아갈 수 있단 말이오? 헤스터, 날 위해서 생각 좀 해줘요. 당신은 강하니까 무슨 해결책이 있을 거요."

아더 딤즈데일은 아주 불안한 듯이 가슴에 손을 얹으며 소리쳤다.

"앞으로 그 사람과 함께 살면 안 돼요. 당신의 마음을 그 악독한 사람의 눈앞에 더 이상 드러내서는 안 됩니다. 그것은 죽음보다도 더 무서운 일이에요."

헤스터는 천천히 그러나 매우 단호하게 말했다. 목사의 표정은 두려움으로 더욱 창백해졌다.

"그러나 그것을 어떻게 피할 수 있겠소? 무슨 다른 방법이라도 있는 거요? 당신이 그의 정체를 말했을 때, 내가 쓰러졌던 저 낙엽 위에 다시 쓰러져 버릴까? 그리고 땅속으로 들어가서 당장에 죽어 버릴까?"

"아아, 당신이 어떻게 이런 파멸의 지경까지 오게 되었나요? 당신은 나약한 마음 때문에 그냥 죽어 버리실 건가요? 그건 죽을 이유가 못돼요."

헤스터는 눈물을 겨우 삼켰다.

"내겐 이미 하느님의 심판이 내려졌소. 내가 그것에 대항해 싸우기에는 역부족이오."

양심의 가책을 느끼면서 목사가 말했다.

"당신이 그 기회를 잘 이용하려고 마음만 먹는다면 하늘도 자비를 내리실 거예요."

헤스터가 반박했다.

"나를 위해서 힘을 내줘요. 어찌하면 좋을지 가르쳐주구려."

목사가 말했다.

"세상이 저기 있는 마을뿐일까요?"

헤스터는 목사의 눈을 뚫어져라 쳐다보며 말했다. 혼자서는 일어서지도 못할 정도로 초죽음이 되어 축 늘어진 목사의 정신력 위에 본능적으로 생명력을 행사하는 눈길이었다.

"저 마을도 얼마 전까지만 해도 가랑잎이 휘날리는 황무지에 불과했었어요. 지금 우리가 있는 이곳도 마찬가지로 쓸쓸한 곳이 아니었나요? 이 숲길은 어디로 계속되는 걸까요? 당신은 마을로 돌아가는 길이라고 하시겠지요.

사실은 그렇습니다. 그러나 그 길은 더 계속됩니다. 황야 속으로 깊숙이 들어가면 들어갈수록 발자국이 점점 더 희미해집니다. 그러다가 몇 마일 더 들어가면 발자국이 전혀 없는 노란 낙엽들이 깔린 길이 나타날 거예요.

그곳에서는 당신도 자유의 몸이 될 수 있습니다. 당신이 비참한 생활을 하는 세계로부터 행복하게 살 수 있는 세계로 가는 길은 그렇게 멀지 않습니다. 당신이 로저 칠링워드의 눈으로부터 멀리 떨어져 숨을 수 있는 곳이 이 넓은 산중에 그렇게도 없다는 말씀인가요?"

"있기야 하겠지. 그러나 그것은 이 낙엽 밑뿐이오."

목사는 쓸쓸한 미소를 지으며 말했다.

"그렇다면 바다라는 넓은 길도 있어요. 당신은 이 땅에 오실 때 바다를 건너서 오셨을 거예요. 당신이 원하신다면, 왔던 길로 되돌아갈 수도 있잖아요. 고국에 돌아가면 농촌이든 넓은 도시 런던이든, 또는 독일이나 프랑스 그리고 기후가 좋은 이탈리아로 가면 그의 힘과 꾀도 미치지 못할 거예요. 이곳의

억척스러운 사람들과 그들의 이야기가 당신과 무슨 상관이 있단 말입니까? 그들은 너무나 오랫동안 당신을 속박해 왔어요. 이제 그것을 벗어버릴 때가 온 거예요."

헤스터가 말하자, 꿈을 실현시키라는 명령이라도 듣고 있었던 것처럼 목사가 말했다.

"그건 안 될 말이오. 나는 갈 힘이 없소. 비록 죄를 많이 지어 비참하게 되었을지라도, 하느님이 나를 이 땅에 보내셨으니 이곳에서 일생을 마칠 생각이오. 설령 내 영혼을 잃는다 해도 다른 사람의 영혼을 위해 내가 할 수 있는 일을 다 할 것이오. 비록 충실하지 못한 파수꾼이었지만, 그리고 임무가 끝나는 날 죽음과 불명예가 따르겠지만, 그래도 난 결코 나의 위치에서 떠나지는 않을 것이오."

헤스터는 자기의 굳은 결심으로 그에게 다시 한 번 용기를 주려고 말했다.

"당신은 7년 동안이나 불행에 짓눌려 있어서 기를 펴지 못하는 거예요. 그렇지만 그 모든 것들을 버리고 가셔야 합니다. 당신이 오솔길을 따라 걸어갈 때 그것들이 당신의 발길을 거추장스럽게 해서는 안 되지요. 또한 당신이 바다를 건너는 것을 원하신다면 그것이 당신이 타려는 배에 짐이 되어서도 안 됩니다. 재난과 불행의 찌꺼기들은 그것들이 일어났던 곳에 모두 두고 가셔야만 해요. 더 이상 미련을 두어서는 안 됩니다. 깨끗하게 새 출발을 하세요. 한 번 실패했다고 모든 가능성을 잃은 것은 아니잖아요? 결코 그렇지 않습니다.

아직도 세계 곳곳에서 당신을 기다리고 있습니다. 그곳에서 새롭게 시작하여 행복도 누릴 수 있고, 좋은 일도 베풀 수 있어요. 지금의 그 거짓 인생을 버리고 진실한 인생을 택해야 해요. 당신에게 어떤 사명감이 주어진다면 인디언들 틈에 가서서 사람들을 가르치는 선생과 사도가 되어보세요. 아니면 당신의 성격에 잘 어울리는 일이지만, 문명사회에 가서서 현명하고 훌륭한 사람들 사이에서 학자나 성인이 될 수도 있고요. 설교도 하시고 글도 쓰세요. 행동을 하세요. 이곳에서 쓰러져 죽는 일 외에는 무엇이든지 하세요. 아더 딤즈데일이라는 이름을 버리고 새로운 이름을 가지세요. 두려움이나 부끄러움 없이 달고 다닐 수 있는 훌륭하고 높은 이름을 가지란 말입니다.

단 하루라도, 당신의 생명을 병들게 하는 고통 속에서 왜 머뭇거리는 거죠? 당신을 약하게 만들고, 뉘우칠 힘마저 빼앗아 무기력한 인간으로 만드는 그 고통과 번민 속에서 더 지체하지 마시고 일어나세요. 그리고 떠나세요."

"오오, 헤스터!"

아더 딤즈데일은 그녀를 바라보며 외쳤다. 그의 눈동자는 그녀의 열정으로 인해 불이 켜진 듯 광채를 발하다가 금세 사라졌다.

"당신은 떨고 있는 사람에게, 다리에 힘이 없어 후들거리는 사람에게 달음박질을 하라고 명령하고 있는 거요. 나는 여기서 죽을 수밖에 없소. 낯설고 험한 세상을 헤쳐 나갈 기력도 용기도 나에겐 없소이다. 더구나 나 혼자서는……."

그것은 극도로 파멸된 정신의 쇠약함에 이른 사람의 마지막 신음이었다.

　　그에게는 손만 내밀면 닿을 수 있는 행운을 잡을 힘조차 없었다. 그는 되풀이해서 말했다.

　　"나 혼자서 가란 말이오, 헤스터?"

　　"혼자서 가시라는 말이 아닙니다."

　　헤스터는 낮은 목소리로 속삭이듯이 말했다.

　　이렇게 해서 그들의 이야기는 끝이 났다.

18   새로운 희망의 빛

아더 딤즈데일은 희망과 환희에 넘치는 눈으로 헤스터 프린
의 얼굴을 쳐다보았다. 그러나 불안한 기색은 숨기지 못했다.

자기는 막연하게 말했던 것을 헤스터가 과감히 표현해 낸
것도 다소 두렵게 느껴졌다.

그러나 헤스터 프린은 천성적으로 용기와 진취적인 정신력
을 소유한 데다 오랫동안 사회로부터 격리된 채 고립된 생활을
해왔으므로 목사로서는 상상도 할 수 없는 자유로운 생각에
익숙해져 있었다.

그녀는 길잡이나 안내인도 없이 정신적인 광야를 헤매어
왔던 것이다. 그 광야는 지금 이 두 사람이 자신들의 운명에
관해서 얘기하고 있는 이 그늘진 원시림만큼이나 복잡한 곳이
었다.

헤스터의 지성과 감성은 이를테면 사막같이 황량한 곳을
고향으로 삼아 숲 속의 인디언처럼 방황하고 있었다.

그녀는 과거 여러 해 동안 줄곧 소외당한 입장에서 목사나

입법자들이 세워놓은 인간 사회의 제도를 바라보며 살아왔다. 목사의 허리띠, 법관의 제복, 처형대, 교회 등에 대해 인디언들이 별로 경의를 표하지 않듯이, 그녀도 그것들을 아무런 존경심 없이 관찰하고 비판했다.

정해진 운명에 따라 헤스터가 가는 길은 도리어 그녀를 자유롭게 해줬다. 가슴에 단 주홍글씨는 다른 사람들이 감히 발을 들여놓을 수 없는 곳까지 드나들 수 있는 출입증이 되어주었다.

수치와 절망, 고독 속에서 헤어나지 못했으나, 한편으로는 그것들이 그녀의 스승이 되어주었다. 이 스승들은 헤스터를 강한 인간으로 만들어주는 동시에 그릇된 일도 가르쳐주었다.

목사는 사회가 일반적으로 인정하는 관습이나 법률의 한계를 벗어난 적이 없었다. 오직 단 한 번, 가장 신성시하는 계율을 범했을 뿐이었다. 그러나 그것은 순간의 열정에서 기인된 행동이었지, 결코 그것을 무시하거나 거역하려 해서 지은 죄는 아니었다.

그 불행한 시기 이래로 목사는 병적이라 할 만큼 세심한 열의를 가지고 자신의 행동이나 — 행동이라면 오히려 쉬운 일이었다. — 모든 감정의 움직임을 지켜보았다.

당시의 목사들이 그러했듯이 사회 계층의 우두머리였던 그는 그 사회의 규칙이나 원칙 그리고 편견에서까지 자유롭지 못했다. 목사라는 이유로 그가 소속된 사회 질서는 더욱 그를 옭아매고 가둬놓았다.

아물지 않은 죄의 상처로 인해 양심의 가책을 받고 신경이 예민해졌기 때문에 죄를 짓지 않은 인간보다도 오히려 더 도덕심이 견고하게 보였는지도 모른다.

헤스터가 고립과 치욕을 감내해 온 7년이란 세월은 어쩌면 지금 이 순간을 위한 준비 기간이었는지도 모른다.

그러나 딤즈데일의 경우는 어떠한가? 이런 사람이 또 한 번 죄를 짓는다면 무슨 말로 정상을 참작해 달라고 호소할 수 있겠는가? 아마도 그렇게 할 수 없을 것이다.

그가 오랜 세월 동안 극심한 고통으로 인해 심신이 쇠약해졌다는 사실과 그를 괴롭히는 번민으로 말미암아 정신이 암담하고 어지러워졌다는 사실, 자신의 범행을 인정하고 도망칠 것인가 아니면 그대로 숨기고 위선자가 될 것이냐를 결정짓지 못하고 방황했다는 사실, 죽음이나 불명예의 위험과 적의 무서운 음모에서 벗어나고 싶어 하는 것은 인간의 본능이라는 사실, 쓸쓸한 길을 가면서 병들고 쇠약하고 비참해진 그에게 무거운 십자가 대신 진실한 생명의 빛이 나타나 보였다는 사실 등을 열거하며 변호를 하도록 무엇인가를 도와주지 않는 한, 정상을 참작해 달라는 호소는 불가능할 것이다.

그런데 죄를 지음으로 해서 영혼에 생긴 상처는 어떤 것으로도 메울 길이 없다는, 엄하고도 슬픈 진리를 우리는 마음으로 받아들여야 한다.

그렇다고 또다시 죄를 짓지 못하도록 파수꾼을 세워놓고 지킬 수도 없는 노릇이다. 악의 씨앗이 또다시 쳐들어올 때는 전에 성공했던 길을 피하고 다른 길을 택할 수도 있기 때문이다.

하지만 무너진 성벽의 흔적이 그대로 남아 있으므로, 잊을 수 없는 승리감을 다시 한 번 맛보려고 은밀하게 그 근처에서 얼씬거린다는 사실을 간과해서는 안 된다.

설령 목사의 마음속에 이런 갈등이 있다 하더라도 여기서 자세히 설명할 필요는 없을 것이다.

다만 목사가 도망칠 결심을 했고, 그것도 혼자 가지 않을 것이라는 점만 말해 두자.

목사는 생각에 잠겼다.

'지난 7년 동안 나에게 잠시라도 마음의 평화나 행복을 느꼈던 일이 있었다고 한다면, 그것을 하느님이 구원하신 증거로 믿고 계속 견뎌 나갈 수 있을 것이다. 그러나 어쩔 수 없는 운명의 판결을 받고 결코 용서받을 수 없는 몸이라면, 처형 전에 사형수에게 허용되는 최후의 위안을 받아도 되는 것 아닌가.

또 헤스터가 설득하는 것처럼 보다 훌륭한 생활로 통하는 다른 길이 있다면, 기꺼이 그 길로 가야 하는 것 아닌가. 아무튼 이제는 그녀 없이는 살아나갈 수 없다. 그녀가 나를 도와주는 힘은 참으로 강하고, 위로해 주는 힘 또한 정말 부드럽다. 오, 하느님, 고개를 들 용기조차 없는 죄인이지만, 용서해 주시지 않겠습니까?'

"가시는 거죠?"

두 사람의 눈이 마주치자, 헤스터가 태연하게 말했다.

일단 결심을 하고 나니, 이상한 기쁨의 빛이 목사의 괴로운 가슴을 환하게 비추는 것 같았다.

그것은 마음의 감옥으로부터 방금 도망쳐 나온 죄수가 느끼는 상쾌함이었다. 또한 그것은 구원이나 기독교, 어떤 법률도 없는 지역에서 야생적이고 신선하고 자유로운 공기를 마실 때의 그런 기쁨이었다. 그의 정신은 높이 뛰어올라, 비참하게 땅 위를 기어 다니던 시절에는 생각지도 못했던 하늘 가까이 올라가는 기분이었다.

원래 신앙심이 강한 사람이었으므로 그런 기분마저도 경건하게 느껴졌다.

목사는 자기 스스로를 의아하게 생각하며 소리쳤다.

"내가 정말로 다시 한 번 기쁨을 맛볼 수 있을까? 기쁨이란 것이 내 마음속에서 이미 다 죽어 버린 줄 알았는데. 오! 헤스터, 당신은 나를 구해준 천사요. 병들고 죄에 더럽혀지고 슬픔에 잠긴 몸을 숲 속의 낙엽 위에 내던졌는데, 새로운 힘이 솟아 전혀 다른 인간이 된 것만 같소. 자비하신 하느님의 영광을 찬미할 수 있게 되어 참으로 행복하오. 왜 이런 길을 좀 더 빨리 발견하지 못했을까?"

"과거는 돌아다보지 마세요. 과거는 흘러가 버렸어요. 이제 와서 흘러간 시절을 생각해 봤자 무엇 하겠어요? 저는 가슴의 이 표시와 함께 과거의 일들을 모두 던져 버리고 없었던 일로 할 겁니다. 그리고 새로운 인생을 찾겠어요."

헤스터는 이렇게 말하면서 가슴에서 주홍글씨를 떼어내어 멀리 던져 버렸다. 그 신비스러운 표시는 시냇가에 떨어졌다. 한 뼘만 더 멀리 날아갔더라면 물속으로 떨어져, 시냇물은 늘 속삭이고 있는 구슬픈 사연 외에 또 하나의 슬픔을 싣고 흘러가야 했을 것이다. 그러나 수놓은 주홍글씨는 시냇가에서 마치 잃어버린 보석처럼 빛을 발했다.

만약 어느 재수 없는 어떤 사람이 지나가다 줍기라도 한다면, 그는 두고두고 불가사의한 죄악의 환영(幻影)들에 시달리다가 까닭 모를 불행에 사로잡히게 될지도 모른다.

죄악의 표시인 낙인이 자신의 몸에서 사라지자, 헤스터는 긴 한숨을 쉬었다. 치욕과 고뇌의 무거움이 머릿속에서 모두 빠져나간 것 같았기 때문이다.

아아, 얼마나 홀가분하고 감미로운가. 얼마 만에 맛보는 자유로운 해방감인가.

자유를 맛보고 나니, 이제야 비로소 그동안 지고 있었던 짐이 얼마나 무거웠는지를 알 것 같았다.

그리하여 새로운 충동으로, 그녀는 머리를 감싸고 있던 거추장스러운 모자를 벗었다. 순식간에 풍성한 머리카락이 어깨를 덮었다. 머리카락의 풍부함 속에 명암이 나타나, 그녀의 얼굴에 부드러운 매력을 더해 주었다.

여자다운 매력을 지녀야만 솟아나올 듯한 밝고 부드러운 미소가 입가에 번졌으며, 눈에서도 빛났다. 그리고 오랫동안 창백했던 그녀의 볼이 주홍색으로 달아올랐다.

여성다움과 젊음의 아름다움이 과거로부터 되살아나서, 처녀 시절에 품었던 희망과 지금까지 맛보지 못한 행복이 한데 어우러졌다.

228

하늘과 땅을 덮고 있던 어두컴컴한 기운이 그들의 우울한 마음 탓이었다는 듯, 그들의 슬픔과 함께 어디론가 사라졌다. 갑자기 하늘이 웃음을 터뜨린 것처럼 컴컴한 숲 속에 햇살이 폭포수같이 쏟아져 내렸다.

순간 나뭇잎 하나하나까지 즐거워 보였고, 누렇게 떨어진 낙엽은 황금빛으로 변했으며, 심지어는 엄숙한 잿빛 나무들까지 광채를 발했다. 고목나무 줄기도 생기를 찾았고, 지금까지 그늘을 이루고 있던 모든 사물들이 환히 빛났다.

명랑한 빛에 반사되는 시냇물을 따라 골짜기를 더듬어 올라가면, 신비로운 기운으로 가득 찬 숲이 기쁨의 환성을 질렀다.

이리하여 인간의 법칙을 벗어난 일도 없고 높은 진리의 광명을 받아본 일도 없는 거칠고 황량한 대자연은 두 영혼에게 축하 인사를 하느라 부산했다.

사랑은 새로 싹튼 것이든 죽음 같은 잠에서 깨어난 것이든 항상 밝은 빛을 만들어 내고, 그 빛은 사람의 마음속으로 스며들어가 행복감을 느끼게 해준다.

가령 숲이 전과 다름없이 침침한 그늘을 드리우고 있었다 하더라도, 헤스터와 아더 딤즈데일의 눈에는 찬란하게 보였을 것이다.

헤스터는 새삼 기쁨에 들떠서 그에게 말했다.

"당신은 펄을 아실 거예요. 우리 두 사람의 귀여운 딸, 펄 말이에요. 전에 만나보셨지요? 정말 그랬지요. 그러나 이젠 그 애가 전과 다르게 보일 거예요. 그 애는 참으로 이상한 애예요. 저도 도무지 이해할 수가 없어요. 그러나 나 못지않게 당신도 그 애를 귀여워해 주세요. 그 애를 어떻게 다루어야 하는지도 가르쳐주세요."

"나를 좋아할까? 나는 오래전부터 아이들을 피해 왔소. 모든 아이들이 나를 못 믿어하는 눈치고, 나와 사귀기를 꺼려하기 때문이었소. 그래서 펄이 두렵기까지 하오."

목사가 불안한 듯이 말했다.

"오, 맙소사. 하지만 당신은 그 애를 좋아하게 될 거예요. 그 애도 당신을 사랑하게 될 거구요. 가까운 곳에 있으니 제가 부를게요. 펄! 펄!"

헤스터는 아이의 이름을 불렀다.

"저쪽에 있군. 시냇물 건너에서 햇빛을 담뿍 받고 서 있는 것이 보이는구려. 정말 저 애가 나를 따를 거라고 생각하오?"

목사가 말했다.

헤스터는 빙그레 웃으며 다시 한 번 펄을 불렀다.

펄은 딤즈데일 목사가 말한 대로, 좀 떨어진 곳에서 햇빛을 받고 서 있었다. 햇빛이 흔들려서인지 아이의 모습은 밝아졌다 흐려졌다 했다. 그 밝은 빛이 아지랑이처럼 아롱거려 펄의 모습이 환영같이 보이기도 했다.

아이는 현실 세계의 아이같이 보이기도 했고, 어린아이의 혼령같이 보이기도 했다. 그 아이는 엄마의 목소리를 듣고 나무들 사이로 천천히 다가왔다.

펄은 어머니와 목사가 이야기하는 동안 지루한 줄 모르고 시간을 보냈다. 넓고 어두운 숲은 세상의 죄와 고통을 몰고 온 사람들에게는 엄숙하게 보였지만, 이 외로운 아이에게는 좋은 친구가 되었다.

숲은 비록 음산했지만, 가장 친절한 표정으로 아이를 환영했다. 그리고 지난 가을에 열려, 봄인 지금 아주 잘 익어 있는 딸기를 펄에게 선물했다.

딸기는 마치 시든 잎에 떨어진 핏방울처럼 새빨갛게 맺혀 있었다. 펄은 열매를 따들고, 그 속에서 풍기는 야생적인 향기를 음미했다.

숲 속의 작은 짐승들은 펄을 보고도 도망가지 않았다. 여러 마리의 새끼를 거느린 작은 새 한 마리가 펄에게 겁을 주려고 달려왔으나, 곧 자기의 난폭한 짓을 후회하는 듯 새끼들을 향해 겁내지 말고 같이 놀아주라고 구구거렸다.

나뭇가지 위에 혼자 앉아 있던 비둘기 한 마리는 펄이 그 밑으로 가도 도망가지 않고, 인사 반 경계심 반이 섞인 소리를 내며 펄을 맞아주었다.

다람쥐 한 마리가 높은 나뭇가지의 둥우리에서 화가 났는지, 아니면 즐거운 것인지 잘 모르는 소리로 지껄여댔다.

원래 다람쥐는 성을 잘 내고 또 장난기가 많은 짐승이기 때문에 기분을 맞추기가 어렵다. 다람쥐는 펄에게 뭐라고 재잘거리다가 머리 위로 밤 한 톨을 떨어뜨렸다. 그것은 작년에 열렸던 묵은 밤이었는데, 벌써 다람쥐의 날카로운 이빨 자국이 나 있었다.

낙엽 위를 걷는 가벼운 발자국 소리에 잠을 깬 여우 한 마리가 무엇인가를 묻는 듯한 표정으로 펄을 바라보았다.

늑대 한 마리가 나타나서 펄의 옷자락 냄새를 맡을 때, 펄이 그 사나운 머리를 살그머니 쓰다듬어주었다는 이야기가 전해지고 있지만 그것은 좀 믿기 어려운 얘기인 것 같다.

그렇지만 대자연의 숲과 또 숲이 먹여 살리는 모든 야생 동물과 식물들이 어린아이에게서 자기들과 통하는 어떤 야성적인 아름다움을 발견한 것만은 사실인 듯했다.

펄은 푸른 잔디가 있는 읍내의 거리나 엄마와 함께 사는 오두막에서보다 이 숲 속에 있을 때 더 얌전했다.

꽃들도 그것을 아는 듯이 펄이 지나갈 때마다 '예쁜 아이야, 나를 꺾어서 네 옷에 달아보렴. 나를 꺾어서 네 모습을 장식하려무나.' 하고 속삭이는 듯했다.

이윽고 펄은 이 청을 듣고 오랑캐꽃이며 아네모네, 미나리꽃, 또는 늙은 나무에서 돋아난 파릇파릇한 잎사귀들을 꺾었다.

그리고 이것들을 머리와 허리에 장식하여 숲의 요정 같은 아이로 변해서, 천고(千古)의 숲과 꽃들을 즐겁게 해주었다.

엄마가 부르는 소리를 듣고 천천히 돌아왔을 때, 펄은 꽃으로 한껏 아름답게 장식되어 있었다.

펄은 될 수 있는 대로 천천히 걸어왔다. 목사가 눈에 띄었기 때문이었다.

19   주홍글씨와 펄

"당신도 저 애가 귀여워질 거예요. 참 예쁜 아이죠? 아무것도
아닌 저런 꽃들로 저렇게 멋지게 치장한 걸 보세요. 숲 속에서
진주, 다이아몬드, 루비와 같은 보석을 모았다고 해도 저렇게
어울릴 수는 없을 거예요. 참 놀라운 애죠? 난 저 애의 이마가
누구를 닮았는지 잘 알고 있어요."

헤스터 프린은 목사와 펄을 번갈아 쳐다보며 말했다.

"그런데 헤스터, 언제나 당신을 따라다니는 저 애 때문에
내가 얼마나 여러 번 놀랐는지 알고 있소? 그러나 헤스터,
그건 정말 잘못된 생각이었소. 저 애의 얼굴이 어쩌나 신기하게
도 나를 닮았는지, 사람들이 눈치채지 않을까 걱정했었소.
그런데 지금 보니 저 애는 당신을 더 많이 닮은 것 같소."

딤즈데일이 미소를 띠면서 말했다.

"그렇지 않아요. 그렇게 많이 닮진 않았어요. 조금만 더
지나면 저 아이가 누구의 아이라는 것이 알려져도 조금도 두려
워하실 필요가 없을 거예요. 아무튼 들꽃으로 치장한 아이가

놀랄 정도로 아름답군요. 마치 영국 땅에 두고 온 요정이 곱게 치장하고 우리를 맞이하러 나온 것 같아요."

두 사람은 지금까지 겪어보지 못한 새로운 경험에 휩싸여, 펄이 천천히 다가오는 것을 바라보았다. 이 아이는 두 사람을 결합시키는 유대의 줄을 가지고 있는 것이 분명했다.

펄은 지난 7년 동안 그들이 그렇게도 숨기려 애쓰던 비밀을 드러내는 살아 있는 상형문자로서 이 세상에 태어났다.

유능한 예언자 같으면 불꽃같은 그 상징의 뜻을 바로 파악하고, 이 어린애를 통해 정확히 읽어냈을 것이다. 펄은 그들의 영혼이 하나로 결합된 결과물이었다.

지난날의 죄악이야 어찌 되었든, 지금 그들은 육체적 결합과 그 결합을 이어준 정신적인 상징을 동시에 보고 있었다. 그로 인해 그들의 지상 생활과 장래의 운명이 이미 결정되어, 앞으로 그들이 영원히 함께 살게 되리라는 것은 의심할 여지가 없었다.

무엇이라고 꼬집어서 표현할 수 없는 여러 생각들이, 가까이 다가오고 있는 펄의 주위에 두려움을 던져주었다.

"펄에게 자연스럽게 대하시고, 말을 하실 때도 열정적으로 하기보다는 평상시와 같이 아무런 감정을 갖지 말고 대해 주세요. 펄은 가끔씩 갑자기 아주 사나운 성미를 부리는 요정으로 변한답니다. 특히 다른 사람이 격한 감정을 보이면 그 이유를 알기 전에는 절대로 용납하지 않아요. 그러나 사랑이 매우 많은 아이예요. 그 애는 나를 사랑하니까 아마 당신도 사랑할 거예요."

헤스터가 속삭이듯이 말했다.

"내가 펄과 만나는 것을 얼마나 두려워하고 또 얼마나 갈망했는지 당신은 알지 못할 것이오. 그러나 아까도 말했듯이, 아이들은 나와 쉽게 친해지려 들지 않아요. 내 무릎에 올라앉지도 않고 귀에다 속삭이지도 않고 미소에 응답하지도 않아요. 단지 멀리 서서 이상한 눈초리로 나를 바라보기만 할 뿐이오. 심지어는 갓난아기들까지도 내가 안기만 하면 악을 쓰고 울어요. 그런데 펄은 일생에 두 번이나 나에게 친절을 베풀어주었었지. 첫 번째는 당신이 잘 아는 일이고, 두 번째는 당신이 저 애를 저 엄격한 늙은 지사 댁에 데려왔을 때였소."

목사는 헤스터 프린을 곁눈질로 바라보며 말했다.

"당신은 그때, 저 애와 나를 위해서 용감하게 변호를 해주셨죠. 저는 그 일을 잊지 않고 있어요. 어리지만 아마 펄도 기억할 거예요. 걱정하실 것 없어요. 처음엔 좀 이상하게 생각하고 서먹서먹하게 대할 테지만, 그러나 곧 당신을 잘 따를 거예요."

펄은 건너편 시냇가에서 자기를 기다리며 이끼 낀 통나무에 나란히 앉아 있는 헤스터와 목사를 말없이 바라보았다.

아이가 발걸음을 멈추고 있는 곳에는 우연히도 시냇물이 웅덩이를 이루고 있었다. 그 물은 매우 고요하고 잔잔해서 물 위에 비친 아이의 모습이 실제의 모습보다 더욱 세련되게 보였고 생기 있어 보였다. 물에 비친 영상이 너무도 실물과 똑같아서, 마치 형체 없는 그림자의 성질에 대해 펄 자신에게 말해 주는 것 같았다.

숲 속의 어두움 속에서 물끄러미 그들을 쳐다보는 펄의 태도는 참으로 이상했다.

어떤 공감대에 이끌려서 온 것인지는 몰라도 한 줄기 햇빛이 그곳을 비추어 아이의 모습을 빛내주었다. 물속에는 또 하나의 아이가 마찬가지로 햇빛을 듬뿍 받고 서 있었다.

헤스터는 왠지 펄이 멀게 느껴지면서 알 수 없는 초조함이 밀려왔다. 혼자 숲 속을 거니는 동안 엄마와 같이 살던 세계에서 멀리 떠났다가, 이제는 돌아오려고 해도 생각처럼 되지가 않아 애를 쓰는 것처럼 느껴졌다.

그것은 잘못된 느낌이기는 했지만 전혀 근거가 없는 얘기는 아니었다. 어머니와 아이의 사이가 멀어진 것은 사실이지만, 그것은 헤스터의 잘못이었지 펄의 잘못은 아니었다.

펄이 엄마 곁을 떠나 숲 속으로 산책을 간 사이에 다른 하나의 인물이 엄마의 마음속으로 침입해 들어온 것이다. 이렇게 됨으로써 둘 사이의 모든 질서는 양상을 달리했고, 돌아온 방랑자인 펄은 자기의 위치를 찾지 못한 채 어디에 앉아야 좋을지 몰라서 어리둥절해 하는 것이었다.

"왠지 이상스런 느낌이 드는군. 저 시냇물이 우리를 두 개의 다른 세계로 갈라놓아서, 당신과 펄이 다시는 못 만날 것 같은 생각이 드는구려. 혹시 어릴 때 옛날이야기에서 들은 것처럼, 저 애가 요정처럼 되어 버려서 흐르는 물을 건너지 못하도록 금지당한 것은 아니겠지? 빨리 건너오게 해요. 펄이 주저하는 것을 보니 벌써부터 내 마음이 떨리는구려."

예민한 목사가 걱정스러운 듯 말했다.

"펄, 어서 건너와. 왜 그토록 머뭇거리지? 전에는 그런 적이 없었는데. 여기에 엄마 친구 한 분이 와 계신단다. 틀림없이 네 친구도 되어주실 거야. 네가 엄마한테서 받던 사랑을 이제부터는 두 배로 받게 될 거야. 어서 냇물을 건너서 이리로 와. 자, 너는 어린 사슴처럼 잘 뛰잖니?"

헤스터는 두 팔을 벌리고 재촉하여 말했다. 그러나 펄은 부드러운 엄마의 말에 아무런 반응도 보이지 않고 시냇물 저편에 여전히 서 있을 뿐이었다.

처음에는 반짝이는 눈으로 엄마와 목사를 번갈아 쳐다보다가, 이윽고 두 사람을 한눈에 쳐다보았다. 마치 두 사람의 관계를 알아내기라도 한 것 같았다.

아더 딤즈데일은 펄의 시선이 자신에게 집중된 것을 느끼고는 늘 하던 버릇대로 무의식중에 손을 가슴 위로 가만히 가져갔다.

펄은 아디답지 않게 엄격하고도 위엄이 가득한 표정으로 손을 내밀더니 헤스터의 가슴을 가리켰다. 발아래 시냇가의 물에도 무엇인가를 가리키는 펄의 밝은 모습이 그대로 비추어졌다.

"펄, 참으로 이상하구나. 왜 이리로 오지 않니?"

헤스터가 큰 소리로 외쳤다.

펄은 손가락으로 엄마의 가슴을 가리킨 채 이맛살을 찌푸렸다. 아직도 어린아이의 얼굴이어서 찌푸린 인상이 더욱 시선을 끌었다.

헤스터가 계속 건너오라고 손짓을 하며 익숙지 않은 미소를 전에 없이 입가에 띠자, 펄은 더욱더 엄격한 표정으로 발을 굴렀다.

시냇물 속에서도 얼굴을 찌푸린 채 손가락으로 무엇인가를 가리키는 펄의 모습이 고스란히 드러났다.

헤스터가 다시 고함을 질렀다.

"빨리 시냇물을 건너지 않으면 엄마가 화낸다. 이 장난꾸러기야, 빨리 건너와! 그렇지 않으면 엄마가 건너갈 거야!"

펄의 이런 장난에 익숙하기 때문에 다른 때 같으면 그냥 지나쳤겠지만, 지금은 조금 고분고분하게 행동해 주었으면 하는 것이 헤스터의 바람이었다. 그러나 엄마의 그런 간청이 펄에게는 조금도 전달되지 않은 것 같았다.

엄마가 위협적인 목소리로 말해도 전혀 동요하지 않던 펄은 갑자기 발끈 성을 내며 매우 화가 난 듯한 몸짓을 하더니, 손발을 버둥거리며 몸을 뒤틀었다.

이윽고 펄이 비명을 지르는 소리가 숲 속에 메아리쳤다. 아이 혼자서 분노를 터뜨렸지만, 메아리 소리로 인해 마치 수많은 아이들이 합세하여 응원을 하는 것 같았다.

화가 난 펄의 모습이 시냇물 속에 다시 나타났다. 여전히 머리와 허리에 꽃을 단 채 격분한 몸짓으로 발을 구르고 몸부림을 치면서 작은 손가락으로 헤스터의 가슴을 가리켰다.

"아, 저 애가 왜 저러는지 알겠어요."

헤스터가 혼잣말을 중얼거리듯이 말했다.

자신의 괴로움과 노여움을 감추려고 애를 쓰는 헤스터의 얼굴이 몹시 창백했다.

"아이들이란 낯익은 모습이 조금이라도 달라지는 것을 용납하지 않는 법이에요. 펄은 내가 늘 지니고 있던 것이 보이지 않는다고 저런 행동을 하는 거예요."

"제발, 저 애를 달랠 수 있는 방법이 있거든 빨리 좀 달래보구려. 하지만 난 히빈스 부인 같은 늙은 마녀가 성내는 것 말고는 아이들이 화내는 것은 싫지 않소. 하지만 쭈글쭈글한 늙은 마녀도 그렇지만, 펄의 예쁜 얼굴도 화를 내니까 이상한 힘이 느껴지는군. 나를 사랑하거든 제발 저 애 좀 달래 봐요."

목사가 애써 미소를 지으며 말하자, 헤스터가 뺨을 빨갛게 물들이며 한숨을 지었다.

그러나 그녀의 뺨에 어린 홍조는 이내 사라지고 다시 백짓장처럼 변했다. 그녀는 다시 슬픈 목소리로 펄에게 말했다.

"펄! 네 발밑 좀 봐. 거기, 네 앞의 시냇물 이쪽 말이야."

펄은 엄마가 말한 곳으로 시선을 돌렸다. 그곳에 주홍글씨가 떨어져 있었다. 시냇물과 가까이 있어서 금실로 수놓은 글씨가 물에 반사되었다.

"그것을 가지고 이리로 오렴."

헤스터가 말했다.

"엄마가 와서 가져가요."

펄이 소리쳤다.

"저런 애는 처음 봤어요. 저 애에 대해서는 당신께 드릴 말씀이 많아요. 하지만 저 가증스러운 표시에 대해서는 저 애의 생각이 옳아요. 주홍글씨가 주는 고통을 얼마간은 더 참아야 할 거예요. 이 고장을 떠나서, 먼 훗날 이곳을 회상할 때까지는 말이에요. 이 숲도 저 표시를 감추지 못하는군요. 하지만 넓은 바다가 저것을 영원히 집어삼킬 거예요."

헤스터는 이런 말을 중얼거리며 시냇가로 걸어갔다. 그리고는 주홍글씨를 집어 들어 그것을 다시 가슴에 달았다.

조금 전만 해도 희망을 가지고 그 표시를 영원히 바다에 던져 버리겠다고 말했으나, 그녀가 이 죽음과도 같은 치명적인 표시를 운명의 손으로부터 또다시 받아드는 순간 이 고통은 결코 헤어날 수 없는 숙명이라는 생각이 들었다.

그녀는 그 표시를 무한한 공간 속으로 던지고 한 시간 동안 자유로운 공기를 마셨다. 그런데 다시 그 주홍글씨가 제자리로 되돌아와 번쩍번쩍 빛을 발하고 있는 것이다. 그러고 보면 죄악이란 한 번 범하면 그것이 어떤 표시로 상징되든지 간에 영원히 숙명적인 성격을 띠게 마련인 모양이다.

헤스터는 윤기 나는 머리카락을 걷어 올려 다시 모자 속으로 집어넣었다. 그 슬픔의 주홍글씨는 생명을 시들게 하는 마술의 힘이라도 지녔는지, 헤스터의 아름다움과 따스함마저도 지는 태양처럼 사라져 버리게 했다. 그녀의 얼굴에 다시 검은 그늘이 내려앉았다.

슬프디 슬픈 의식(?)이 끝나자, 헤스터가 펄에게 팔을 벌렸다.

그러고는 온순하고 조용한 음성으로 말했다.

"펄, 이제 네 엄마를 알아보겠니? 이젠 건너와서 엄마를 불러보렴. 엄마가 이 수치의 주홍글씨를 다시 달았고, 다시 슬퍼졌으니까 말이야."

"응, 그럴게요."

펄은 싹싹한 목소리로 대답하더니, 시냇물을 건너 뛰어와서 헤스터를 두 팔로 부둥켜안았다.

"이젠 진짜 우리 엄마야. 나는 엄마의 딸 펄이고."

전에 없던 부드러운 마음이 생겼는지, 펄은 헤스터의 머리를 끌어당겨 이마와 뺨에 입을 맞추었다.

펄은 누구에게 위안을 주고 나서는 반드시 괴로움도 주고야 마는 이상한 버릇이 있었는데, 이번에도 그 버릇이 발동했는지 뺨에 입을 맞춘 다음 주홍글씨에도 입을 맞추었다.

"이건 또 뭐냐? 넌 나를 사랑하는 것 같더니, 그게 아니구나. 이렇게 조롱을 하다니……."

헤스터가 말했다.

"목사님은 왜 저기에 앉아 있지?"

펄이 물었다.

"너를 반기려고 지금껏 기다리고 계셨어. 어서 가서 목사님께 축복을 빌어달라고 해. 펄, 저분은 너를 매우 사랑하셔. 그리고 엄마도 사랑한단다. 빨리 가자. 목사님은 너를 무척 보고 싶어 하셔."

엄마의 말에, 펄은 냉정하고 날카로운 눈초리로 엄마를 쳐다보며 물었다.

"그럼 목사님이 우리 손을 잡고 함께 마을로 가주신대?"

"지금은 아냐, 펄. 하지만 앞으로 우리는 집을 구하고 벽난로도 가질 수 있을 거야. 그리고 너는 목사님의 무릎 위에도 앉을 수 있고…… 또한 목사님은 너에게 여러 가지를 가르쳐주시고 너를 무척 사랑해 주실 거야. 너도 목사님을 사랑하지?"

헤스터가 말했다.

"그런데 목사님은 왜 언제나 손을 가슴에 얹어요?"

"바보 같으니라고! 그건 또 무슨 말이니? 자, 어서 가서 축복을 빌어달라고 하렴."

헤스터는 분노 섞인 말투로 소리치다가 다시 조용한 음성으로 말했다.

그러나 귀여움을 받고 자란 아이가 갑자기 애정을 위협하는 경쟁 상대가 나타났을 때 본능적인 질투를 보이게 마련이듯, 펄도 그런 감정의 지배를 받았는지 아니면 변덕스러운 성격 때문인지 선뜻 목사에게 호의를 보이지 않았다.

엄마가 강제로 끌어다가 목사의 앞에 서게 하자, 펄은 묘하게 얼굴을 찡그리고서 뒤로 물러나며 싫다는 몸짓을 해보였다. 갓난아기 때부터 얼굴을 찌푸리는 버릇이 있었기 때문에, 펄의 얼굴에는 심술궂은 표정이 다양하게 나타났다.

목사는 몹시 당황했지만, 혹시 입을 맞춰주면 펄이 보다 친절한 태도를 보이지 않을까 하는 기대를 가지고 펄의 이마 위에 부드러운 키스를 했다.

그러자 펄은 엄마도 뿌리치고 시냇가로 달려가더니, 물 위에 엎드려서 흐르는 물에 오랫동안 이마를 문질러 닦았다.

그리고는 헤스터와 목사가 앞으로 실행해야 할 일과 대처할 일에 대해 여러 가지로 이야기를 나누는 동안 조용히 두 사람을 지켜보았다.

이리하여 이 두 사람의 운명적인 상봉은 끝이 났다.

숲 속은 다시 컴컴한 고목들 사이에서 쓸쓸히 본래의 모습으로 되돌아갔다. 나무들은 수많은 혀를 가지고 그곳에서 일어난 일에 대해 두고두고 속삭일 것이다.

그리고 우울한 시냇물은 이미 가슴에 사무친 사연들 속에 또 하나의 이야기를 담아 흐를 것이다. 조잘조잘 흐르고 있는 시냇물은 여러 세대가 지나도 명랑해지지 못한 채 계속 그렇게 흘러갈 것이다.

20 갈등과 유혹

딤즈데일 목사는 펄과 헤스터 프린보다 먼저 그곳을 떠나 길을 걸어가면서 뒤를 돌아보았다. 숲의 어둠 속으로 차츰 빨려 들어가고 있는 헤스터와 펄의 모습은 이제 윤곽밖에는 보이지 않았다.

그가 걸어온 삶은 기복이 하도 심해서 지금 일어나고 있는 일들을 선뜻 받아들이는 것이 쉽지 않았다.

그러나 회색 옷을 입은 채 아직도 그 고목 옆에 그대로 서 있는 헤스터의 모습은 부인할 수 없는 눈앞의 현실이었다.

오랜 옛날 천둥과 번개에 쓰러진 나무 위에는 세월의 흐름에 따라 무성한 이끼가 끼었지만, 이 세상에서 가장 무거운 짐을 지고 살아가는 불행한 두 사람이 단 한 시간이라도 앉아서 휴식과 위로를 얻게 해주는 데 충분한 역할을 했다.

지금까지 침입했던 제삼자가 가 버리자, 펄이 즐거운 마음으로 시냇가에서 사뿐사뿐 춤을 추며 엄마 곁으로 다가가 앉는 것이 목사의 눈에 보였다.

그 광경을 바라보면서, 목사는 자신이 꿈을 꾸고 있는 것이 아니라 현실 세계에 있음을 확연히 깨달았다.

딤즈데일 목사는 막연하고도 갈팡질팡하는 마음에서 헤어 나오려고, 헤스터와 함께 나누었던 새 출발에 대한 계획을 다시 검토해 보았다.

인디언의 오두막들과 유럽인의 식민지가 해안을 따라 드문 드문 있는 뉴잉글랜드나 거친 아메리카 대륙 전체보다 많은 사람과 도시가 있는 구세계(舊世界)가 두 사람의 몸을 숨기는 데 더 적절한 은신처가 될 것이라고 생각했다.

목사의 건강이 삼림 속에서의 험난한 생활을 견디기에는 적당하지 않을 뿐더러 그의 타고난 재능, 교양 그리고 모든 인격적인 면에서도 문명의 수준이 높으면 높을수록 적응하기 에 좋을 것 같았다.

이러한 결단을 부추기기라도 하듯이, 우연하게도 항구에 배 한 척이 정박하고 있었다. 그 배는 확실히 해적선은 아닌 것 같았고, 이곳저곳을 종횡무진 하는 수상쩍은 순항선의 하나 인 듯했다.

카리브 해의 연안 부근에서 온 지 얼마 안 되는 이 배는 사흘 후에 영국 브리스톨을 향해 출항할 예정이었다.

자칭 자비의 수녀라는 이름으로 봉사하던 헤스터 프린은 선장과 선원들을 잘 알고 있었다.

그래서 그들에게 어른 둘과 어린이 한 명의 배편을 부탁했고, 절대 다른 사람들에게 알려지면 안 되므로 비밀을 보장하겠다는 다짐까지 받아두었다.

목사는 깊은 관심을 보이면서 배가 떠나는 정확한 날짜를 헤스터에게 물어보았다. 그날로부터 사흘 후면 떠나게 된다고 하자, 목사는 '그것 참 잘됐군.' 하고 중얼거렸다.

왜 목사가 잘된 일이라고 생각했는지, 그 이유는 여기서 밝히지 않기로 하겠다.

그러나 독자의 궁금증을 밝히기 위해 좀 더 솔직히 말한다면, 실은 그날로부터 사흘째 되는 날에 딤즈데일 목사는 선거 축하 예배에서 설교를 하기로 되어 있었다. 이러한 기회를 갖는 것은 뉴잉글랜드 지방의 목사에게는 평생의 영광이라고 생각할 정도로 대단한 일이었다.

따라서 그는 목사직을 그만두는 마당에 이보다 더 좋은 기회는 없을 거라고 생각했다.

이 성실한 목사는 사람들이 다음과 같이 말할 것이라고 생각했다.

'그분은 할 일을 남겨놓고 떠나는 분이 아니야.'

그러나 이처럼 강한 통찰력을 지닌 사람이 이렇게도 비참하게 속아 넘어가다니, 참으로 애석한 일이 아닐 수 없다.

그동안에도 말해 왔지만, 이 목사에 대한 나쁜 점을 앞으로 더 이야기할지 모른다.

그러나 이번 경우처럼 그의 약점이 드러난 적은 없었다. 또한 자기 인격의 근본을 좀먹어 들어가는 이상한 병의 징후가 이번처럼 뚜렷하게 나타난 적도 없었다.

오랜 세월 동안 자기 자신만이 아는 얼굴과 세상 사람들이 판단하는 두 가지 얼굴을 갖고 살아오다 보면, 어떤 것이 자신의 진짜 얼굴인지조차 모르게 되는 모양이다.

헤스터를 만나고 돌아오는 딤즈데일 목사는 전에 없이 흥분된 감정으로 돌아가 몸의 활기를 되찾고 있었다. 숲 속의 길은 생각했던 것보다 거칠고 울퉁불퉁한 장애물이 많았으며, 사람들의 발자취도 드물었다. 그러나 그는 물웅덩이를 건너뛰는가 하면 몸에 얽혀드는 덤불을 헤치고 언덕으로 올라가 움푹 팬 곳에서 뛰어내리기도 했다. 그는 자기도 놀랄 만한 활력으로 그 모든 장애물을 삽시간에 극복했다.

불과 이틀 전만 하더라도 바로 그 길을 갈 때 숨이 차서 잠깐씩 쉬며 얼마나 힘없이 걸어갔던가를 생각했다.

보스턴 거리가 가까워지자, 눈앞에 나타난 광경들이 매우 생소하게 느껴졌다. 이 광경들을 마지막으로 본 것이 하루나 이틀 전의 일이 아니라, 여러 날 아니 여러 해 전의 일인 것처럼 생각되었다.

길거리의 모습도 그가 기억하던 모습 그대로였고, 박공지붕 (건물의 모서리에 추녀가 없고, 용마루까지의 측면 벽이 삼각형으로 된 지붕)이 많이 달린 특이한 집들과 그 꼭대기마다 달린 풍향계도 변함없이 그대로였다. 그러나 변했다는 느낌은 지워지지 않았다.

거리에서 오가며 만나는 사람들이나 이 마을에서 잘 알려진 사람들의 모습도 마찬가지였다. 그들이 더 늙어 버렸거나 아니면 더 젊어진 것은 아니었다. 노인의 턱수염이 더 희어진 것도 아니고, 어제까지 기어 다니던 갓난아이가 오늘 갑자기 걸어 다니는 것도 아니었다. 물론 그들과 작별한 것이 바로 엊그제였으므로 사람들이 어떻게 달라졌는지 설명할 수는 없었다.

그럼에도 불구하고, 그는 사람들이 변했다고 생각되었다. 이런 마음은 자기 교회의 벽 모퉁이를 지날 때도 마찬가지였다. 교회 건물이 낯익으면서도 이상할 만치 낯설게 보였다.

그래서 그는 지금 자기가 그동안 꿈속에서만 교회를 보았거나 아니면 자기가 지금 꿈을 꾸고 있는 것은 아닌가 싶어 약간의 혼란이 일어났다.

여러 가지 형태로 나타나는 이 현상들은 외면적으로는 어떤 변화도 보이지 않았지만, 낯익은 풍경을 바라보는 인간 쪽에서 볼 때는 하도 급작스럽고 중대한 것이어서 하루가 마치 몇 년이나 지난 것처럼 느껴졌다.

목사의 의지와 헤스터의 의지, 그리고 두 사람 사이에 싹튼 운명이 이런 변화를 가져온 것이었다.

그 거리는 어제와 다름없는 거리였지만, 숲 속에서 돌아온 목사는 지난날과는 이미 다른 사람이었다.

그는 어쩌면 만나는 사람들에게 이렇게 말했을지도 모른다. '나는 자네들이 생각하는 그 사람이 아니야. 그 사람은 저 숲 속 깊숙한 골짜기의 은밀한 곳인, 통나무와 이끼 낀 나무 덩굴 옆에 두고 왔어. 거기에 가서 자네들의 목사를 찾아보게나.

그의 수척한 몸, 고통과 번민의 주름이 잡힌 희고 침통한 이마, 그런 것이 마치 벗어놓은 옷처럼 그곳에 팽개쳐져 있을 걸세.'

그러면 사람들은 그 말을 믿으려 하지 않고, 당신이 바로 그 사람이라고 말할 것이다. 그러나 그것은 그들이 잘못된 것이지, 목사가 잘못된 것은 아니었다.

딤즈데일 목사가 집에 도착하기 전에 그의 마음속에 숨어 있던 또 하나의 인간은 그의 생각과 감정에 혁명을 일으키고 있다는 증거를 제시해 주었다.

사실 목사의 내면세계에서 왕조(王朝)와 도덕률에 근본적인 대변혁이 일어나지 않았다면, 스스로가 놀라고 있는 이 불행한 충동들을 적절하게 설명할 길이 없을 것이다.

걸음을 옮길 때마다 목사는 무엇인가 기묘하게 나쁜 일을 저지르고 싶다는 생각에 사로잡혔다. 그것은 자발적이면서도 의도적이었지만, 어쩔 수 없이 일어나는 일이기도 했다. 그와 동시에 억제하려는 자아와 또 다른 자아가 충동질하는 것이기도 했다.

예를 들면, 그는 길에서 교회 장로 한 사람을 만났었다. 이 노인은 점잖은 인격을 가진 사람으로, 아버지 같은 애정과 장로의 특권을 가지고 목사에게 말을 걸었다. 나이로 보나 교회의 지위로 보나 그것은 마땅한 일이었다.

그 태도에는 애정과 동시에 목사에 대한 존경어린 숭배심이 나타나 있었다. 그것은 목사라는 지위와 동시에 목사 자신이 당연히 요구하는 것이었다.

노년의 예지가 윗사람에 대한 복종이나 존경에 얼마나 일치될 수 있는 것인가를 나타내는 일로, 이보다 더 아름다운 모습은 없을 터였다.

그런데 딤즈데일 목사는 흰 수염이 난 장로와 몇 마디 말을 나누는 도중에, 마음속에서 불경스러운 말을 하고 싶은 충동이 일어나는 것을 억지로 참아야 했다. 혹시나 자기도 모르는 사이에 말이 아무렇게나 나오지는 않았을까?

자신의 본심은 절대로 그렇지 않지만 무의식중에 그런 말이 나왔노라고 변명하게 되지나 않을까 싶어 목사는 부들부들 떨었고, 얼굴은 잿빛으로 변해 있었다.

한편으로는 이 믿음 깊은 장로가 목사의 불경한 말을 듣고 얼마나 대경실색할까를 생각하니 웃음이 나와서 견딜 수가 없었다.

이 밖에도 또 하나의 사건이 있었다. 부지런히 길을 걸어가던 목사는 그의 교회 신자 중에서 가장 나이가 많은 한 부인을 만났다.

그녀는 참으로 신앙심이 깊고 모범적이었으나 가난하고 외로운 과부여서, 묘지에 묘비가 가득 차 있는 것처럼 죽은 남편이나 자식들 그리고 오래전에 떠나간 친구들에 대한 생각으로 가득 차 있었다. 다른 사람의 경우라면 어쩔 수 없는 슬픔이 되었겠지만, 믿음이 깊은 이 부인에게는 종교적인 위로와 진리로 말미암아 그것이 하나의 엄숙한 기쁨이 되어주었다.

이 부인은 30년 이상 이러한 위안과 진리로 자기를 지탱해 오고 있었다. 또한 딤즈데일 목사가 자기를 담당하게 된 후로는 이 부인이 세상에서 받은 유일한 위안은 — 그것은 또한 천국의 위안이기도 하기 때문에 참된 위안이 될 수 있었지만 — 향기롭고 따뜻한 천국의 입김이 서려 있는 진리의 말씀을 — 완전히 들리지는 않았지만 — 집중해서 듣는 것이었다.

그러나 이번에는 공교롭게도 목사가 부인의 귓가에 입술을 대는 순간까지도 성경 구절이 하나도 떠오르지 않았다. 대신에 인간의 영혼 불멸에 반대하는 짧고도 강렬한, 반론의 여지조차 없는 몇 마디 말밖에는 도무지 생각나지 않는 것이었다.

이와 같은 말이 부인의 마음에 그대로 주입되었더라면, 그녀는 지독한 독약을 먹은 것처럼 그 자리에 쓰러져서 죽었을지도 모른다.

목사는 자기가 도대체 무슨 말을 지껄였는지 생각나지 않았다. 다행히 목사의 말이 지리멸렬하여 이 선량한 과부가 이해할 만하게 전달하지 못했거나, 아니면 하느님의 섭리에 의해 설명을 했거나 둘 중 하나였다.

목사가 뒤를 돌아보았을 때, 부인은 주름투성이의 얼굴이 파리해진 상태에서 하늘나라에서 오는 영광된 빛을 만나기라도 한 것처럼 오히려 감사와 감격의 표정을 드러내고 있었다.

이와 비슷한 세 번째의 이야기가 또 있다.

그가 가장 나이 많은 교인과 헤어진 다음, 이번에는 교회에서 가장 나이가 어린 여자를 만나게 되었다. 그 소녀는 철야 기도가 있은 바로 다음 주일날에 딤즈데일의 설교를 듣고 입교한 여자였다.

그날 설교의 내용은 '세상의 덧없는 환락을 천국의 희망과 바꾸어라. 인생이 차츰 어두워짐에 따라 그 희망은 더욱 빛나리라. 그리고 최후의 심판 날 금빛 영광에 참예하게 되리라.'라는 것이었다.

소녀는 천국의 낙원에 핀 백합화처럼 아름답고 청순했다. 목사는 이 순결무구한 소녀의 가슴속에 모셔져 있는 그 영상이 바로 자기 자신이며, 그 모습의 둘레에는 눈처럼 흰 커튼이 드리워져 있을 거라고 상상했다. 그리고 커튼 뒤에는 따뜻한 사랑이 자리하고 있고, 그 사랑에는 티 없는 믿음이 얽혀 있을 거라고 생각했다.

이 불쌍한 소녀는 그날 오후 비참한 유혹을 받게 되었다. 타락하고 자포자기한 목사가 지나가는 길목에 그녀가 나타났는데, 이는 악마의 소행인 것이 분명했다.

이 소녀가 가까이 가자, 악마는 목사에게 단시일 내에 검은 꽃을 피우고 검은 열매를 맺게 하고 악의 씨를 조그맣게 뭉쳐서 저 소녀의 가슴속에다 떨어뜨리라고 속삭였다.

목사는 자기를 진심으로 믿고 있는 이 청순한 소녀의 영혼에 자신이 크나큰 영향력을 미치고 있다는 것을 잘 알고 있었으므로, 자기가 한 번만 악한 눈으로 쳐다보면 그녀 안에 자리한 양심의 들이 메마르고 사악한 영혼이 될 거라고 생각했다.

그래서 목사는 지금까지 감내했던 것보다 더 큰 인내력으로 설교용의 긴 옷으로 얼굴을 가리고는 모르는 체하고 지나갔다.

나중에 그녀가 자신의 무례함에 대해 뭐라고 하든, 목사는 아랑곳하지 않은 셈이었다.

그 소녀는 목사의 행동을 꾹 참아낼 수밖에 없었다. 그리고 호주머니나 바느질 주머니처럼 해로운 것이 하나도 들어 있지 않은 자신의 양심 주머니를 뒤져보았다. 가엾게도 소녀는 없는 잘못을 들춰내고, 그 잘못으로 자기 자신을 책하지 않을 수 없었다. 그래서 그다음 날 아침에는 퉁퉁 부은 얼굴로 집안일을 돌보아야만 했다.

목사는 마지막 유혹을 물리치고 난 기쁨을 즐길 겨를도 없이, 이보다 더 기묘하고 허황한 일을 저지르고 싶은 충동에 사로잡혔다. 그것은 — 부끄러워서 말도 꺼낼 수 없는 이야기지만 — 길을 가다가 길에서 놀고 있는, 겨우 말을 배우기 시작한 아이들에게 나쁜 말을 가르쳐주고 싶은 충동이었다. 그러나 자신의 옷차림으로 보아서도 그런 짓은 안 된다고 간신히 자제했다.

그런데 카리브 해 근처에서 온 술 취한 선원이 눈앞에 나타났다. 지금까지 모든 충동들을 용감하게 물리쳐 왔기 때문에, 그는 여기서 이 타르투성이의 사나이와 악수를 나눈 다음 방탕한 선원들이 흔히 해대는 망측스러운 농담을 지껄이거나 재미있고 속 시원하게 하느님에 대한 욕을 실컷 하면서 놀고 싶었다.

그러나 그가 이 마지막 위기도 잘 모면할 수 있었던 것은 그의 타고난 취미가 고상했고, 목사로서의 원칙을 준수해야 한다는 엄격한 습관 때문이었다.

'이렇게 나를 따라다니며 유혹하는 것은 도대체 무엇일까?'

목사는 마침내 길가에 멈춰 서서 손으로 이마를 짚으며 마음 속으로 외쳤다.

'내가 미친 것일까? 아니면 완전히 악마의 손에 넘어가 버린 것일까? 내가 숲 속에서 악마와 피로 서명이라도 한 것일까? 그래서 오직 악마만이 생각해 낼 수 있는 온갖 사악한 짓을 수행하라고 암시하며 그것을 촉구하고 있는 것일까?'

딤즈데일 목사가 이마를 짚고 이런 생각에 잠겨 있을 때, 마침 마녀라고 소문난 히빈스 부인이 그곳을 지나갔다.

그녀는 머리를 높이 장식하고, 호화스런 벨벳 차림에다 유서 깊은 노란색 풀을 먹인 옷깃을 달고 있었다. 그 노란색 풀은 그녀의 친한 친구였던 앤터너가 토머스 오버베리 경 살해사건 으로 교수형을 당하기 직전에 부인에게 가르쳐주었다는 비법 이었다.

히빈스 부인이 목사의 생각을 알고 있었는지는 확실치 않으 나, 갑자기 그의 앞에 걸음을 멈추더니 얼굴에 교활한 미소를 지었다. 그리고 목사와 대화를 하지 않던 평소와는 달리 계속 그의 눈치를 보면서 말을 걸었다.

"아, 목사님, 숲 속에 다녀오셨군요? 다음에 가실 때는 미리 알려주세요. 기꺼이 동반해 드릴 테니까요. 자랑은 아니지만 제가 한마디만 하면, 목사님도 잘 아시는 숲 속의 마왕님이 잘 대접해 주실 테니까요."

마녀는 높은 머리 장식을 끄덕거리며 말했다.

"부인, 제 양심과 인격을 걸고 말씀드립니다. 그 말씀의 뜻을 이해할 수 없군요. 저는 마왕을 만나려고 숲 속에 갔던 것이 아닙니다. 또 앞으로도 그런 사람의 대접을 받을 생각은 없습니다. 저는 독실한 신자이며 친구인 엘리엇 전도사를 만나기 위해서 그곳에 갔고, 그가 이교도로부터 기독교로 개종시킨 귀중한 영혼들을 위해 함께 축복하고 오는 길입니다."

목사는 부인의 높은 신분에 어울리도록, 그리고 목사의 가정 교육에 어울림직한 예의 바른 태도로 대답했다.

"하하하! 그렇겠지요. 대낮에는 그렇게 말할 수밖에. 대단한 솜씨군요. 그러나 한밤중에 숲 속에 가면 얘기가 달라질 거예요."

마녀는 머리를 계속 끄덕거리면서 말했다. 그녀는 노부인답게 걸어갔지만, 목사의 은밀한 비밀을 알고 있다는 듯이 가끔씩 뒤를 돌아다보며 웃고 있었다.

목사는 생각했다.

'결국 내 몸을 저 악마에게 팔아 버린 셈이구나. 사람들의 말이 옳다면, 벨벳 옷을 입은 저 노파가 왕이며 주인으로 모신다는 그 마왕에게······.'

가엾은 목사는 스스로 이렇게 자기의 영혼을 팔아넘기는 것과 같은 계약을 한 것이다.

행복한 꿈의 유혹을 받고 죄악이라는 것을 알면서도 일부러 굴복했는데, 이것은 전에는 없던 일이었다.

그 죄의 독소는 눈 깜짝할 사이에 정신의 전 영역까지 퍼져 갔다. 또한 이 독은 깨끗한 모든 충동을 마비시키고 온갖 더럽혀진 충동을 일으켰다.

원한, 독설, 악의, 이유 없이 남을 해치려는 욕망, 선하고 신성한 것에 대한 조소, 이런 것들이 한꺼번에 깨어나서 두려움을 동반한 채 그를 유혹했다.

히빈스 부인과 만났던 일이 만약 환상이 아닌 현실이었다면, 그것은 그가 세상의 악인들이나 사악한 망령들의 세계에 대해 느끼고 있는 공감과 우정을 증명하는 일일 따름이었다.

얼마 후, 목사는 묘지 근처에 있는 자기의 집으로 돌아갔다. 그리고 층계를 뛰어올라가 곧 자기 방으로 숨어 버렸다.

집으로 오는 동안, 자기를 사로잡으려 했던 괴상하고 사악한 충동이 사람들 사이에서 폭로되는 일 없이 무사히 집까지 당도했다는 사실이 그나마 다행스럽게 생각되었다.

그는 낯익은 자기 방에 있는 책, 창문, 벽난로, 무늬 있는 천으로 장식된 벽 따위를 둘러보았다. 그런데 아까 숲에서 거리로 나왔을 때부터 줄곧 자기를 사로잡고 있던 이상한 감정이 그곳에서도 다시 느껴졌다.

이 방에서 그는 공부도 하고 글도 썼었다. 그리고 단식과 철야 기도로 기진맥진해져 쓰러지기도 했고, 기도를 드리면서 수천 수백 가지의 고뇌에 빠지기도 했다.

풍부한 고대 헤브라이어로 쓰인 성경에서는 모세와 예언자들이 그에게 말을 걸었고, 하느님의 음성이 울려 퍼지기도 했다.

테이블 위에는 잉크가 묻은 펜이 있고, 완성되지 않은 설교 원고가 놓여 있었다. 이틀 전에 생각이 중도에서 막혀 글쓰기를 중단한 채 그대로 놓아둔 것이다.

갖가지 어려움을 겪으면서도 지사 취임 축하 설교문을 여기까지 쓴 사람이 바로 여위고 창백한 목사 자신이었다는 것을 그는 잘 알고 있었다.

그는 호기심이 가득한 마음으로 그리고 연민하는 듯한 마음으로 과거의 자신을 바라보았다. 그러나 이렇게 멀리 떨어져서 바라보니, 한편으로는 자기 자신이 부럽기도 했다.

하지만 과거의 자기 모습은 이미 사라지고 없었다. 숲에서 돌아온 사람은 자기가 아니고 다른 사람이었다. 단순하던 과거의 자기로서는 도무지 다다를 수 없는 신비로운 지식을 갖춘 현명한 사람이 되어서 돌아온 것이다. 그러나 그 지식은 쓰디쓴 것이었다.

이런 생각에 잠겨 있을 때 문을 두드리는 소리가 났다.

혹시 악마를 만나는 것이 아닌가 하는 생각이 들었다.

"들어오시오."

과연 그의 예감은 맞았다. 들어온 사람은 로저 칠링워드였다.

목사는 한 손을 헤브라이 성경 위에 놓고 또 한 손은 가슴에 얹은 채 파랗게 질려 있었다.

"목사님, 잘 다녀오셨습니까? 그 훌륭하신 엘리엇 전도사님은 어떠십니까? 그런데 목사님의 안색이 좋지 않습니다. 광야

를 여행했던 것이 너무 고되었던 모양입니다. 내일 축하 설교를
하시려면 기운을 차리셔야 할 텐데, 저의 도움이 필요하시지는
않습니까?"

의사가 말했다.

"괜찮습니다. 오랫동안 서재에만 틀어박혀 있다가 여행을
하고 또 훌륭하신 전도사님을 만나 뵙고 공기도 쐬었더니 매우
좋습니다. 이제는 선생이 지어주는 약이 필요 없을 것 같습니다.
물론 선생이 친절하게 지어주신다는 것은 알고 있었습니다
만……."

그러는 동안 로저 칠링워드는 의사가 환자를 대하는 신중하
고도 강렬한 시선으로 목사를 주시하고 있었다.

목사는 이 늙은이가 겉으로는 아무렇지 않은 척하지만 속으
로는 자기가 헤스터 프린을 만났었다는 사실을 이미 알고 있거
나 아니면 적어도 의심하고 있다고 확신했다.

의사는 목사의 안중에 자신이 전처럼 신뢰하는 친구가 아닌,
증오와 원한의 관계로 보인다는 사실을 눈치채고 있을 것이다.

사실 이 정도까지 알려져 있으므로 그중의 일부라도 말해
버리는 것이 자연스러울 것이다. 그러나 말로써 어떤 일을
구체적으로 설명하기까지는 훨씬 오랜 시간이 걸리는 법이다.

그리고 두 사람이 만나 얘기할 때 어떤 문제를 회피하려
들면, 바로 문제의 앞에 이르렀어도 결국 아무 말도 못하고
헤어질 때가 많은 법이다.

그래서 이번에도 목사는 로저 칠링워드가 자기들의 비밀에

대해 확실한 말로 거론하리라는 걱정은 조금도 하지 않았다.

그러나 의사는 그의 독특하고 음흉한 방법으로 목사에게 은밀히 접근했다.

"오늘 밤만은 제 변변치 못한 의술에 기대보시는 것이 어떨까요? 사실 축하 설교라는 중대한 일을 앞두었기에 목사님은 원기 왕성하셔야 하며, 건강 유지에 최선을 다해야 합니다. 사람들은 목사님에게 큰 기대를 걸고 있습니다. 내년에는 목사님이 이 세상에 안 계실지도 모른다고 걱정하면서 말입니다."

"그래요. 저 세상으로 가 버린다면……. 그곳은 여기보다 나은 곳이면 좋겠습니다. 사실은 앞으로 이런 상태로 일 년을 더 지체할 수 없을 것 같고, 선생님의 치료도 필요 없을 것 같습니다."

"정말 반가운 얘기입니다. 그동안 치료했던 것이 아무 효과가 없었는데, 이제야 효험이 나타나는 것 같습니다. 목사님이 완전히 건강을 회복하신다면 나 역시 행복할 것이고, 그래서 뉴잉글랜드 지방 전체의 감사를 받아도 마땅할 것입니다."

의사가 말했다.

"늘 변함없이 저를 돌봐주신 것에 대해 정말 감사드리며, 선생님의 친절에 기도로써 보답해 드리겠습니다."

딤즈데일 목사는 엄숙한 미소를 지으며 말했다.

"훌륭한 분의 기도는 황금과 같은 것이지요. 그렇습니다. 그것은 하늘의 도장이 찍힌 새 예루살렘의 금화입니다."

의사가 방을 나가면서 말했다.

혼자 남은 목사는 심부름하는 사람을 시켜서 음식을 마련하게 하고, 음식이 나오자 왕성한 식욕으로 그것을 먹어치웠다. 그리고 쓰다 만 축하 설교 원고를 불 속에 집어 던지고는 곧새 원고를 쓰기 시작했다.

그는 어떤 새로운 영감이라도 받은 듯이 사상과 감정이 충동적으로 흘러나와 단숨에 원고를 써 내려갔다. 그리고 숭고하고 장엄한 신탁(神託)의 음악이 자신처럼 더럽혀진 파이프 오르간을 통해 세상에 전달되는 것을 하느님이 왜 묵인하고 계시는지 놀라울 뿐이었다.

그러나 그 의문은 저절로 해결이 되도록 내버려두거나 또는 영원히 미해결인 채로 놔두기로 하고, 목사는 서둘러서 원고를 쓰는 데만 열중했다.

이리하여 그날 밤은 날개 돋친 말처럼 그렇게 흘러가고, 목사 자신도 그 말에 탄 것처럼 거침없이 질주했다.

아침이 되자, 커튼 틈새로 새벽이 낯을 붉히며 그의 방에 햇빛을 비추었다. 목사는 눈이 부셨다.

펜을 들고 앉아 있는 그의 곁에는 원고가 수북이 쌓여 있었다.

21 ___ 경축일의 광장

신임 지사가 임명되는 날 아침, 헤스터 프린과 펄은 광장으로
나갔다. 그곳에는 벌써 각종 장인(匠人)들과 그 밖에 많은
잡인들이 모여 있었다.

또 그들 중에는 험악한 인상을 가진 사람들이 섞여 있었는데,
사슴가죽 옷을 걸치고 있는 것으로 보아 이 도시를 둘러싸고
있는 숲 속 개척지의 사람들이라고 짐작되었다.

과거 7년 동안 다른 행사에서도 언제나 그랬지만, 이런 경축
일에도 헤스터는 거친 회색빛의 옷을 입고 있었다. 그녀의
옷 빛깔보다도, 형언할 수 없이 독특한 옷 모양이 오히려 그녀의
개성을 감춰 버려서 남의 눈에 띄지 않는 존재로 만들었다.

그러나 주홍글씨가 다시 그녀를 희미한 상태에서 끌어내어,
그 글씨가 지니고 있는 도덕적인 빛으로 그녀를 환히 비추었다.

이 거리의 사람들은 오랫동안 그녀의 얼굴을 보아왔지만,
여전히 침착하고 고요해서 마치 가면처럼 보였다. 아니, 죽은
여자한테서나 볼 수 있는 싸늘한 표정이었다.

그녀의 표정이 이렇게 변하게 된 것은, 그녀가 누구의 동정도 살 수 없다는 점에서 죽은 것이나 다름없었기 때문이다. 게다가 아직도 사람들 사이에 섞여 살고 있지만 사실은 이 세상에서 떠났다는 이미지가 강하기 때문일 것이다.

이날도 그의 얼굴에서 전에 볼 수 없었던 표정이 나타난 것은 아니었다. 초자연적인 힘을 가진 관상가가 먼저 그녀의 마음을 파악한 다음에 그에 맞는 표정이나 태도를 알아본다면 모르지만, 그렇지 않으면 도저히 알아낼 수 없는 어떤 것이었다.

만약 그런 정신적인 관찰자가 있다면, 이 여인이 지난 7년 동안 많은 사람의 시선을 받으면서 인내로써 견뎌오던 끝에 이제 마지막으로 한번 자유롭게 군중의 시선과 맞서고 있음을 알 수 있을지도 모른다. 또한 오랫동안의 고통과 연민을 승리로 바꾸었다는 사실도 알아차렸을 것이다.

'앞으로 여러분은 주홍글씨와 주홍글씨를 단 여인을 보지 못할 것입니다. 얼마 안 있으면 당신네들 손이 닿지 않는 곳으로 가 버릴 것입니다. 몇 시간만 더 있으면 저의 가슴에 불타고 있던 이 표시는 깊고 신비스런 바다가 삼켜 버릴 것입니다.'

그러나 이렇게 생명에 깊은 뿌리를 박고 있던 고통으로부터 해방되어 자유를 얻으려는 헤스터의 마음속에, 오히려 그 고통이 끝나는 것을 서운해 하는 마음이 있었을 것이라고 상상한다 해도 이상하거나 모순되어 보이지 않을 것이다.

여인으로서 생애 대부분을 맛보고 살아야 했던 쑥이나 알로에의 쓰디쓴 약을 숨도 쉬지 않고 단숨에 들이켜고 싶은 참을 수 없는 욕망이 있었던 것은 아닌가.

앞으로 그녀의 입술을 통해 흘러들어갈 인생의 술은 무늬가 아로새겨진 황금의 술잔에 담긴 진하고 향기로운 술이 아니겠는가. 그렇지 않으면 쓰디쓴 술 찌꺼기를 마신 다음이므로 도저히 피할 수 없는 나른한 권태에 빠질 수도 있을 것이다.

펄의 옷차림은 매우 화려하고 산뜻했다. 눈이 부시도록 빛나는 환영(幻影) 같아서 이 세상의 아이가 아닌 것처럼 보일 지경이었다. 침침한 잿빛 모습의 여인에게서 어떻게 이런 아이가 나왔는지 의아하게 생각해도 이상한 일은 아닐 것이다.

또 아이가 입고 있는 호화롭고 섬세한 옷차림이, 헤스터의 단순한 옷에다 독특한 상상력을 부여한 것이라고 누군들 짐작할 수 있겠는가.

펄에게 너무나 잘 어울리는 그 옷은 아이의 성격을 밖으로 드러내는 역할을 했다. 이를테면 나비의 날개에서 찬란한 광채를 떼어낼 수 없고 꽃잎에서 화려한 빛깔을 떼어낼 수 없듯이, 펄에게서도 옷을 떼어낼 수는 없었다. 나비나 꽃잎에 비유할 수 있는 말이 그대로 아이에게 적용될 정도로, 아이의 옷에는 아이의 천성과 성격이 고스란히 담겨 있었다.

게다가 이 경사스런 날에 펄은 적잖게 흥분되어 있어서, 마치 숨을 쉴 때마다 가지각색으로 반짝이는 가슴에 달린 다이아몬드 같았다.

아이들은 자기들과 공감할 수 있는 사람을 만나면 쉽게 흥분하는 경향이 있다. 그래서인지 집안에서 일어나는 근심거리나 갑작스런 변화에 예민하게 반응한다.

아이는 어머니의 불안한 가슴에 달린 상징이나 대리석같이 차가운 표정에서 어떤 감정을 발견하면, 이를 춤을 추는 것 같은 동요로 표출하곤 한다.

이런 흥분 때문에 아이는 엄마를 따라 걷는 것이 아니라 새처럼 뛰고 있었다. 끊임없이 큰 소리를 지르고 알아들을 수 없는 말을 계속 지껄여댔다.

그들이 광장에 도착해서 모여든 사람들을 보는 순간부터 아이의 흥분은 더욱 심해져서 안절부절못하는 것이었다. 그곳은 평소에 사람의 왕래가 많은 상업의 중심지라기보다는 마을의 교회당 앞에 펼쳐진 쓸쓸한 풀밭이었기 때문이다.

"엄마, 이게 웬일이지? 온 세상 사람들이 다 노는 날이야? 저기 대장장이가 있어요. 얼굴의 검댕을 말끔히 씻고 새 옷으로 갈아입고서, 누구든지 친절하게 말을 걸어주면 당장에 놀아보겠다는 표정이야. 그리고 늙은 간수 브래키트 할아버지도 나를 보고 고개를 끄덕이며 웃고 계셔. 엄마, 사람들이 왜 저러지?"

"네가 아기였을 때를 기억하고 있어서 그러는 거야."

헤스터가 대답했다.

"하지만 저런 사람들이 나를 보고 고개를 끄덕이고 미소를 짓는 건 싫어요. 시커멓고 무서운 할아버지니까. 엄마는 회색 옷에 주홍글씨를 달고 있으니까 고개를 끄덕이며 대꾸해도 괜찮지만, 다른 사람들은 싫어요. 그런데 엄마, 낯선 사람들이 굉장히 많아요. 인디언도 있고, 뱃사람도 있어요. 무엇 때문에 이 광장에 이렇게 모인 거죠?"

펄이 물었다.

"행렬이 지나가는 것을 기다리고 있는 거야. 지사님과 판사님과 목사님이 지나가실 거야. 그리고 모든 악대와 군인들이 앞장서서 행진할 거란다."

"그럼 그 목사님도 볼 수 있겠네? 엄마가 시냇가에서 나를 그분한테 데려갔을 때처럼 그분이 나에게 손을 내밀어주실까?"

"그분은 행진을 하기 때문에, 오늘은 너에게 인사를 할 수 없을 거야. 그러니까 너도 인사를 하면 안 된단다."

"참 이상하고 슬픈 목사님이시네. 어두운 밤에 내 손과 엄마 손을 잡고 저기 저 처형대 위에 섰을 때처럼 말이에요. 그리고 아무도 보지 않는, 보는 것이라고는 늙은 나무와 하늘뿐인 숲 속에서 이끼 위에 앉아 엄마와 얘기를 했잖아요. 그리고 그분이 내 이마에 키스를 해줬는데, 시냇물로는 잘 씻어지지 않았어요. 그런데 사람이 많은 환한 대낮에는 왜 우리를 몰라보나요? 언제나 가슴에 손을 얹고 다니는 것도 이상하고⋯⋯. 참 슬픈 목사님이야."

"조용히 해, 펄! 네가 아직 이해하지 못하는 일이 있어. 지금은 목사님을 생각하지 말고, 여기 모여 있는 사람들을 봐. 모두들 즐기러 왔지? 어른들은 일터에서 일을 끝내고 왔고, 아이들은 학교에서 돌아오고 말이야. 오늘은 새로운 분이 지사님이 되는 날이야. 그래서 사람들이 모여서 나라를 세운 후부터 지금까지의 관습에 따라 이렇게 하는 거야. 보잘것없는 세계가 사라지고, 살기 좋은 세상이 다가오기라도 하는 것처럼 말이다."

헤스터는 조용히 말했다.

사람들의 얼굴이 밝고 희망에 차 있는, 이 드물게 보는 명절은 헤스터가 설명한 그대로였다.

이렇게 청교도들은 이러한 명절을 맞아 연약한 인간들에게 허용되는 놀이와 즐거움이라면 무엇이든지 가리지 않고 누렸는데, 그것은 2백 년이나 지속되는 관습이었다. 억눌려 있던 감정을 이런 자리에서 풀어 버림으로써 평소에 쌓여 있던 우울함을 깨끗이 씻어 버리려는 것이었다. 다른 사회 같으면 그 공동체에 크나큰 재난을 당했을 때 나타나는 표정만큼이나 심각한 기운이 이곳에 남아 있었기 때문이다.

어쩌면 그 당시 사람들의 기품이나 우울한 성격을 우리가 지나치게 확대해석하고 있는지도 모르지만…….

그날 보스턴 광장에 나온 사람들은 청교도적 우울을 타고난 사람들은 아닐 것이다. 그들은 영국 태생이고, 부모와 함께 고국에서의 삶을 버리고 신천지로 이주해 온 사람들이 대부분이다. 따라서 영국인 전체로 볼 때, 그들은 부모가 일찍이 경험하지 못했던 위엄 있고 기쁨에 넘친 생활을 하고 있었다.

따라서 뉴잉글랜드 이주민들에게 영국의 전통적 취미를 허용했다면, 불꽃놀이나 연회 그리고 가장행렬 등으로 공적인 주요 행사를 채웠을 것이다. 또한 엄숙한 의식을 행할 경우에도 그러한 분위기에다 즐거운 놀이를 곁들이고, 온 국민이 몸에 걸치는 예복에다 기이한 수를 놓아 화려하게 치장할 수도 있었을 것이다.

하지만 새해가 시작될 때 식민지 정치를 축하하는 절차 속에서 이런 종류의 시도가 다소 엿보였고, 행정관의 취임 행사에서 찬란했던 과거의 관습을 약간 반영하는 것이 전부였다.

물론 자랑스러운 옛 런던에서 보았던 — 국왕의 대관식은 차치하고라도, 최소한 시장 취임식 때 본 것 같은 — 그 일들은 기억 속에서 퇴색했지만, 희미한 자취를 다소나마 엿볼 수 있는 것이 다행이라고 사람들은 생각했다.

이 나라의 선조이며 창건자인 정치가와 성직자, 군인들은 위풍당당한 의례와 위엄을 갖추는 것을 하나의 의무로 받아들였다. 이러한 외관은 옛날 형식을 따라 사회적으로나 정치적으로 높은 지위를 드러내는 데 적합한 옷이라고 생각했다. 그래서 새로 설립된 정부의 보잘것없는 기구에 필요한 외적 위엄을 부여하려 들었다.

또 평소에는 종교와 동등하게 취급되던 각종 노동에 대해서도, 이날만은 — 그에 따른 규정을 완화하는 것이 아니었지만 — 대체로 너그럽게 봐주었다. 그러나 엘리자베스 여왕 시대나 제임스 왕 시대의 영국에서 볼 수 있었던, 일반 대중을 위한 오락 시설 같은 것은 어디에도 없었다.

광대나 극장 같은 구경거리도 없었고, 마술을 흉내 내는 요술쟁이도 물론 없었다. 또한 수백 년 이상 익살로써 일반 대중을 웃기며 즐거운 공감을 불러일으키는 메리 앤드류 같은 익살꾸러기도 없었다.

이렇게 사람들을 즐겁게 하는 전문 분야의 익살꾼들은 엄격한 법에 의해 단속되었고, 뿐만 아니라 그 법을 뒷받침하는 일반 대중의 감정도 억제 당했다. 그럼에도 불구하고 많은 사람들은 웃고 즐기고 있었다.

그렇다고 옛날 영국에 살았을 때 시골 장터나 동네 풀밭에서 놀았던 여러 가지 유희와 운동이 아주 없어진 것은 아니었다. 이런 것은 백성의 용기와 담력을 위해서도 유지되어야 한다고 생각했기 때문이었다.

콘월 지방과 데본셔 지방의 씨름 방식은 각기 달랐지만, 광장 여기저기에서 그 광경을 볼 수 있었다.

한쪽 귀퉁이에서는 육척봉(六尺棒)의 친선 게임이 벌어지고 있었는데, 그중에서 흥미를 끈 것은 두 명의 투사가 널따란 방패와 칼을 들고 처형대 위에서 검술 시범을 보인 것이다. 그러나 교구의 관리가 와서 처형대와 같은 소중한 장소를 잘못 사용하여 준엄한 법을 어기는 것을 묵인할 수 없다고 하여 중단되었다.

안식일을 지키는 문제에 있어서도, 우리가 훨씬 뒤의 후손이지만 대체로 우리와 비슷했다고 말해도 과언이 아닐 것이다. 그들은 향락을 물리치는 초기에 속해 있었으나, 그들 또한 향락을 누릴 줄 아는 선현들의 후손이었던 것이다.

그러나 그들 바로 다음 세대의 사람들, 즉 이주민의 다음 세대들은 청교도의 어두운 면을 가장 짙게 물려받았는지 전

국민이 모두 우중충해졌다. 그 후 몇 해를 두고 씻어내려고 해도 그 흔적이 지워지지 않았다. 그래서 우리는 이 상실한 향락의 방법을 다시 찾아내어 배워야 할 형편이다.

지금 이 광장에서 볼 수 있는 사람들은 대체로 영국에서 이민해 온 이주민들아 지닌 슬픈 회색이나 갈색, 흑색의 색채를 띠고 있다. 하지만 이따금 색다른 색이 어리어 생기가 있었다.

한 무리의 야만인들이 사슴가죽의 옷에 조개껍질을 꿰어 만든 띠를 두른 다음 깃털로 장식하고, 붉고 노란색의 물감을 얼굴에 바른 채 활과 끝이 돌로 된 창으로 무장하고는 엄숙한 표정으로 한쪽에 서 있었다.

물감을 덕지덕지 바른 야만인들도 거칠어 보였지만, 이 광장 안에서 가장 거칠어 보이는 무리는 취임식을 보기 위해 상륙한 선원들이었다.

그들은 카리브 해에서 온 사람들이었는데, 얼굴은 햇볕에 타서 구리 빛이었고 수염이 더부룩한 망나니들이었다. 그들은 통이 넓고 짧은 바지를 입고 벨트로 허리를 졸라맸는데, 벨트에는 금장식이 붙어 있는 단검이나 장검이 매달려 있었다.

그들은 기분 좋게 놀고 있을 때도 야자나무 잎으로 만든 챙 넓은 모자 밑으로 짐승처럼 사나운 눈을 번뜩였다. 또한 사람을 속박하는 행동이나 규범쯤은 아무런 두려움 없이 마음대로 어겼다. 심지어는 관리들의 코앞에서 담배를 뻑뻑 피우기도 했다.

이곳 사람들이 그런 짓을 했더라면 연기 한 모금에 1실링의

벌금을 내야 했을 것이다. 또 그들은 호주머니에서 술병을 꺼내 포도주나 화주(火酒)를 꿀꺽꿀꺽 마시고는, 놀라움으로 입을 벌리고 있는 사람들에게 권하기도 했다.

우리는 그 시대를 도덕적으로 엄격했다고 하지만, 선원들에게 그런 행동의 자유가 있었던 것을 보면 그 시대의 도덕 역시 불완전했다고밖에 볼 수 없을 것이다.

그들은 육지에서만 방종한 것이 아니라 바다 위에서도 매우 난폭하게 행동했다. 그 당시의 뱃사람들은 지금 같으면 해적에 가까운 존재였다.

지금 화제로 삼고 있는 그들도 그리 사악한 부류는 아니었으나, 오늘날의 기준으로 보면 해적이었다. 어쩌면 목이 달아날 일을 자행했을 지도 모르는 자들이었다.

당시의 바다는 그야말로 제멋대로 물결치고 큰 거품을 일으켰다. 그래서 그들은 모진 폭풍우 앞에서는 순종했지만, 인간의 규칙 따위를 지킬 마음은 거의 없었다.

해적들은 그들이 원하기만 하면 당장에라도 노략질을 그만두고 육지에 올라와 성실하고 경건한 사람이 될 수 있었다.

또한 무모한 생활을 계속하는 그들과, 사람들은 거래를 하거나 사귀는 일을 그다지 나쁘게 생각하지 않았다. 그래서 검은 외투를 입고 풀을 먹인 칼라와 고깔모자를 쓴 청교도 장로들도 선원들이 소란을 피우거나 무례한 행동을 해도 그저 너그럽게 미소를 지으며 지나치는 경우가 많았다.

로저 칠링워드와 같은 명망 높은 사람이 문제 많은 선장과 함께 다정하게 대화를 나누며 광장으로 들어오는 것을 보아도 아무도 놀라거나 비난하지 않았다.

선장의 옷차림은 유난히 화려해서 많은 사람들 사이에서도 금방 눈에 띄었다. 옷에는 수많은 리본이 달려 있었고, 금테를 두른 모자에는 금 고리와 깃털이 달려 있었다. 허리에는 칼을 찼으며 이마에는 칼자국이 있었다. 머리는 상처가 더 드러나 보이도록 빗었다.

육지의 사람이 그런 차림으로 다닌다면 당장 재판관한테 불려가 심문을 받고 벌금형이나 금고형, 혹은 칼을 쓰고 군중 앞에서 구경거리가 되는 사태가 벌어졌을 것이다. 그러나 이 선장의 경우는 물고기에 비늘이 달려 있는 것을 인정하듯이, 모든 것을 그의 지위에 합당한 것으로 간주해 주었다.

브리스톨 행 배의 선장은 의사와 헤어지고 나서 한가하게 광장을 어슬렁거리다가 헤스터 프린이 서 있는 곳까지 왔다. 그리고 그녀에게 서슴없이 말을 걸었다.

언제나 그렇듯이 헤스터가 서 있는 둘레에는 동그란 마술의 공간이 생겼고, 아무도 그 안으로 들어가려 하지 않았다. 자리가 좁아서 서로 밀고 당기는 와중에도 그들은 그녀 곁으로 가까이 가기를 꺼려했다. 주홍글씨를 단 여인의 운명은 이와 같이 사회적인 고독 속에 깊이 빠져 있었던 것이다.

그것은 그녀의 내성적인 성격 탓도 있지만, 또 한편으로는 주민들이 전처럼 그렇게 각박하지는 않더라도 본능적으로 그녀를 회피하려는 경향이 있기 때문이었다.

그런 분위기에서 그녀는 선장과 얘기를 나누었다. 하지만 아무도 그들이 나누는 얘기에 귀 기울이지 않았다. 헤스터 프린의 평판이 그만큼 달라진 것이다. 이 도시에서 아무리 정조 관념이 뛰어난 부인이라 하더라도 그처럼 선장과 이야기를 나눴다면, 헤스터에게 가해졌던 것보다 더 심한 추문이 나돌았을 것이다.

　"그런데 부인, 부인이 주문하신 것 외에 침대를 하나 더 마련하도록 급사에게 지시해야겠습니다. 그리고 이번 항해에는 괴혈병이나 장티푸스 등의 염려가 없을 테니 안심하십시오. 배의 전속 의사 말고도 또 다른 의사 한 분이 타게 되었으니까요. 무서운 것은 오직 약뿐입니다. 스페인 배에서 사들인 약품이 가득 쌓여 있거든요."

　선장이 말했다.

　"아니, 뭐라고요? 승객이 또 한 명 있다고요?"

　"모르시고 계셨습니까? 여기 사는 의사로, 이름이 칠링워드라고 하더군요. 배의 식당에서 부인과 함께 식사하시기를 원하셨습니다. 아, 미리 말씀드렸어야 하는 건데, 그분이 부인과 일행이라고 하던데요. 그리고 부인께서 말씀하신 그분과 친한 사이라고 하시더군요. 늙은 청교도 통치자들 때문에 신변에 위험이 생겼다는 그분 말입니다."

　"두 사람은 물론 잘 아는 사이지요. 오랫동안 함께 살았으니까요."

　헤스터는 놀랐지만 담담하게 말했다. 선장과 그녀는 더 이상의 말을 하지 않았다.

그러나 그 순간, 그녀는 광장 저편에서 그녀를 바라보며 빙그레 웃고 있는 로저 칠링워드를 보았다.

그 미소는 떠들썩한 광장을 지나서 군중의 많은 이야기와 웃음소리, 갖가지 생각과 감정과 관심을 다 통과해서 그녀에게 무서운 비밀의 뜻을 전해 오고 있었다.

22 ___ 거룩한 목사와 치욕의 여인

　헤스터 프린이 생각을 가다듬어, 이 새롭고 예기치 못한 놀라운 일에 어떤 현실적인 대응책을 강구할 수 있는 방법을 생각하기도 전에 군악대의 소리가 가까이서 들려왔다. 그것은 관리들이나 시민들이 교회당을 향해 행진하고 있음을 알려주는 소리였다.

　교회당에서는 오랜 관습에 따라 딤즈데일 목사가 지사 취임을 축하하는 설교를 하게 되어 있었다. 이윽고 행렬의 선두가 서서히 전진해 오는 모습이 보이더니, 모퉁이를 돌아 광장을 건너오기 시작했다.

　먼저 군악대가 앞장서서 왔다. 악대는 여러 가지 악기로 구성되어 있었는데, 전체적으로 조화를 이루지 못한데다 연주도 그리 능숙하지 못했다.

　그러나 북과 클라리넷의 화음은 군중들의 마음에 호소하는 위대한 목적, 즉 눈앞에 지나가는 인생의 한 장면을 좀 더 높고 영웅적인 모습으로 보이게 하려는 목적을 충분히 달성하고 있었다.

펄은 처음에는 손뼉을 치며 즐거워했으나, 마침내 아침부터 자기를 흥분시켰던 설렘을 잠시 가라앉히고 있었다. 아이는 조용히 악대를 쳐다보며 물 위에 뜬 새처럼 음악의 파장에 몸을 맡기고서 위로 날아오르려는 것 같았다.

그러나 악대를 따라 의장대 역할을 하는 군인의 대열이 번쩍번쩍 빛나는 갑옷을 입고 나타나자, 다시 흥분된 기분으로 되돌아갔다.

이 군대는 지금도 단체생활을 유지하며 여러 세대를 거쳐 그 명예를 지켜 오고 있었는데, 금전에 팔린 용병으로 구성된 것은 아니었다. 그들은 애국적인 정신에 고무되어 있는 사람들로, 나이트 템플러(1118년에 예루살렘에서 조직된 종교인 기사단)를 본떠서 군사학을 배우고 또 훈련의 한도 내에서 전술도 배우는 사람들이었다.

사람들은 이들 군인들을 깊이 존경했는데, 그것은 그들의 자부심 어린 태도를 보면 그 이유를 금방 이해할 수 있었다. 그들은 실제로 네덜란드 지방이나 유럽의 여러 전쟁터에서 종군한 경험이 있을 뿐 아니라 이름과 명예를 얻을 만한 충분한 자격을 갖추고 있었다. 빛나는 철갑옷과 깃털을 단 투구 등을 착용한 그들의 복장은 어떤 군대의 행렬도 따라가지 못할 만큼 휘황찬란했다.

그러나 이 친위대 바로 뒤에 따라온 지위 높은 문관들의 집단이 훨씬 주목할 만한 가치가 있는 것처럼 보였다. 외모만 보아도 지나칠 정도로 위풍당당해서, 군인들의 당당한 행진 모습이 우스꽝스럽지는 않더라도 도리어 졸렬하게 보일 정도였다.

당시에는 이른바 소위 재능이라는 것이 오늘날보다 그다지 중요시되지 않았고, 재능보다는 인격의 안정과 위엄을 유지하게 하는 요소가 훨씬 더 중요시되던 시대였다. 백성들은 조상으로부터 존경심이란 유산을 물려받았으나 그들의 후손에게는 보잘것없는 것으로 치부되었고, 공직자를 선출할 때도 그 힘을 전혀 발휘하지 못했다.

이런 변화에는 장단점이 있었는데, 어떤 점에서는 좋지만 동시에 나쁠 수도 있었다.

당시 이 험난한 해변에 와서 자리 잡은 영국 이민자들은 왕과 귀족, 그 밖에 많은 계급을 등지고 왔으나 아직도 높은 사람들에 대한 존경심과 그 필요성은 여전히 남아 있었다.

따라서 노인의 백발과 위엄 있는 노령(老齡)들, 또 오랫동안 시련 속에서도 고결한 인격을 그대로 유지하고 있는 사람들에게 존경심을 아끼지 않았다. 견실한 지혜로 묵직하게 질서를 유지하는 사람, 성실함으로 변함없는 신뢰를 주는 사람들, 엄숙하게 도덕을 유지하는 사람들을 존경했다.

그러므로 백성들에게 선택되어서 권력을 쥐었던 초기 정치가들, 즉 브래드스트리트나 엔디코트, 더들리, 벨링햄 등은 초기에 추대를 받아 집권했는데 총명하거나 지성적이지 못했다. 하지만 신중함과 진실함, 온건함으로 두각을 나타냈었다.

그들은 성실함과 자신감으로 어렵고 위태로운 시기에 성난 파도를 막아내는 해안의 절벽처럼 국가의 안녕을 지켰고, 국민의 복지를 위해 애를 썼다.

이런 성격의 특징들은 새 식민지 사회의 관리들의 모난 얼굴과 육중한 체구에 잘 나타나 있었다. 그래서 그들의 위엄 있는 풍채에 관한 한 모국 잉글랜드 사람들도 민주주의를 실천하는 이 선구자들이 상원이나 추밀원으로 뽑히는 것을 부끄럽게 생각할 필요는 없었다.

행정관들 뒤로 한 저명한 젊은 목사가 행진해 오고 있었다. 이 목사는 선거 기념 예배에서 설교를 하기로 되어 있었고, 사람들은 그의 설교를 듣기 원했다.

그 당시에는 목사가 정치나 그 어떤 분야보다도 더욱 많은 지성을 발휘할 수 있는 시대였다. 동기 여하를 막론하고 그 시대의 목사직이란 많은 사람들의 존경을 받는 지위이며, 야심이 있는 사람이라면 능히 그 직업에 매력을 느끼지 않을 수 없었다.

그래서 인크리스 메이더(미국의 목사, 정치가)의 경우처럼, 성공한 목사는 정치적인 세력마저도 손아귀에 넣을 수 있었던 것이다.

그때 목사를 지켜본 사람들의 말에 의하면, 그 목사는 이 뉴잉글랜드의 해안에 발을 들여놓은 이래로 그날의 행렬에서처럼 그렇게 씩씩한 걸음걸이를 일찍이 보인 일이 없다는 것이다. 그의 걸음걸이는 여느 때처럼 나약해 보이지 않았으며 몸도 구부러지지 않았고, 손이 불길하게 가슴으로 올라가 있지도 않았다.

그러나 그를 자세히 관찰했더라면 그의 태도나 힘이 육체에서 비롯된 것이 아니었음을 알 수 있었을 것이다.

그가 보여주는 힘은 아마도 천사가 그에게 주는 영적(靈的)인 각성이었을지도 모를 일이고, 어쩌면 오랫동안 열렬하게 지속된 사색이라는 용광로의 불길 속에서 증류된 강심제와도 같은 흥분이었는지도 모를 일이다. 또한 그의 예민한 성격으로 인해, 지금 하늘로 치솟아 올라가듯 울려 퍼지는 음악 소리에 자극을 받았는지도 모른다. 그러나 그의 표정이 하도 멍하게 보여서, 과연 그 음악 소리를 들었는지조차 의심스러웠다.

그러면 그의 마음은 도대체 어디에 있었단 말인가. 정신은 그 영역의 깊은 곳에서 자꾸 앞으로 나아가려는 사상의 흐름을 정리하기 위해 분주했다. 때문에 목사는 주변에서 펼쳐지는 광경을 아무것도 볼 수 없었고, 들을 수도 없었다.

그러나 그의 정신적 힘은 무거운 줄도 모르고 나약한 몸을 이끌고 나아가서 육체를 정신으로 바꿔놓은 것이다.

비범한 지성을 가진 사람들은 병이 나면 가끔 이러한 놀라운 힘을 발휘하게 된다. 그리고 며칠 동안 생명을 그 속에 쏟아 버리는데, 그것이 끝나고 나면 그만큼 생기를 잃곤 한다.

목사를 물끄러미 바라보던 헤스터 프린은 쓸쓸한 적막감에 휩싸였는데, 그것이 무엇 때문인지 또 어디서 오는 것인지는 알지 못했다.

다만 목사가 이젠 자신의 세계와는 동떨어진, 자신의 손이 닿지 않는 먼 곳에 있는 사람처럼 느껴졌다.

한 번쯤 두 사람의 시선이 오고갈 수 있으리라고 헤스터는 생각했었다. 그러면서 그녀는 어둡고 고적한 숲 속의 일을 떠올렸다. 그리고 손을 잡고 앉아서 슬픈 사랑의 얘기를 시냇물 소리에 맞추어 나누던 일과 이끼 낀 통나무 위에 앉아 있던 일들을 생각했다. 그때는 얼마나 서로를 깊이 이해했던가!

그런데 저 사람이 과연 그때 그 사람이란 말인가? 아니다, 지금의 그는 낯선 사람에 불과할 뿐이다. 그때 그 사람이 화려한 음악에 휩싸인 채 위엄 있고 존엄한 장로들의 행렬에 끼어 자랑스럽다는 듯이 지나갈 리가 없지 않은가. 사회적 지위나 정신적인 면에서 보더라도 헤스터로서는 그에게 감히 도달할 수 없는 먼 거리에 있었다.

그렇다면 숲 속에서의 그 모든 것이 환상이었다는 말인가.

그것이 꿈이었다고 하더라도, 더 이상 목사와 아무런 유대가 없다는 생각이 들자 그녀의 마음은 더욱 무거워졌다. 그리고 여자로서도 그를 도저히 용서할 수 없을 것 같았다.

어두운 운명의 발자국 소리가 점점 더 가까이 들려오고 있었다. 그리고 목사는 두 사람의 세계에서 완전히 후퇴했던 것이다. 이 점에서 그녀는 더욱 그를 용서할 수 없었다. 어둠 속에서 그녀가 차가운 손을 내밀어 아무리 더듬어도 상대방을 잡지 못하는 이 암담한 상황에서는 더욱 그랬다.

펄은 어머니의 슬픔을 알아차렸는지 아니면 스스로 깨달았는지는 몰라도, 목사는 자신들이 도달할 수 없는 먼 곳에 있다는 것을 눈치챈 모양이었다.

행렬이 지나가는 동안 펄은 막 날아갈 것 같은 참새처럼 안절부절못하더니, 행렬이 다 지나가자 엄마의 얼굴을 쳐다보며 말했다.

"엄마, 저분이 시냇가에서 내게 키스해 주시던 그 목사님이야?"

"펄, 좀 조용히 해라. 숲 속에서 있었던 일을 광장에서 얘기하면 절대로 안 돼."

헤스터가 작은 목소리로 말했다.

"그런데 저분이 그분인지 잘 모르겠어요. 얼굴이 이상하게 보였어요. 저런 얼굴이 아니라면, 뛰어가서 모든 사람이 보는 앞에서 나에게 키스해 달라고 부탁하고 싶었는데…… 어두운 숲 속에서 했던 것처럼 말이에요. 그러면 목사님이 어떻게 하셨을까요? 가슴에 손을 얹고 얼굴을 찡그리며 저쪽으로 가라고 하셨을까요?"

"무슨 할 말이 있겠니? 지금은 키스할 때가 아니라는 것과 이 광장에서 키스하면 안 된다고 하셨겠지, 요 맹추야! 네가 목사님께 말을 걸지 않은 것은 정말 잘한 일이야."

헤스터가 대답했다.

딤즈데일 목사에 대해, 이와 유사한 감정을 좀 다른 관점에서 보고 있는 사람이 있었다. 그것은 그의 광기에서 비롯되었는데, 여러 사람 앞에서 주홍글씨를 단 여인과 말을 나누는, 남이 감히 하지 못하는 일을 서슴지 않고 해치운 사람이었다. 그는 히빈스 부인이었다. 그녀는 세 겹 주름 깃을 달고 수놓은 흉의(胸衣)와 금 손잡이가 달린 지팡이를 짚은 화려한 옷차림으로 이 행렬을 구경하러 나왔던 것이다.

이 노파는 그 당시 성행하던 마술의 주인공이라는 소문이 있었으므로 — 이 때문에 후에 사형을 당하지만 — 사람들은 그를 보기만 하면 피했다. 그 화려한 주름 속에 무슨 균이라도 들어 있다고 생각하는지, 그녀의 옷자락이 닿는 것조차 두려워했다.

더구나 헤스터에 대한 사람들의 감정이 아무리 달라졌다고 해도, 히빈스와 헤스터가 어깨를 나란히 하고 있는 것을 보고 군중들은 두 여자가 서 있는 곳에서 차츰 물러났다. 히빈스 부인에 대한 공포심이 더욱 커진 모양이었다.

"저 목사 말이에요. 인간으로선 상상도 할 수 없는 일이에요. 세상에서 거룩한 성자로 떠받들리는 사람이……. 얼굴을 보니 과연 그럴 만도 하군요. 지금 저 행렬 속에 끼어 걸어가는 사람이 바로 며칠 전에 서재에서 나와 히브리어 성경 구절을 입 속으로 외우며 숲 속을 산책했다고 하면, 누가 믿겠어요? 하하하, 헤스터 프린! 우리는 그 뜻을 알고 있지만 말이에요. 저 사람이 과연 목사인지 믿을 수가 있어야지요. 지금 악대 뒤를 따라가고 있는 교인들 보이지요? 저 사람들은 누군가가 바이올린을 켜고 있을 때 우리와 손을 잡고 춤을 추던 사람이라우. 우리는 인디언의 마술사나 래플랜드의 마술사들과 춤을 추기도 했는데, 세상을 아는 여자들에게 그 정도는 아무것도 아니죠. 그러나 헤스터, 당신이 숲 속 오솔길에서 만났던 사람이 바로 저 사람이라고 자신 있게 말할 수 있겠소?"

히빈스 부인이 작은 소리로 헤스터에게 말했다.

"부인, 저는 무슨 말씀을 하시는지 모르겠습니다."

헤스터는 그녀가 정신이 온전하지 않다는 것을 느끼면서 그렇게 말했다.

그러나 이 노파가 자기 자신을 포함해서 많은 사람들과 악마와의 관계를 이토록 자신 있게 말하는 데는 놀라지 않을 수 없었다. 심지어는 두려운 마음까지 들었다.

"딤즈데일 목사님은 지식도 풍부하시고 신앙심도 두텁기 때문에 저로서는 함부로 말할 수 없습니다."

"흥, 바보 같은 소리 말아요!"

노파는 헤스터에게 삿대질을 하며 소리쳤다.

"내가 숲 속에 그렇게 자주 드나드는데, 누가 거기를 다녀갔는지 모를 줄 알아요? 숲 속에서 춤출 때 머리에 썼던 화환의 꽃잎 수까지도 나는 알아요. 그리고 헤스터, 당신이 숲 속에 갔던 일도 나는 다 알고 있어요. 가슴의 표시가 눈에 띄었으니까. 그 표시는 대낮에는 물론 밤에도 불꽃처럼 타오르지. 당신은 그것을 공공연히 달고 다니니까 아무 문제가 없지만, 저 목사는 말이야……. 잠깐 귀 좀 빌립시다. 마왕님은 자기 부하 중에서 서명 날인을 하고도 세상에 공표하기를 부끄러워하는 사람이 있으면, 대낮에 사람들이 보는 앞에서 그 표시를 폭로하도록 한단 말이오. 그런데 저 목사가 늘 가슴에 손을 얹은 채 감추려고 하는 것이 도대체 무엇이오? 헤스터 프린."

"정말 그것이 뭐예요, 히빈스 아줌마? 아줌마는 본 적이 있으세요?"

펄이 물었다.

"그것은 아무것도 아니란다, 귀여운 아가. 너도 언젠가는 볼 수 있을 거야. 떠도는 소문에 의하면, 너는 하늘의 제왕인 마왕님의 후예라는 말이 있다. 언제든 날씨가 좋은 밤에, 나와 함께 하늘로 날아가 아버님을 만나보자. 그러면 왜 목사님이 가슴에 손을 얹고 다니는지 알게 될 거다."

노파는 광장 안에 모인 사람들이 다 들을 수 있을 정도로 큰 소리로 웃고는 사라졌다.

그때 교회당 앞에서는 이미 준비 기도가 끝나고, 설교를 시작한 딤즈데일 목사의 목소리가 들려왔다.

헤스터는 어쩔 수 없는 심정으로 교회당 근처를 떠나지 못하고 있었다. 그 신성한 건물 안은 이미 꽉 차서 도저히 들어갈 수 없었기 때문에 헤스터는 처형대 옆에 자리를 잡았다.

그곳은 목사의 설교가 전부 들릴 만한 거리였고, 설교 내용을 이해하지 못하더라도 그의 억양과 말투만으로도 사람들은 감동을 받았다.

천부적인 자질을 가진 목사의 음성은 감동적인 음악과 마찬가지로 사람의 마음을 뒤흔들었으며, 인간의 심금을 울리는 공통적인 언어로써 열정과 비애, 감미롭고 자애로운 감정을 내뿜었다.

교회당의 벽 때문에 그의 목소리를 도중에 알아듣지 못하기도 했지만, 헤스터는 깊은 공감을 하고 있었기 때문에 처음부터 끝까지 설교의 의미를 이해할 수 있었다. 보다 선명하게 들려왔다면 오히려 신경이 쓰여 영적 감동을 받지 못했을지도 모른다.

잠시 후 바람이 잠잠해지는 것 같은 저음이 들리는가 싶더니, 다시 감미로움과 힘을 더해 힘차게 높아졌다. 그러다가 마침내 엄숙하고 장엄한 분위기 속에서 풍부한 음량으로 그녀를 감싸주었다.

때때로 목사의 음성은 존엄하고 위엄 있게 들렸으나, 그 밑바탕에 자리한 슬픔에 찬 나약한 면을 감추지는 못했다. 사람들의 마음을 사무치게 하는 나직한 고뇌의 표현은 듣는 사람에 따라서는 침묵 같기도 했고, 비명처럼 들리기도 했다. 하지만 깊은 슬픔의 애절한 소리만 들릴 뿐, 고통의 한숨은 새어나오지 않았다.

그러나 목사의 음성이 높아지고 당당해질 때에도, 또한 교회당을 울린 다음 벽을 뚫고 밖으로 나가 퍼져서 힘차고 폭넓게 대기를 움직일 때에도 유심히 들어보면 여전히 비애에 찬 고통의 부르짖음임을 알 수 있었다.

과연 그것은 무엇이었을까? 인류의 위대한 마음에 파고드는 죄와 슬픔의 비밀, 호소할 수밖에 없는 한 인간의 신음 소리, 그것이 슬픔이든 죄이든 순간순간 억양을 달리하며 동정과 용서를 구하는 부르짖음은 결코 헛되지 않았다.

이 목사에게 힘을 주는 것은 독특하게도 이 깊고 끈기 있는 나직한 목소리였다.

그동안 헤스터는 처형대 밑에서 동상처럼 내내 서 있었다. 목사의 목소리가 그녀를 거기에 붙잡아두지 않더라도, 이 치욕의 장소에는 그녀를 붙잡는 불가항력의 흡인력이 있었다. 그녀는 치욕적인 생활의 첫 출발을 이곳에서 했던 것이다.

그녀는 지금 뭐라고 말하기에는 뜻이 명확하지 않은, 어떠한 느낌이 마음을 무겁게 억누르고 있는 것을 느꼈다. 그것은 그녀의 인생 궤도 전체를 뒤흔들어, 이곳에서 다시 새 출발을 하라는 계시인지도 모를 일이었다.

한편, 펄은 어머니 곁을 떠나 제멋대로 광장을 쏘다니며 혼자 놀고 있었다. 아이의 눈부신 빛은 광장에 있는 침울한 사람들에게 즐거움을 주고 있었고, 밝은 깃털을 지닌 새가 우거진 풀숲 사이를 이리저리 뛰어다니며 숲을 밝게 하는 것처럼 펄도 그 눈부신 광채로 사람들에게 기쁨이 되어주었다.

아이의 움직임은 파도가 넘실대듯 율동적이었으나 한순간 불규칙하게 변했다. 그것은 아이가 약동하는 것으로 정신의 건강함을 말해 주는 것이었다. 게다가 오늘은 어머니의 초조한 마음 때문에 발끝을 들고 춤을 추면서 돌아다녔는데도, 피곤함조차 느끼지 않았다.

펄은 호기심을 자극하는 것이 눈에 띄면 금방 달려가서, 그것이 물건이든 사람이든 자기의 소유로 생각하고 차지해 버렸다. 그러나 상대가 그 대가로 자신을 붙잡으려고 하면 절대로 가만있지 않았고, 용서하지도 않았다.

청교도들은 그런 펄을 보고 미소를 짓다가도, 아이의 조그만 몸에서 환하게 빛나는 형용할 수 없는 매력과 이상한 동작들로 인해서 악마의 소생이라는 생각을 버릴 수가 없었다.

펄이 달려가서 인디언의 야만스런 얼굴을 쳐다보노라면, 그 인디언은 아이가 자신보다 훨씬 더 야성의 기질을 가졌음을 인정했다.

타고난 대담성을 지녔으면서도 특이한 조심성을 지닌 펄은 선원들이 서 있는 곳으로 뛰어들었다. 육지의 야만인인 인디언 못지않게 선원들은 바다의 야만인이었다. 그들은 펄의 모습을 보고 감탄하면서, 마치 한 조각의 바다 물거품이 소녀의 모습으로 변하여 반짝이는 바닷물의 넋을 지니고 나타난 것이 아닌가 하여 놀라움을 금치 못했다.

이 선원들 중에서 아까 헤스터 프린과 이야기를 나눈 적이 있는 선장이 펄의 모습에 매혹되어, 살짝 키스를 해주고 싶어서 붙잡으려고 하였다. 그러나 이 아이를 붙잡는 것은 공중에 날아다니는 참새를 잡는 것처럼 불가능하다는 걸 알고, 그는 모자 둘레에 잠겨 있던 금 사슬을 벗겨 펄에게 던져주었다.

펄은 그것을 금세 목과 허리에 감아 버렸다. 펄의 동작은 능숙했고, 몸에 감긴 사슬은 신체의 일부처럼 느껴질 정도로 자연스러워서 놀라움을 금치 못했다.

"너의 엄마가 바로 저기 주홍글씨를 단 사람이지? 엄마한테 말 좀 전해 주겠니?"

선장이 말했다.

"내 마음에 드는 이야기면 전해 드리죠."

펄이 대답했다.

"이렇게 전해 드려. 얼굴이 검고 등이 구부러진 의사와 다시 한 번 의논했는데, 너의 엄마가 잘 아는 친구를 의사가 배까지 모시고 가기로 했다고 말이다. 그러니 엄마는 다른 걱정하지 말고, 너와 엄마 두 사람의 준비만 하면 된다고…… 알았지? 요 마녀 아가씨야."

"히빈스 아줌마 말씀이 우리 아버지는 마왕이래. 아저씨가 나한테 그렇게 나쁜 이름을 쓰면 우리 아버지한테 일러줄 거야. 그렇게 되면 아저씨 배는 폭풍으로 휩쓸리고 말걸!"

펄이 짓궂게 웃으며 외쳤다. 광장을 이리저리 갈지자걸음으로 돌아다니던 펄은 어머니에게 돌아와서 선장의 말을 전했다.

침착하고 다부지고 냉정한 정신을 가진 헤스터도 이 암담하고 냉혹한 운명을 피할 수 없음을 알게 되자, 온몸의 힘이 모두 빠져 나가는 듯했다.

목사와 자기가 비참한 미궁에서 벗어날 수 있는 길이 간신히 열렸다고 생각한 순간, 운명의 신이 냉혹하게 비웃음을 날리며 그들의 앞길을 가로막고 나선 것이다.

선장의 말을 전해 듣고, 헤스터가 당황스러워하면서 깊은 상심에 빠졌을 때 또 다른 시련 하나가 그녀 곁으로 다가오고 있었다.

그 광장에는 보스턴 근처에 사는 사람들이 많이 모여들었는데, 그들은 주홍글씨에 대해 과장되고 헛된 소문만 들었을 뿐 직접 보게 된 것은 이번이 처음이었다. 그들은 이제 다른 구경거리가 없어지자 무례하고 뻔뻔스러운 얼굴로 헤스터의 주변에 몰려들었다.

그러나 몰염치한 사람들이었지만, 멀리서 둥그렇게 둘러서 있기만 할 뿐 헤스터 가까이 접근하지는 못했다. 그들은 신비스러운 상징이 나타내는 '혐오'라는 원심력에 묶여 있었던 것이다.

선원들은 구경꾼들을 통해 주홍글씨의 뜻을 알게 되자, 그곳으로 와서 햇볕에 탄 검은 얼굴을 사람들 사이로 들이밀었다. 심지어 인디언들까지도 백인들의 냉담한 호기심에 궁금증이 커졌는지, 구경꾼들 사이로 슬그머니 들어와 뱀처럼 까만 눈을 헤스터의 가슴에 고정시키고 뚫어지게 쳐다보았다.

가슴에 화려한 표시를 단 이 여인이 백인사회에서 지위가 높을 거라고 생각했을지도 모른다. 또한 이 도시의 주민들도 — 그동안 많이 보아 왔던 터라 흥미가 없었지만, 다른 사람들이 흥미를 가지므로 새삼스럽게 호기심이 생긴 — 그곳으로 와서 헤스터의 주변을 맴돌았다. 평소에 잘 아는 사람들의 냉담한 시선이 이방인들의 시선보다 훨씬 힘들었다.

그녀는 7년 전에 자신의 수치를 구경하러 나왔던 군중들의 얼굴을 그곳에서 다시 보고 있었다. 그들 중 가장 젊으면서 그녀에게 동정을 보였던 여자만이 거기에 없었다. 몇 년 전에 그 여자가 세상을 떠났을 때, 헤스터 자신이 수의를 손수 만들어 입혀주었으므로……

앞으로 얼마 안 있으면 주홍글씨를 영영 떼어 버리게 될
텐데, 바로 그 마지막 시간에 그들의 관심과 흥미의 대상이
되는 것이 참으로 기묘하게 여겨졌다. 또한 그것을 달던 날
이후로 숱한 아픔을 겪었지만 그것들은 모두 잊혀지고, 지금
이 순간의 아픔이 그 어느 때보다 크게 느껴지는 것도 기이했다.

헤스터가 잔인하고 교활한 판결문을 들으며 치욕스러운 구
경거리가 되어 있는 동안, 목사는 거룩한 강단 위에서 청중들을
내려다보고 있었다. 청중은 목사에게 온통 마음이 빼앗겼고,
그의 손아귀 안에 완전히 들어 있었다.

교회 안에 있는 거룩한 목사, 그리고 광장에 있는 치욕의
주홍글씨를 단 여인…….

이 두 사람의 가슴에 똑같은 낙인이 찍혀 있으리라는 터무니
없는 상상을, 감히 누가 할 수 있었겠는가.

23 마침내 드러난 주홍글씨

　많은 사람들의 영혼을 거세게 굽이치는 바다 물결처럼 높은 곳으로 이끌어 올리던 목사의 유창한 설교도 마침내 끝이 났다. 그리고 잠시 엄숙한 침묵이 흘렀다. 그 순간은 하느님의 계시가 있는 다음에 오는 고요함처럼 엄숙했다.

　그러나 곧 청중들은 다시 웅성거리기 시작했다. 마치 어떤 마력에 의해 다른 사람의 마음속에 들어갔다가 풀려나와, 이제 겨우 제정신으로 돌아온 것 같았다. 그러나 그들은 여전히 두려움과 놀라움에 사로잡혀 있었다.

　청중들은 교회당 밖으로 쏟아져 나왔다. 그들은 모든 행사가 끝났으므로 좀 색다른 공기를 마실 필요가 있었다. 사실 교회당 안의 공기는 목사의 불꽃같은 설교와 그의 사상이 전달되는 강렬한 향기로 충만해 있어서, 도리어 숨이 막혔다.

　밖으로 나오자, 그들의 감격이 말로 표현되어 나왔다. 거리나 광장 곳곳에서 목사에 대한 칭찬이 들끓었다. 그들은 목사의 설교를 듣기는 했으나, 무슨 말인지 알아들을 수 없으면서도 그 내용을 서로 얘기하지 않고는 직성이 풀리지 않는 듯했다.

그들이 한결같이 말하는 것은, 지금까지 이 목사처럼 풍부한 학식과 깊은 신앙 그리고 고매한 인격으로 설교한 사람은 없었다는 것이었다. 또 이처럼 하느님의 계시가 목사인 사람의 입을 통해 나타난 일도 없었다는 것이었다.

그것은 바로 하느님의 영광이 그에게 임하여 앞에 놓여 있는 설교문에서조차 그를 높이 들어 올렸으며, 청중은 물론 목사 자신도 감격과 감동으로 충만한 것처럼 보이더라는 것이었다.

설교의 주제는 하느님과 인간 사회에 관계된 이야기였는데, 특히 지금 개척하고 있는 뉴잉글랜드에 대해 언급하는 내용이었다.

설교가 끝날 무렵 예언자와 같은 정신이 그에게 내려, 이스라엘의 옛 예언자들이 그랬듯이 그 자신도 예언적 말씀 앞에 순응했다. 다만 한 가지 다른 점은 유대 예언자들은 나라에 대한 심판과 멸망을 예언한 데 반해서, 목사는 그곳에 모인 사람들을 위해 높고 이상적인 영광을 예언했던 것이다.

그러나 그의 설교를 전체적으로 살펴본다면, 침통한 비애와 우울의 그림자가 저음에 깔려 있었다. 그것은 머지않아 숨을 거두려는 사람의 비탄에 섞인 음성과 다를 바 없는 것이었다.

그렇다! 청중이 그렇게도 사랑하는 목사, 또 그들을 사랑하므로 천국에 가기 전에 한숨을 지어야 하는 목사는, 자기가 요절할 것이라는 예감을 갖고 있었다.

마침내 그는 자신을 위해 눈물을 흘리는 사람들을 남겨두고 떠날 것이다. 그의 생명이 얼마 남지 않았다는 생각이 사람들 마음속에 스며들자, 그의 설교 효과는 측량할 수 없을 만큼 극대화되었다. 그것은 마치 천사가 어둠인지 빛인지 모를 아름 다운 날개를 퍼덕이면서 하늘로 날아갈 때, 사람들 머리 위에 황금 같은 진리를 쏟아 내리는 것과 같은 형국이었다.

사람의 일생 중에 언젠가 한번은 전무후무한 승리의 순간이 찾아오게 되는데, 딤즈데일 목사에게도 이런 시기가 찾아온 것이다. 여러 분야에서 일하는 많은 사람들은 이러한 시기가 지나간 다음이 아니고는, 그 사실을 잘 깨닫지 못한다고 한다.

그 순간 목사는 가장 위대하고 가장 높고 가장 자랑스러운 지위에 도달했지만 — 그 지위는 성직자를 가장 높은 지위로 보던 초기의 잉글랜드에서도 지성과 풍부한 학식, 뛰어난 웅변 과 청렴결백하다는 평판이 있는 사람만이 누릴 수 있는 것이었 다. — 선거를 축하하는 설교가 끝났을 때, 목사는 강단 위에서 고개를 숙인 채 움직이지 않았다.

그동안 헤스터 프린은 가슴에 주홍글씨를 달고서 여전히 처형대 옆에 서 있었다.

또다시 군악이 울리더니 의장대가 교회당에서 행진하여 나 오는 소리가 들려왔다. 행렬은 공회당으로 향했고, 그곳에서 엄숙한 연회가 있은 다음 이날의 모든 의식이 끝날 예정이었다.

다시 존귀하고 위엄 있는 목사들이 군중들 사이를 통과하는 것이 보였다. 그리고 이어서 지사와 관리들, 노인들과 저명한 사람들이 군중들 사이로 나아가자 군중들은 경건한 마음으로 공손히 길을 비켰다.

이윽고 그들이 광장으로 들어서자 사람들의 환호성이 터져 나왔다. 천진한 충성심의 발로였지만 사실은 아직도 귓가에 맴도는 설교로 인해 뜨거워진 마음에서 저절로 폭발하는 것이라고 할 수 있었다. 그들은 누구나 다 똑같은 심정이었으며, 그것을 서로서로 느끼고 있었다.

교회 안에서 억제하고 있었던 감정이 푸른 하늘 밑으로 나오자 하늘 끝까지 울려 퍼진 것이다. 많은 사람들이 운집해 있었고 몹시 흥분해 있었지만, 잘 다듬어진 감정이 우레 소리나 바다의 포효 소리보다도 더 인상적인 음향을 만들고 있었다.

수많은 사람들의 목소리가 하나의 음성으로, 하나의 감정으로 뭉쳐 있었고, 모두가 감격으로 일치되어 있었다.

뉴잉글랜드 땅에서 이런 감동적인 환호성이 일어난 적은 일찍이 없었으리라. 뉴잉글랜드 땅에서 이 목사만큼 동포들의 존경을 받은 사람이 언제 있었던가?

그런데 정작 목사 자신은 어떠했는가? 후광(後光)이 빛나고 있지나 않았을까? 정신적으로 영화(靈化)되었고 열렬한 숭배자들에 의해서 성화(聖化)되었는데, 그럼에도 불구하고 행렬 속에 섞여 걸어가는 그의 발길이 과연 그 땅 위를 걷고 있었을까?

군인들과 장로격인 문관들의 대열이 지나가자, 모든 사람들의 시선이 목사에게 집중되었다.

목사가 모습을 확실하게 드러내자, 그들의 환호성은 이내 속삭이는 음성으로 바뀌었다.

그런데 그토록 큰 성공을 거둔 그가 왜 저렇게 창백해 보인단 말인가. 설교를 훌륭히 마치고 났을 때까지도 왕성한 기력을 보였었는데, 하늘이 준 영감(靈感)이 그가 그 임무를 충실히 완수하고 나자 흔적도 없이 사라져 버린 느낌이었다.

얼마 전까지만 해도 그의 뺨에서 타오르던 홍조도 타다 남은 장작개비 속에서 쓰러지는 불길처럼 꺼져 버렸다. 그의 얼굴은 도저히 살아 있는 사람이라고는 생각할 수 없을 정도로 창백했고, 금방이라도 쓰러질 것처럼 비틀거렸다.

그때 동료 목사인 존 윌슨 목사가 지력과 감정을 잃어버린 딤즈데일 목사의 상태를 보고 재빨리 달려가 부축하려 했다. 그러나 부들부들 떨면서도 그는 늙은 목사의 팔을 단호하게 뿌리쳤다.

그는 여전히 걷고 있었으나 걸음이라기보다는 어린애가 처음으로 걸음마를 배우는 것처럼 뒤뚱거렸다.

그가 이렇게 비틀거리며 걸어간 곳은 처형대의 맞은편이었다. 비바람에 낡아 버린 처형대는 몇 해 전에 헤스터 프린이 세상 사람들의 경멸을 고스란히 받던 그 장소였다.

지금 그곳에 헤스터가 펄의 손목을 잡고 서 있었다.

악대는 여전히 장엄하고 기쁨에 찬 음악을 연주하며 행진을 계속하고 있었다. 그러나 목사는 걸음을 멈췄다. 악대는 목사에게 연회 장소로 빨리 가라고 재촉하는 듯했지만, 그가 걸음을 멈춘 것이다.

벨링햄은 조금 전부터 목사의 행동을 걱정스러운 듯 지켜보고 있었다. 그러다가 쓰러질 것같이 위태로운 목사의 태도를 보고는, 얼른 행렬을 빠져 나와 그를 부축해 주려 했다.

그러나 목사의 표정에는 그 누구도 자신에게 접근하지 못하게 하는 무엇이 있었다. 마음으로 전달되는 암시 따위에 호락호락 넘어가지 않는 지사였지만, 그는 감히 목사에게 접근하지 못했다. 그러는 동안 군중은 두려움과 놀라움으로 이 광경을 지켜보고 있었다.

그러나 그들은 목사의 정신력이 약해지는 것은 그만큼 하늘나라의 영감(靈感)이 강해지는 것이라고 생각했다. 가령 목사가 그들 눈앞에서 빛을 발하며 하늘나라로 사라진다고 해도, 그것은 거룩하고 신성한 사람에게나 있음직한 일이라고 생각했을 것이다.

목사는 처형대 쪽을 향해 두 팔을 벌리면서 말했다.

"헤스터, 이리 와요. 귀여운 펄, 너도 이리 오렴."

두 모녀를 바라보는 목사의 표정은 너무나 가련했다. 그러나 어딘지 모르게 부드럽고 당당한 데가 있었다.

펄은 새처럼 민첩하게 달려가 그의 무릎을 끌어안았다. 헤스터 프린 역시 본의는 아니었으나 어쩔 수 없는 운명에 이끌리듯 그쪽으로 천천히 다가갔다. 그러다가 몇 걸음 남겨놓고 발을 멈췄다.

때마침 군중 속에서 뛰쳐나온 로저 칠링워드가 목사의 의도를 방해하려는 듯이 나타났기 때문이었다.

그의 모습은 왠지 모르게 불안한데다가 지옥에서 막 튀어나온 것처럼 표정이 흉악했다.

"당신, 미치지 않았소? 대체 무슨 짓을 하려는 거요?"

그가 나직하게 말했다.

"저 여자를 쫓아 버려요! 그 애도 내버려두고! 그러면 모든 일이 잘될 거요. 당신의 명예를 더럽히고, 불명예스럽게 파멸할 거요? 거룩한 성직에 당신은 오명을 씌울 작정이오? 나는 당신을 구해 줄 수 있소."

"이 악마 같은 사람아! 그러나 이미 늦었어. 당신의 실력도 이젠 옛날이야기가 되었소. 나는 이제 하느님의 도움으로 당신의 손아귀에서 벗어날 것이오."

목사는 두려움에 떨면서, 그러나 단호하게 그의 눈을 쏘아보며 외쳤다. 그리고 다시금 주홍글씨의 여인에게 손을 내밀었다.

"헤스터 프린!"

그는 가슴을 찌르는 듯한 심정으로 간절히 부르짖었다.

"무서운 죄와 비참한 번민으로 내가 7년 동안 하지 못한 일을 이 마지막 순간에 하도록 허락해 주시는 자비롭고도 두려운 하느님! 그분의 이름으로 이리 와서 나를 두 팔로 힘껏 감싸주오. 그러나 하느님이 나에게 허락하신 그 의지대로 따르게 해주오. 억울함을 당한 저 늙은이가 있는 힘을 다해, 악마의 힘까지 빌려서 반대하려고 하오. 자, 헤스터, 이리 와서 저기 있는 처형대 위로 나를 부축해 주시오."

군중들은 그 모습을 보며 소란스럽게 법석을 떨었다.

목사 주변에 있던 고위 관리들도 눈앞에서 벌어지고 있는 상황에 너무 놀란 나머지, 그것을 그대로 받아들일 수도 없고 그렇다고 다르게 해석할 수도 없어서 그저 하느님의 심판을 구경하려는 듯이 말없이 지켜보고 있었다.

마침내 목사가 헤스터의 어깨에 기대고, 한 팔을 그녀에게 의지하여 처형대의 계단을 올라가는 것이 보였다. 불륜의 씨인 아이의 작은 손은 목사의 손에 잡혀 있었다.

로저 칠링워드도 그들의 뒤를 따랐다. 그것은 세 사람이 주연인 연극의 마지막 장면에, 자기도 죄악과 비애의 역을 맡고 등장할 자격이 있음을 나타내려 하는 것 같았다.

의사는 험악한 눈초리로 목사를 바라보며 말했다.

"당신이 아무리 세상의 구석구석을 찾아다녀도, 내 손아귀에서 빠져 나갈 장소는 결코 없었을 거야. 이 처형대밖에는 없었을 거라구."

"그래도 나를 이곳까지 인도해 주신 하느님께 감사할 뿐이오."

목사가 대답했다.

그러나 그는 떨고 있었다. 그는 의심과 불안한 표정으로, 그러나 입가에 미소를 띠고 헤스터에게 말했다.

"이러는 편이 차라리 낫지 않소? 우리가 숲 속에서 허황되게 꿈꾸었던 일보다는 말이오."

"모르겠어요! 모르겠어요! 더 낫다고요? 글쎄요, 우리는 이대로 죽을 거예요. 펄도 우리와 함께 죽을 거예요."

헤스터가 빠르게 대답했다.

298

"당신과 펄은 하느님이 명하시는 대로 따라야 하오. 하느님은 자비로우시니까. 나는 이제부터 하느님께서 나에게 분명히 보여주시는 뜻대로 하겠소. 헤스터, 나는 죽어가는 사람이오. 그러니 나의 수치를 빨리 알려 그 대가를 받게 해주오."

목사가 말했다.

그는 헤스터에게 몸을 의지하고 펄의 손목을 잡은 채로 엄숙한 관리들과 동료 목사들, 군중들이 있는 곳을 바라보았다.

군중들은 너무나 놀라 어쩔 줄 몰라 하면서도, 눈에는 동정심이 가득 넘쳐 있었다.

비록 죄는 지었으나 고뇌와 참회에 넘친 한 인간의 어떤 고백이 눈앞에서 전개되려 한다는 것을 알고 있었기 때문이다.

정오를 약간 지난 태양이 목사를 환히 내리쬐고 있어서, 신성한 법정에서 자신의 유죄를 선언하려고 우뚝 서 있는 목사의 모습이 더욱 두드러져 보였다.

"뉴잉글랜드의 주민 여러분!"

목사의 목소리는 엄숙하고 위엄 있게 울려 퍼졌다.

그의 목소리는 떨렸으나, 이내 후회와 고뇌의 심연에서 우러나오는 듯한 절규와 비명과 고함 소리로 변했다.

"저를 사랑해 주셨던 여러분! 저를 거룩하다고 생각해 주셨던 여러분! 이제 저를 세상의 큰 죄인으로 봐 주십시오. 7년 전에 이 여인과 함께 이 자리에 섰어야 할 제가 이제야 섰습니다. 이 무서운 순간에도 이 여인은 제가 간신히 여기까지 기어오른 힘보다도 더 강한 힘으로 제가 쓰러지지 않도록 부축해 주고 있습니다.

　헤스터가 달고 있는 주홍글씨를 보십시오! 여러분 누구나가 이것을 보고 몸서리쳤을 것입니다. 비참하고 무거운 짐을 진 그녀가 어디를 가든, 어딜 가서 휴식을 취하든 이 글씨는 주변에 무서운 혐오와 공포를 자아냈습니다. 그러나 여러분은 여러분 틈에 서 있던 한 남자의 죄악과 수치의 낙인에는 몸서리치지 않으셨습니다."

　여기서 말을 중단한 목사는 미처 뒷말을 잇지 못한 채 기진맥진했다. 그러나 그는 온 힘을 다해 그 나약한 마음을 극복하고 부축했던 헤스터의 손마저 뿌리치더니, 모녀가 있는 곳에서 한 발짝 앞으로 나섰다.

　그리고 마침내 모든 것을 다 밝히겠다는 결심을 한 듯이 맹렬한 어조로 말했다.

　"낙인은 그 사나이에게도 찍혀 있었습니다. 하느님은 그것을 보셨습니다. 천사들은 언제나 그 낙인을 손가락질했습니다. 악마도 모든 것을 다 알고 불타는 손가락으로 만지며 괴롭혔습니다. 그러나 그는 교묘하게도 사람들의 눈을 속이고 죄 많은 세상에서 자기는 순결하므로 영혼이 괴롭다는 표정으로, 이 세상에 천국 백성이 없어서 안타깝고 외롭다는 태도로 여러분 사이를 걸어 다녔습니다.

　이제 그는 죽음을 앞두고 여러분 앞에 섰습니다. 그리고 여러분에게 다시 한 번 헤스터의 주홍글씨를 봐 달라고 말합니다. 그러나 그 불가사의하고 무서운 표시도 그 남자의 낙인에

비하면 한낱 그림자에 불과합니다. 그리고 그 남자의 낙인도 그의 깊은 가슴속을 태우는 상징에 불과합니다.

죄에 대한 하느님의 심판을 믿지 않는 분이 있습니까? 여기를 보십시오. 심판의 무서운 증거가 여기 있습니다."

그는 가슴에 걸었던 성직을 나타내는 띠를 잡아 뜯었다. 그러자 마침내 표시가 나타났다.

그러나 그 드러난 모습을 여기서 설명하는 것은 불경스러운 일일 것이다.

공포에 질린 군중의 시선은 잠시 동안 이 기이한 기적 위에 집중되었다.

목사는 고통스런 위기를 극복하고 승리를 거둔 사람처럼 빛나는 얼굴로 잠시 서 있다가 처형대 위에 털썩 쓰러졌다.

헤스터는 그의 몸을 반쯤 일으켜 그의 머리를 자신의 가슴에 기대게 했다.

로저 칠링워드는 창백하고 무표정한 얼굴로 그의 옆에 무릎을 꿇고 있었다.

"기어이 내 손에서 벗어났군."

의사는 그 말을 되풀이했다.

"하느님께서 당신을 용서하시기를 바라오. 당신도 죄를 많이 지었으니……."

목사가 말했다.

그리고 노인을 향하고 있던 죽음이 깃든 시선을 돌려 헤스터와 펄을 바라보았다.

"아아, 나의 귀여운 펄……."

그는 힘없이 말했다.

마치 고단한 영혼이 깊은 안식에 빠져드는 것처럼, 얼굴에는 평화롭고 부드러운 미소가 어렸다. 아니, 이제는 무거운 죄악의 짐을 벗어 버렸으므로 아이와 장난을 치고 싶은 마음이 생겼을 것이다.

"나의 사랑스런 펄, 이제 나에게 키스해 주겠니? 숲 속에서는 싫다고 했었지? 그러나 이젠 해주겠지?"

펄이 목사의 입술에 키스했다.

그 순간 아이는 자기에게 내렸던 악마의 속박, 즉 마술에서 풀려났다. 그 야생적인 아이의 마음에 이런 비극적인 장면이 인간적 동정심을 싹트게 한 것이다.

아이의 눈물이 아버지의 뺨으로 떨어져 흘러내렸다. 그것은 인간 세상의 기쁨과 슬픔을 다 받아들이고, 성장하면서도 세상을 상대로 싸우지 않고 하나의 훌륭한 여인으로서 살아가겠다는 것을 맹세하는 눈물이었다.

이제 펄은 어머니한테도 고뇌의 사자(使者)로서의 역할을 다 끝낸 셈이었다.

"잘 있어요, 헤스터."

목사가 작별의 말을 했다.

"이젠 영영 뵙지 못하는 겁니까? 함께 영원한 생명을 누릴 수는 없을까요? 우리는 이 모든 고통과 슬픔으로 우리의 죗값을 치렀습니다. 당신은 이제 그 밝은 눈으로 영원한 나라를 보고 계시는군요. 무엇이 보이는지 말씀해 주세요."

헤스터가 속삭였다.

"쉿! 조용히 해요. 헤스터, 쉬이……."

목사는 떨면서도 엄숙하게 말했다.

"우리가 깨뜨린 율법, 이렇게 무참히 드러난 죄악, 이것을 당신도 잊지 마시오. 나는 두렵소. 염려가 되오. 우리가 하느님을 저버렸을 때, 우리가 남을 소중하게 여기는 일을 저버렸을 때, 그때 이미 순결한 생활을 하리라는 희망이 깨지고 말았소. 하느님은 아십니다. 그분은 자비로우십니다. 내가 고통에 처해 있을 때 그것이 증명되었소.

화형처럼 괴로운 고통을 이 가슴에 내려주심으로써, 저 음흉하고 무서운 노인을 나에게 보내주심으로써, 그리고 이 자리에까지 와서 사람들 앞에서 승리와 불명예를 안고 죽게 하심으로써 그 자비하심을 증명하셨습니다. 만일 이중에서 어느 하나라도 부족했다면, 나는 영원히 이 길에 서지 못했을 것입니다.

하느님의 이름을 찬양할지어다. 그분의 뜻이 이루어지기를 원하나이다. 그럼 잘 있어요."

그의 마지막 말은 그의 숨이 넘어가는 동시에 나왔다.

지금까지 침묵을 지키던 군중이 놀라움과 두려움을 나타내는 이상한 소리를 냈다. 아무 말도 외칠 수 없는 군중들의 입에서 무겁게 흘러나온, 일종의 신음 소리 같았다.

24 남은 이야기

며칠이 지난 뒤, 앞에서 말한 사건에 대해 사람들이 생각을 정리할 만한 시간이 충분히 지나자 그들은 처형대에서 일어났던 일에 대해 여러 가지로 말했다.

그 장면을 직접 보았던 사람들 대부분이, 헤스터 프린이 달고 있던 것과 똑같은 주홍글씨가 목사의 가슴에도 찍혀 있었다고 증언했다. 그에 대해서는 여러 가지 이야기가 있었지만, 모두가 추측에 불과했다.

어떤 사람들은 헤스터 프린이 처음으로 치욕의 표시를 달던 날부터 딤즈데일 목사도 고행을 시작했다고 한다. 자기 몸에 무서운 고통을 가했으며, 여러 가지 방법으로 고행을 계속했다는 것이었다.

어떤 사람들은 그 낙인이 나타난 것은 오랜 훗날이었다고 주장했다. 능숙한 마술사인 로저 칠링워드가 마술과 약물을 써서 비로소 나타나게 했다는 것이다.

또 어떤 사람들은 목사의 특별하게 예민한 감수성으로 인해 그의 정신이 육체에 놀라운 영향을 미쳤다고 생각했다. 이들은 참회하는 목사의 날카로운 이빨이 마음속으로부터 밖으로 뚫고 나와, 하늘의 무서운 심판을 통해 마침내 주홍글씨로 나타난 것이라고 말했다.

이런 여러 가지 이야기 중에서 어느 것을 믿든 그것은 독자의 마음이다.

이 글씨에 대해 필자는 할 수 있는 한 모든 자료를 다 수집하여 밝혔기 때문이다. 그리고 이제 주홍글씨도 자기의 맡은 바 임무를 완수한 셈이다.

이제 그 흔적을 우리의 머릿속에서 지워 버리는 일만 남았다. 너무 오랫동안 생각해서인지, 머릿속에 불쾌할 정도로 박혀 있으므로……

그런데 이상한 것은 그 광경을 처음부터 끝까지 목격했고 또 잠시도 딤즈데일 목사로부터 눈을 돌리지 않았다는 사람들의 말인데, 그들에 의하면 목사의 가슴은 갓난아기의 가슴처럼 표적도 없었고 목사가 임종할 때 한 말은 헤스터 프린이 주홍글씨를 달아야 했던 일과는 아무런 상관이 없으며 간접적인 암시조차도 하지 않았다는 것이다.

존경할 만한 목격자들에 의하면, 목사는 자기가 이미 죽을 것을 알고 있었으며 사람들이 자신을 지나치게 존경한 나머지 마치 천사나 성자를 떠받들듯이 숭배하고 있었으므로, 그 타락한 여인의 품에 안겨 숨을 거둠으로써 제 아무리 훌륭한 사람이라도 하느님의 기준으로 보면 모두가 죄인이라는 사실을 세상 사람들에게 깨우쳐주려 했다는 것이다.

하느님의 거룩함과 신성한 눈으로 보면 모든 인간은 죄인이라는 위대하고 슬픈 교훈을 자신을 숭배하는 자들에게 남기기 위해 자신의 죽음을 우화로 만들었다는 것이다.

인간 세상에서 훌륭하다고 인정받는 사람들에게 지상을 내려다보시는 하느님의 자비를 보다 잘 깨닫게 하고 그를 보다 높은 경지에 이르게 하기 위해서, 항상 커 보이는 인간의 공(功)이 사실은 헛된 꿈이라는 것을 사람들에게 알려주기 위해서였다는 것이다.

이런 중대한 진리에 대해 이런저런 얘기를 하지 않더라도, 딤즈데일 목사에 대해 여러 가지 해석을 하는 동료 목사들이 우정으로 그를 감싸주려는 것에 불과하다고 말하고 싶은데, 아니라면 용서해 주기 바란다.

주홍글씨를 환히 비춰준 한낮의 햇빛만큼이나 뚜렷한 증거가 있었고, 목사의 삶이 허위와 죄악으로 더럽혀진 한낱 지푸라기와 같은 인생이라는 사실이 밝혀졌는데도 불구하고, 그들은 끝까지 그를 감싸주었던 것이다.

우리가 그동안 이야기해 온 것은 헤스터 프린을 직접 아는 사람들과 그 당시의 증인으로부터 이야기를 전해들은 사람들이 증언하는 것을 종합하여 기록한 것이며, 지금까지 이 책에서 취한 견해가 전적으로 옳다는 것을 확인했다.

이 가엾은 목사가 남긴 여러 가지 교훈 중에서 한 가지만 말한다면 이런 것이 있다.

'진실하라! 진실하라! 진실하라! 그리고 비록 죄는 아니더라도 죄의 형태를 띤 것은 숨기지 말고 세상에 알려라.'

딤즈데일 목사가 죽은 후에 로저 칠링워드라는 노인의 용모나 태도에 나타난 변화는 이루 말할 수 없이 놀라운 것이었다. 모든 정력과 정신과 육체의 힘이 모두 빠져 버린 것 같았다. 마치 뿌리 뽑힌 잡초가 햇볕에 시들어 말라 버려 사람의 눈에 띄지 않듯이, 그는 거의 사람들 시야에서 사라져 버렸다.

이 불행한 남자는 보복을 계획하여 실천하는 것을 삶의 목표로 삼았고, 그 사악한 목표를 마침내 이루었다. 따라서 더 이상 해야 할 일이 없을 때, 다시 말하면 이 세상에서 해야 할 악마의 일이 사라졌을 때, 비인간화된 인간에게 남은 일은 그 일을 시키고 보수를 주었던 악마에게로 달려가는 일뿐이었다.

그러나 이 모든 인물들 — 로저 칠링워드, 딤즈데일, 헤스터 프린 — 이 오랫동안 우리와 친근했던 이들이므로 따뜻한 인정을 베풀고 싶다.

사랑과 미움은 근본적으로 하나가 아닌가 하는 문제는 흥미로운 관찰과 연구의 대상이 된다.

사랑과 미움이 극한에 이르면 각각 고도의 친밀감과 함께 인간 본성을 알게 되고, 애정과 정신생활의 양식을 갈구하여 서로 의존하게 된다. 그리고 사랑도 증오도 그 대상이 소멸되면 사랑하던 사람도 미워하던 사람도 쓸쓸하고 외로워진다.

따라서 철학적으로 생각하면, 이 두 가지 격정은 근본적으로 같은 것이다. 다만 다른 점이 있다면 하나는 천상의 광채 속에 나타나고, 하나는 어둡고 이글이글 타는 불 속에 나타난다는 것이다.

그러므로 의사와 목사는 서로에게 희생자였으나, 영적 세계에서는 지상에서의 증오와 반감이 황금빛 사랑으로 변하는 것을 두 사람 모두가 보게 될는지도 모른다.

이런 얘기는 그만하고, 한 가지 독자에게 알려야 할 것이 있다.

로저 칠링워드는 그로부터 1년이 못 되어 세상을 떠났으며 유언을 남겼다. 그 유언에 의하면, 미국과 영국에 있는 막대한 재산의 상속자로 헤스터 프린의 딸인 펄을 지정했다. 그리하여 그때까지도 사람들이 악마의 자손이나 요정일지도 모른다고 말해 왔던 펄은 신세계에서 가장 부유한 사람이 되었다.

이렇게 되고 보니 사람들의 견해에 많은 변화가 생겼을지도 모른다. 그리고 이 모녀가 계속 이 땅에 머물러 있었더라면, 야성적인 혈통을 가진 펄이 혼기를 맞았을 때 엄격한 청교도 혈통의 남자와 짝을 이루었을지도 모른다.

그러나 의사가 죽고 나서 얼마 후에 주홍글씨를 달았던 여인은 펄과 함께 자취를 감추었다. 그리고 여러 해 동안 사람 이름의 머리글자가 새겨진 나뭇조각이 표류하듯이 이따금 막연한 소문이 떠돌았지만, 확실한 것은 하나도 없었다.

그리하여 주홍글씨에 대한 이야기는 하나의 전설이 되고 말았다. 그러나 그 마력은 아직도 대단한 것이어서 목사가 숨을 거둔 처형대나 헤스터 프린이 살았던 오두막은 사람들이 접근하기를 꺼리는 무서운 장소가 되었다.

그런데 어느 날 오후, 아이들은 오두막 근처에서 놀다가 회색 옷을 입은 키 큰 여자가 오두막의 문으로 다가가는 것을 보았다.

오랜 세월 동안 그 문은 한 번도 열린 적이 없었다. 그런데 그녀가 스스로 문을 열었는지 아니면 썩은 나무와 자물쇠가 그녀의 손이 닿을 때 저절로 열렸는지, 또는 그림자처럼 장애물을 뚫고 미끄러져 들어갔는지는 모르지만 어쨌든 그 여자는 집 안으로 들어갔다.

문지방을 넘어서려다가 그녀는 잠시 뒤를 돌아보았다. 너무나 많이 변한 이곳에서의 추억을 생각하며, 혼자서 그 옛집으로 들어간다는 것이 참을 수 없이 슬프고 처량해서였으리라.

그녀는 잠깐 동안 머뭇거렸지만, 가슴에 달린 주홍글씨는 확실히 보였다. 그녀는 돌아와서 오랫동안 저버렸던 주홍글씨를 다시 단 것이다.

그러나 어린 펄은 어디에 있을까? 만약 살아 있다면 틀림없이 아름다운 처녀가 되었을 것이다. 그 요정과 같은 아이가 요절하여 무덤에 묻혔는지 또는 그 야성적인 성격이 다소 누그러져 부드럽고 온화한 여자로 변해 조용한 행복을 누리게 되었는지 그것은 알 수가 없었다.

그러나 헤스터의 여생을 볼 때, 그녀가 먼 나라에 사는 어떤 사람의 사랑의 대상이 되었다는 것을 눈치챌 수 있다. 영국의 문장보(紋章譜)에는 나오지 않는 가문의 봉인이 찍힌 편지가 가끔 왔기 때문이다.

오두막 안에는 몇 가지 사치스런 물건이 있었다. 그녀가 즐겨 쓰는 것들은 아니었으나, 부자가 아니면 살 수 없고 또 애정이 가득하지 않으면 생각하지 못했을 물건들이었다.

또한 작은 장식품들과 함께 두고두고 잊지 않고 기억할 아름다운 물건들도 있었다. 아마 사랑하는 마음을 담아 섬세한 손가락으로 손수 만든 물건들이었으리라.

언젠가 한 번은 헤스터가 아이 옷에 수를 놓고 있는 것을 볼 수 있었는데, 아이가 그런 옷을 입고 근엄한 사회에 나타났다가는 한바탕 소란이 났음직한 호화찬란한 것이었다.

그 당시 말하기를 좋아하는 사람들은 펄은 살아 있을 뿐만 아니라 행복한 결혼생활을 하고 있으며, 슬프고 외로운 어머니를 모시고 효도하며 살고 싶어 한다고 말했다.

그 사건이 있은 지 백 년쯤 지나서 조사한 세관 검사관 퓨시도 그렇게 믿었고, 퓨시의 최근 후임자(작가 자신)도 역시 그렇게 믿고 있다.

그러나 헤스터 프린은 펄이 가정을 이룬 미지의 땅보다 여기 잉글랜드에서 삶의 기쁨을 느꼈던 것 같다.

여기에는 그녀의 죄가 있고, 슬픔과 참회가 있다. 그랬기에 그녀가 돌아온 것이다. 누구의 권유도 없이······.

아무튼 그 후로는 그 표시가 그녀의 가슴에서 떠난 적이 없었다.

그녀가 고생스럽고 괴롭고 헌신적인 만년의 세월을 보내는 동안, 주홍글씨는 세상의 멸시를 받는 낙인이 아니라 사람들이 존경과 두려운 마음으로 우러러보는 상징으로 변했다.

그녀가 자신의 이익이나 향락을 위해 살지 않았으므로 사람들은 저마다의 고난과 어려운 문제를 가지고 와서 그녀와 의논하며 충고를 부탁했다.

마음에 상처를 입었을 때, 헛된 사랑으로 좌절했을 때, 사랑을 오해하여 죄를 짓는 시련이 닥쳤을 때, 혹은 아무도 자기를 찾아주지 않아서 견딜 수 없이 외로울 때…… 그들은 헤스터에게 그 불행의 원인이 무엇이며, 어떻게 하면 그 불행에서 벗어날 수 있는지를 물어보는 것이었다.

헤스터는 그들을 정성껏 위로하고 진심으로 충고해 주었다.

그녀는 이 땅에 하느님의 뜻이 이루어져 밝은 시대가 찾아오면 새로운 진리가 나타나고, 그래서 행복한 터전 위에서 아름답게 남녀관계를 맺을 수 있다는 자신의 굳건한 믿음을 피력하여 그들을 안심시켰다.

젊은 시절, 헤스터는 자기가 하늘이 정한 예언자일지도 모른다는 부질없는 생각도 했었다. 그러나 죄에 물들어 고개를 숙이고 인생의 슬픈 짐을 지고 살아야 하는 여인에게 거룩하고 신비로운 진리를 전하는 사명이 맡겨질 리가 없다는 것을 깨달은 지 오래되었다.

"장차 하느님의 계시를 받아 널리 전할 천사나 사도는 반드시 여자라야 할 것이다. 그러나 고상하고 순결하고 아름다우며 지혜로운 여자라야 하며, 어둠과 슬픔을 통해서가 아닌 영혼의 기쁨을 경험한 현명하고 진실한 여자라야 할 것이다. 또한 진실한 사랑이야말로 인간에게 참된 행복을 가져다준다는 사실을 잘 아는 여성이어야 할 것이다."

헤스터 프린은 이렇게 말하면서 주홍글씨를 슬픈 눈으로 내려다보았다.

오랜 세월이 흐른 뒤, 새로운 무덤이 움푹 패고 오래된 무덤 옆에 생겼다. 이 묘지는 후에 킹스 채플 공동묘지가 된 곳이다.

새로 생긴 무덤과 오래된 무덤 사이에는 약간의 간격이 있어서, 마치 그곳에 잠들어 있는 두 유해가 서로 교제할 권리가 없다고 말하는 것 같았다. 그러나 두 무덤을 위한 묘비는 공동으로 세워져 있었다.

그 주위에는 가문(家紋)을 새긴 비석들이 많이 있었으나, 간소한 석판으로 된 이 비석에는 방패 모양의 무늬가 새겨져 있었다.

지금도 호기심 많은 사람들은 이것을 발견하기도 하는데, 그 뜻이 무엇인지 몰라서 고개를 갸우뚱거린다.

거기에는 어떤 글씨가 씌어 있었는데 그것은 음침하게 보였고, 가까이 가보면 희미한 빛을 발하기는 했지만 그 빛은 검은 색깔의 비면(碑面)보다 더 어둡게 보였다.

검은 바탕에 주홍글씨 'A'.

성장 과정

너대니얼 호손은 1804년 7월 매사추세츠 주(州) 세일럼의 청교도 집안에서 선장(船長)인 너대니얼 호손과 엘리자베스 메닝의 아들로 태어났다.

그가 태어난 뉴잉글랜드 지방의 청교도적인 전통은 그의 가정 배경과 함께 평생 그를 따라다녔다. 특히 고조부인 존이 세일럼의 마녀사냥 때, 즉 17세기 뉴잉글랜드에서 청교도들이 일부 주민들을 마녀로 몰아세워서 처형하거나 고문으로 죽인 사건 당시에 냉혹한 재판관 노릇을 한 것은 일찍부터 '저주'의 어두운 그늘이 그의 마음을 사로잡는 계기가 되었다.

호손은 인간의 도덕적·사회적 생활 속에 감추어진 내부의 의식에 주된 관심을 돌려, 인간의 내면세계를 윤리적 관점에서 탁월한 상징수법으로 분석했다. 인간의 공통된 죄를 은폐하거나 또는 인간 누구나 저지를 수 있는 그러한 공통적인 죄를 범하게 된 이를 매몰차게 단죄하는, 사회와 종교의 위선과 편협을 증오했다.

호손의 아버지는 젊은 아내에게 두 딸과 당시 4세였던 어린 호손 그리고 가난을 남겨놓은 채 항해 도중 목숨을 잃었다. 이 때문에 그는 유복했던 외가 메닝 가(家)에서 자랐으며, 10대의 상당 기간을 세바고 호숫가에 있는 메인 주 레이먼드에서 보냈다.

대학시절

일찌감치 그에게 문학적 자질이 있음을 알아챈 메닝 가 사람들에 의해 그는 17세가 되던 1821년에 사립학교인 보든 칼리지(Bowdoin College)에 입학했다. 학업 성적은 그리 뛰어나지 못했으나, 그즈음 그는 벌써 영국의 위대한 문학에 비길 만한 미국 문화 창조의 야망에 불타서 열심히 글을 쓰기 시작했다.

그는 대학 재학 중에 동창인 시인(詩人) 롱펠로(1807~1882), 부호의 아들 호레이쇼 브리지, 후에 미국의 제14대 대통령이 된 프랭클린 피어스(1804~1869)와 사귀게 된다.

문학활동

대학을 졸업한 후 12년간, 그는 세일럼의 어머니 집에서 칩거생활을 했다. 그는 거의 사람들과의 교제를 피하고 홀로 자기 방에 틀어박혀 광범위한 독서와 습작으로 시간을 보냈다. 이때 그는 뉴잉글랜드 지방의 청교도적인 배경과 정신적 기질을 탐구하여 자신 속에 배어 있는 청교도 정신에 대한 비판정신을 키웠다.

그의 처녀출판은 보든 대학 시절을 소재로 한 로맨틱한 〈팬셔 (Fanshawe)〉란 소설로 1828년에 익명으로 자비 출판했으나, 뒤에 그 작품에 불만을 느낀 나머지 모두 회수하여 없애 버리고 말았다.

한동안 그는 단편에만 손을 대어 1838년까지 적어도 44편의 단편 및 소품들을 발표했다. 1830년 문예지 〈더 토큰〉에 단편을 발표한 후, 다시 1837년 〈더 토큰〉을 비롯해 여러 잡지에 발표되었던 작품들 중 18편을 추려 〈두 번 들려준 이야기 (Twice-told Tales)〉라는 단편집을 친구 호레이쇼 브리지의 주선으로 출판했다.

이 책은 대학 동창인 롱펠로가 천재라고 칭찬한 글을 비롯하여, 다소 호평을 받게 되어 바깥세상에 알려지는 계기가 되었다. 그러나 여전히 수입은 극히 적었으며, 그가 얻은 명성과 성공은 그리 대단한 것이 못되었다.

행복한 결혼생활

1842년 소피아와 결혼하여 콩코드에 있는 에머슨 소유의 구(舊) 목사관에서 가난에 쪼들린 생활을 시작하지만, 두 사람에게 있어서는 더할 나위 없이 행복한 시간이었다.

소피아는 격려와 비판을 아끼지 않는 내조형의 아내였는데, 그들의 결혼생활이 얼마나 행복했는지 말해 주는 일화가 있다.

호손은 세관에서 근무하다가 해고되었는데, 소피아는 "난 당신이 글쓰기에만 몰두하게 되어 기쁘게 생각해요."라며 남편의 창작활동을 격려했다. 그 말을 들은 호손이 "돈벌이를 할 수 없는데 어떻게 생활을 유지할지 걱정이오."라고 말하자 소피아는 남편이 가져온 월급에서 일부를 저금한 돈을 보여주었다.

이렇듯 부인의 세심한 배려에 감동받은 호손이 심혈을 기울여 1850년에 발표한 작품이 바로 그의 대표작인 〈주홍글씨(The Scarlet Letter)〉이다. 그리고 1851년에는, 세일럼의 핀치온 가문을 무대로 조상들이 사악한 물욕으로 인해 저지른 죄가 후손들에 의해 어떻게 재현되고 있는가를 그려낸 또 하나의 대표작 〈일곱 박공의 집(The House of the Seven Gables)〉을 펴냈다.

그러나 집필만으로는 생계유지가 힘들어 다시 일자리를 구해야 했다. 1852년 5월 웨이사이드로 이사하여 결혼 후 처음으로 아늑한 분위기를 누렸다. 같은 해 7월 부르크 농장에서의 경험을 소재로 한 이상사회와 자선사업에 대한 풍자와 삼각연애를 그린 〈블라이드데일 로맨스(The Blithedale Romance)〉를 출판했으나 〈주홍글씨〉, 〈일곱 박공의 집〉보다는 좋은 평가를 받지 못했다.

외교관 활동

호손은 친구 프랭클린 피어스가 대통령에 출마하자 자진해서 그를 위해 〈피어스 전(傳)〉을 썼고, 1853년 피어스가 대통령에 당선되자 그에 대한 보답으로 영국의 리버풀(Liverpool) 주재 영사직에 임명되었다. 호손은 오랫동안 바라오던 재정적인 안정을 얻게 되었고, 1857년 8월까지 충실하게 영사직을 수행했다.

영사직을 사임한 그는 유럽 각지를 여행한 후 1860년 6월에 귀국하여 1864년까지 웨이사이드에 정착하면서 다시 집필을 시작, 영국의 풍경과 생활 풍습 등을 스케치 풍으로 그린 작품들을 발표하여 호평을 얻었다.

그러나 차차 창작력과 건강이 쇠퇴했고, 죽음을 2년 앞두고부터 매우 급속히 늙기 시작했다. 머리는 백발이 되었고 필적도 변했으며 자주 코피가 났고, 강박감에 사로잡혀 종잇조각에 '64'라는 숫자를 쓰곤 했다.

1864년 5월 그는 친구 프랭클린 피어스와 함께 휴양차 뉴햄프셔 힐로 여행을 하던 도중 플리머드에서 60세를 일기로 잠든 상태에서 숨을 거두었다.

〈주홍글씨〉 작품 소개

1850년에 출판된 너대니얼 호손의 첫 번째 장편 소설 〈주홍글씨〉는, 17세기 중엽 청교도주의의 인습적 도덕사회에서 애정도 없이 늙은 학자와 결혼한 헤스터 프린이 뉴잉글랜드라는 신세계에서 젊은 목사와 맺은 불륜의 관계로 인해 냉혹한 제재를 받으며 살아나가는 모습을 상징적으로 그려낸 윤리소설이라고 할 수 있다.

여주인공인 헤스터 프린이 처벌을 받아 가슴에 시종일관 붙이고 다니게 된 주홍글씨 'A'자는 Adultery의 머리글자로 '간음'이란 뜻이다. 그러나 이 글씨는 헤스터의 굴할 줄 모르는 참회의 의지로 말미암아 사람들의 마음속에서 저주의 'A'자로부터 Able(유능함)의 'A'자로, 심지어는 Angel(천사)의 'A'자로 승화되어간다.

　지은이 호손은 〈주홍글씨〉에서 17세기 미국의 어둡고 준엄한 청교도 사회를 배경으로 죄지은 자의 고독한 심리를 교묘하게 그려냈으며, 이 소설은 심오한 주제와 심리적·도덕적 통찰력, 치밀한 구성 등으로 미국 문학사상 첫손가락에 꼽히는 고전의 자리를 차지하고 있다.

주홍글씨

1판 1쇄 인쇄 | 2025년 03월 05일
1판 1쇄 발행 | 2025년 03월 10일

지은이 | 너대니얼 호손
옮긴이 | 김시오
펴낸이 | 윤옥임
펴낸곳 | 브라운힐

서울시 마포구 토정로 214 (신수동 388-2)
대표전화 (02)713-6523, **팩스** (02)3272-9702
등록 제 10-2428호

© 2025 by Brown Hill Publishing Co. 2025, Printed in Korea
ISBN 979-11-5825-175-8 03840
값 15,000원